Veröffentlicht von
DREAMSPINNER PRESS

5032 Capital Circle SW, Suite 2, PMB# 279, Tallahassee, FL 32305-7886 USA
www.dreamspinnerpress.com

Dies ist eine erfundene Geschichte. Namen, Figuren, Plätze, und Vorfälle entstammen entweder der Fantasie des Autors oder werden fiktiv verwendet. Ähnlichkeiten mit lebenden oder verstorbenen Personen, Firmen, Ereignissen oder Schauplätzen sind vollkommen zufällig.

Lass den Hut auf!
Urheberrecht der deutschen Ausgabe © 2018 Dreamspinner Press.
Originaltitel: Steps to Heaven
Urheberrecht © 2015 Star Noble.
Original Erstausgabe. Januar 2015
Übersetzt von Anna Doe.

Umschlagillustration
© 2018 Paul Richmond.
http://www.paulrichmondstudio.com
Die Illustrationen auf dem Einband bzw. Titelseite werden nur für darstellerische Zwecke genutzt. Jede abgebildete Person ist ein Model.

Deutsche ISBN. 978-1-64080-659-7
Deutsche eBook Ausgabe. 978-1-64080-658-0
Deutsche Erstausgabe. April 2018
v 1.0

Gedruckt in den Vereinigten Staaten von Amerika.

Lass den Hut auf!

STAR NOBLE

Mein besonderer Dank gilt meiner Redakteurin, Sue Adams, für ihre Geduld und Unterstützung. Ich möchte mich aber auch bei den Lektorinnen, Nicole und Barbara, für ihre Hilfe bedanken. Sie alle haben eine wunderbare Arbeit gemacht.

1

DETECTIVE STEVE Randall vom Culver City Police Department ließ sich mit einem zufriedenen Seufzer gegen die Rückenlehne des Beifahrersitzes fallen. „Das haben wir doch gut gemacht, oder?" Er boxte Bob Curry spielerisch in die Seite.

„Hey, ich muss fahren!", beschwerte sich Bob, sein bester Freund und Partner, grinsend. „Aber ich gebe zu, dass du prima warst, als du aus dem Wandschrank gesprungen bist, um Lindas Stalker zu überwältigen." Er warf Steve einen stolzen Blick zu.

„Ja, wir haben diesen Wahnsinnigen erwischt, bevor er Linda etwas antun konnte. Deine alte Studienfreundin ist übrigens eine wunderschöne Frau." Steve sah Bob erwartungsvoll an. War Bob in sie verliebt? Steve war aufgefallen, wie schützend Bob die weinende Linda in die Arme genommen hatte, die sich vor dem Stalker fürchtete.

„Im College wollte jeder mit Linda Thornton befreundet sein." Bobs blaue Augen funkelten. „Sie ist immer noch liebenswert und ich bin froh, dass sie jetzt in Sicherheit ist." Er bog langsam in eine Seitenstraße ab und sah sich rechts und links um.

„Wonach suchst du?", fragte Steve verwirrt. „Ich dachte, wir fahren zu mir, relaxen und feiern den gelösten Fall? Ich habe Bier zuhause und …"

„Ich suche nach dem Fotostudio. ‚Fashion Photos — wo erfolgreiche Karrieren beginnen'." Die Straße, in die sie abgebogen waren, wurde von Warenhäusern und geschlossenen Läden gesäumt.

„Hey, ich bin ein Super-Model", scherzte Steve, wackelte mit dem Hintern und bewegte die Arme wie ein Tänzer.

„Dummkopf", sagte Bob augenzwinkernd. „Linda hat mich gebeten, bei ihrem Fototermin heute Abend vorbeizuschauen. Sie muss morgen zurück nach Philadelphia. Linda ist ein sehr gefragtes und bekanntes Model geworden." Bob parkte am Straßenrand.

„Schon gut, ich verstehe." Steve wurde wieder ernst. „Und wie soll ich nach Hause kommen? Mir ein Taxi nehmen?"

„Was redest du denn da? Du kommst natürlich mit. Linda will sich bei dir für deinen mutigen Einsatz bedanken, als der Stalker festgenommen wurde." Bob stieg aus seinem alten, bequemen Mercedes aus.

Steve folgte ihm, glücklich, bei seinem Freund zu sein. Wann war er von Bob so abhängig geworden? Sie arbeiteten jetzt seit fünf Jahren als Team zusammen. Die gemeinsamen Erfahrungen und Erlebnisse hatten sie nur noch enger zusammengeschmiedet.

„Es muss dort drüben sein." Bob überquerte die Straße und ging auf einen Eingang zu. Auf einem silbernen Schild an der Tür stand ‚Fashion Photos'.

Sie betraten das Studio. Auf der linken Seite des Gangs waren Stimmen und Gelächter zu hören. Bob öffnete eine Tür und warf einen Blick in den Raum.

Ein Mann in engen, schwarzen Hosen und einem weißen Seidenhemd lief mit seiner Kamera um ein Model – es war Linda Thornton – herum und versuchte, den richtigen Winkel zu finden. Jazzige Musik spielte im Hintergrund und der Fotograf bewegte sich lächelnd zum Rhythmus der Bässe. Sein kahler Kopf reflektierte das helle Licht der Scheinwerfer.

Bob und Steve betraten zögernd den Raum und winkten Linda zu.

Linda winkte zurück. „Jungs, ihr könnt dort an meiner Garderobe auf mich warten. Das ist Randolph Foreman, der beste Fotograf der Welt."

Randolph war ganz auf sein Model konzentriert. Linda trug eine dünne Bluse und einen weiten Rock. Eine Windmaschine blies den Stoff hoch und legte ihre langen Beine frei.

Der Mann schoss Foto um Foto. „Gut. Und jetzt brauchen wir noch einen Kontrast, von dem du dich so richtig abhebst." Er sah sich suchend um und nahm die beiden Besucher zum ersten Mal zur Kenntnis.

Bob und Steve lehnten an Lindas Garderobentisch und beobachteten die beiden bei der Arbeit.

„Wir brauchen euch!", rief Randolph.

„Wie bitte?", fragte Bob.

Steve stand mit offenem Mund dabei und hatte keine Ahnung, wovon Randolph überhaupt sprach.

„Kommt, stellt euch zu ihr. Nicht so schüchtern! Ihr könnt das." Randolph kam zu ihnen gelaufen und zog den widerstrebenden Bob vom Tisch weg.

„Vertraut mir, vertraut mir." Randolph packte jetzt auch Steve am Arm und zog ihn zu der kleinen Bühne, wo Linda sie lächelnd erwartete.

„Stellt euch zu unserer Schönheit. Ja, ja." Randolph schien immer mehr Gefallen an seiner Idee zu finden.

„Ich kann das nicht. Ich bin schüchtern", wehrte sich Bob, als der Fotograf ihn neben Linda postierte.

„Ja, ja, ich weiß schon. Du bist schüchtern", erwiderte Randolph unbeeindruckt. Dann ging er einige Schritte zurück und betrachtete das Arrangement.

2

„Und du … nach dort." Er winkte Steve zu, sich an Lindas andere Seite zu stellen.

Linda legte ihm den Arm um die Schultern. Der Ventilator am Boden wehte ihre blonden Haare nach hinten. Sie lächelte entspannt und glücklich.

„Und ihr müsst grimmig aussehen. *Grimmig.*" Randolph trat noch einen Schritt zurück und brachte seine Kamera in Position.

Steve beschloss, das Beste aus der Sache zu machen. Er setzte eine grimmige Miene auf und sah Bob an. Bob machte es ihm nach kurzem Zögern nach. Steve nickte zufrieden. Es war ein gutes Gefühl, mit Linda zwischen ihnen so zusammen zu stehen.

„Du bist ein Anblick für die Götter, meine Liebe", schnurrte Randolph. Dann machte er lächelnd einige Fotos. „Ihr seid auch nicht schlecht, Jungs. Cut und Over!" Randolph richtete sich auf und musterte die drei zufrieden.

„Endlich!" Bob atmete erleichtert aus und floh von der Bühne. Er verfing sich mit dem Fuß in einem Kabel und fiel mit einem Schlag zu Boden.

„Bob, pass doch auf!", rief Linda erschrocken.

„Junge, Junge. Du konntest nicht schnell genug entkommen, was?" Steve bückte sich und half Bob auf die Beine. „Du bist ein Tollpatsch, Kumpel", flüsterte er Bob ins Ohr.

„Wie süß!", rief Randolph von hinten und beobachtete die beiden Männer bewundernd.

Bob wurde rot. „Lass uns von hier verschwinden!", zischte er und zog Steve hinter sich her zur Tür.

„Warum so eilig, Jungs?", fragte Linda und drehte sich zu Randolph um. „Danke für die Bilder. Du bist der Beste." Sie drückte ihm einen Kuss auf die Wange.

„Ich liebe dich, Schätzchen", schnurrte er, aber sein Blick hing an den beiden Männern, die das Studio verlassen wollten. Sie waren schon fast an der Tür, da holte Randolph sie ein. „Bitte nicht gehen", bat er. „Ich weiß nicht, wie du heißt, aber ich habe gerade mein neues Model gefunden." Er musterte Steve strahlend von Kopf bis Fuß.

Jetzt war es Steve, der rot wurde. „Wir sind Bullen, keine Models." Er zog Bob aus dem Raum, doch Randolph gab sich nicht so schnell geschlagen.

„Jungs, habt doch Mitleid! Enrico, der Star meiner nächsten Serie, ist einfach verschwunden. Er hat mir das Herz gebrochen und ich brauche einen Ersatz für ihn." Er sah Steve strahlend an. „Du hast den perfekten Körper für die Sommerkollektion. Badekleidung."

„Auf gar keinen Fall, Herr …"

Steve ging zur Tür. Linda folgte ihm.

3

„Pass auf, Steve. Randolph ist ein alter Freund von mir", sagte sie und verstellte ihm den Weg. „Du warst so nett und hast mir geholfen. Könntest du ihm nicht auch einen Gefallen tun? Ich bin sicher, dass er dich gut dafür bezahlt." Sie warf ihrem alten Freund Bob einen hilfesuchenden Blick zu.

Bob zuckte mit den Schultern. Er wirkte nun viel entspannter, weil er nicht mehr im Mittelpunkt der Aufmerksamkeit stand.

Drei Augenpaare richteten sich auf Steve Randall.

„Bitte", sagte Randolph. „Tu mir den Gefallen. Äh ... wie heißt du? Steve? Sei mein Model für diese Serie. Es dauert nicht lange. Es ist für unsere nächste Kollektion. Wenn ich nicht ganz schnell ein Model finde, bekomme ich mächtig Ärger." Er senkte seufzend den Kopf. Es war ein bemitleidenswerter Anblick.

„Hey, Kumpel! So schwer kann das doch nicht sein", sagte Bob. „Linda und ich gehen Kaffee trinken. Ich hole dich später ab." Er lächelte Linda zu und die beiden sahen ihn erwartungsvoll an.

„Glaubst du, ich wäre so leicht rumzukriegen? Glaubst du, ich mache mich zum Narren, indem ich halb nackt posiere? Vergiss es." Steve zog eine Grimasse.

Linda legte ihm die Hand auf die Schulter. „Steve, ich kann mir dich gut in einem Speedo vorstellen. Du hast die Muskeln genau an den richtigen Stellen." Sie schaute an ihm herab und zog ihn mit den Augen aus.

„Linda hat recht. Du hast den perfekten Körper für die Badekollektion, Steve", sagte Bob mit einem aufmunternden Lächeln.

„Ich soll mich also vor einer Kamera ausziehen? Was bist du nur für ein Freund!" Steve hörte sich mittlerweile leicht panisch an.

„Hört zu, Jungs." Randolph kam näher und sah sich besorgt um, als hätte er Angst, belauscht zu werden. „Wir sollten hier nicht reden", sagte er leise. „Aber wenn du mir aus der Patsche hilfst mit den Fotos, kann ich dir auch helfen. Ich habe Informationen über die Drogengeschäfte, die in letzter Zeit in der Stadt abgewickelt werden."

„Randy?" Ein junger Mann steckte den Kopf aus der angrenzenden Tür. Seine dunklen Augen musterten erst Steve, dann Bob, bevor er sich wieder an Randolph wandte. „Tut mir leid, dich zu stören. Aber wir sind um halb neun mit Sanders verabredet. Bist du hier fertig?"

Randolph sah Steve flehend an. „Würdest du mir aushelfen? Es dauert wirklich nicht lange."

Steve tauschte einen Blick mit Bob und sah die Zustimmung in den Augen seines Freundes. *Mach schon, Kumpel. Wenn er uns Informationen stecken will, sollten wir das ausnutzen. Ich bin bald wieder zurück, ja?*

„Abgemacht", sagte Steve zögernd und schaute auf seine Armbanduhr. „Ich habe allerdings nicht viel Zeit. Lass uns sofort damit anfangen."

„Du hast meinen Arsch gerettet!", rief Randolph und drehte sich zu dem jungen Mann um, der ungeduldig an der Tür stand. „Chris, du weißt, dass Enrico sich nicht mehr blicken lässt." Er zeigte auf Steve. „Ich muss die Bilder mit einem neuen Model schießen. Richte Sanders aus, dass ich später nachkomme. Ich habe jetzt zu tun. *Ciao*." Er blies Chris ein Küsschen zu und drehte sich wieder zu Steve um. „Deine dunklen Haare sind echt fantastisch. Wir könnten Pomade benutzen, damit sie wie nass aussehen. Und ..."

„Tschüss und viel Glück." Linda drückte Steve einen Kuss auf die Wange. „Danke. Randolph ist ein Schatz. Und du kannst das, da bin ich mir sicher", flüsterte sie.

„Ich hoffe nur, du gibst nicht deinen Job auf, um eine Karriere als Topmodel zu beginnen", sagte Bob grinsend und machte rasch einen Schritt zur Seite, als Steve ihm in den Hintern treten wollte.

Steve war erleichtert, dass Bob und Linda endlich verschwanden. Er wollte diese verrückte Geschichte so schnell wie möglich hinter sich bringen.

„Womit fangen wir an, Randolph?", fragte er und sah sich genauer in dem Studio um. Überall standen Kameras und Scheinwerfer. In einer Ecke hing ein blaues Tuch von der Decke herab, das bis zum Boden reichte.

„Damit", sagte Randolph und zeigte auf die Ecke mit dem blauen Tuch. „Ich kann dir gar nicht genug danken. Je länger ich dich betrachte, umso mehr bin ich davon überzeugt, dass du besser sein wirst als Enrico. Dein Körper ..."

„Lass uns beim Geschäftlichen bleiben." Steve fühlte sich unwohl unter Randolphs musterndem Blick.

„Genau das habe ich auch vor." Randolph leckte sich über die Lippen. Er winkte Steve zu einer Tür, die in einen kleinen Umkleideraum führte. „Zieh dich aus. Ich bin gleich mit der Kollektion zurück. Fühle dich ganz wie zuhause."

Randolph klopfte ihm auf die Schulter, verschwand und schloss hinter sich die Tür.

Steve setzte sich auf den Stuhl und schaute in den Spiegel. Er konnte es nicht fassen, sich auf diese Sache eingelassen zu haben. Er ließ sich fotografieren, mit nichts am Leib als Badehosen. Das war alles nur Bobs Schuld. Als Linda Steve zu diesem Mist überredet hatte, wollte Bob ihr wahrscheinlich imponieren und hatte nur deshalb auch zugestimmt.

Und jetzt saß Bob mit einer wunderschönen Frau in einem Café, während Steve in einer schäbigen Umkleide saß, in der es nichts gab als einen Spiegel, einen Tisch voller kleiner Tuben und Tiegel, einen Stuhl und eine Bank, auf der stapelweise Klamotten lagen. Ob er wohl unauffällig durch die Hintertür verschwinden konnte?

„Hey, bist du noch nicht fertig?" Randolph kam mit einem Stapel Badekleidung ins Zimmer zurück. Er schob Lindas Kleider von der Bank und legte seine Badekollektion ab. „Zieh dich aus, damit ich dich mit dem Make-up einreiben kann. Das sieht im Scheinwerferlicht besser aus. Obwohl ich zugeben muss, dass du wunderschön gebräunt bist. Wir werden also nicht allzu viel nachhelfen müssen."

„Machst du Witze?" Steve schoss von dem Stuhl hoch und wollte an Randolph vorbei zur Tür.

„Keine Sorge, Officer", sagte Randolph lächelnd. „Du wirst schon sehen. Es wird wunderbar."

Bevor Steve reagieren konnte, fing Randolph an, ihm den Gürtel zu öffnen.

„Hey, was machst du da?" Steve stieß Randolphs Hände zur Seite. „Das kann ich selbst. Kapito?"

„Na gut. Bis gleich. Wir fangen mit den Bermudas an. Ruf mich, wenn du soweit bist. Ich bereite in der Zwischenzeit draußen alles vor." Randolph blieb abwartend stehen.

Steve hatte den Eindruck, als würde Randolph nur darauf warten, dass er sich auszog. Die Hände am Gürtel, blieb er regungslos stehen und starrte dem Fotografen in die Augen, bis Randolph schließlich aufgab und enttäuscht den Raum verließ.

Steve ließ die Tür nicht aus den Augen, während er sich hastig die Jeans von den Beinen zog. Er fluchte leise, weil er heute früh die Unterhose mit dem Tigerfell-Aufdruck angezogen hatte. Es war ihm peinlich. Schnell zog er die leuchtend blauen Bermudas an, die Randolph oben auf den Stapel gelegt hatte. Als er sich im Spiegel betrachtete, musste er widerwillig zugeben, dass ihm die Hose gar nicht so schlecht stand.

Die Tür öffnete sich. „Willst du im Hemd schwimmen gehen, Detective? Komm schon, ich helfe dir. Dann kannst du dich hinsetzen." Randolph stellte sich hinter ihn und zog das Hemd hoch. Sekunden später war Steves Oberkörper nackt.

„Verlass dich ganz auf mich und meine Hände." Randolph schob ihn lächelnd auf den Stuhl.

„Was?"

Steve wollte noch mehr fragen, doch der Fotograf ließ ihn nicht zu Wort kommen. Er goss sich eine Flüssigkeit auf die Hand und rieb sie auf Steves Schultern.

„Hey, was machst du da? Was ist das für ein Zeug?" Steve schaute in den Spiegel. Eine glänzende Flüssigkeit bedeckte seine Schultern.

6

„Ein Pflegeöl." Randolph rieb ihm den ganzen Oberkörper ein. Auf der haarigen Brust benutzte er weniger Öl. „Du siehst wunderschön aus, Sergeant. Jetzt die Beine. Dreh dich um, damit ich sie überall einreiben kann."

„Die Beine auch?" Steve fühlte sich unbehaglich, als Randolph ihm mit den öligen Händen über die Unterschenkel fuhr. Er war froh, die Bermudas zu tragen, weil so wenigstens seine Oberschenkel von dieser Behandlung verschont blieben.

„Die Oberschenkel kommen später dran", murmelte Randolph und trocknete sich die Hände an einem Handtuch ab.

„Können wir endlich anfangen?" Steve konnte es kaum abwarten, aus dieser Besenkammer zu entkommen. Es war so eng hier, dass er sich von Randolph bedrängt fühlte. Bei Bob hätte er sich niemals so unwohl gefühlt. Sie hatten schon oft Situationen zusammen erlebt, in denen sie auf engsten Raum zusammengepfercht waren. Beispielsweise als sie in Lindas Wandschrank auf den Stalker warteten.

Der Schrank war so eng gewesen, dass sich ihre Arme und Beine umschlungen hatten und ihr Atem sich mischte. Steve hatte sich so unglaublich sicher und behütet gefühlt. Bobs Nähe war ihm noch nie peinlich gewesen. Als Bobs Wohnung vom Kammerjäger eingeräuchert wurde, um die Termitenplage loszuwerden, hatten sie sogar bei Steve in einem Bett geschlafen. Steve konnte sich noch an das gute Gefühl erinnern, seinem Partner und besten Freund so nahe zu sein. Er lächelte.

„Ich wüsste nur zu gerne, woran du gerade denkst, Lieutenant." Randolphs Worte brachten ihn in die Gegenwart zurück.

„Detective", korrigierte Steve.

„Augen schließen, Detective, damit ich das Gesicht einreiben kann. Gut so." Randolph trug irgendein Make-up auf und puderte dann Steves Gesicht.

„Ich würde dich lieber Steve nennen. Darf ich?" Randolph tätschelte ihm die Wange. Dann packte er das Make-up in eine Kiste und holte eine Flasche mit einer weiteren unbekannten Substanz hervor.

„Kein Öl mehr", protestierte Steve.

„Kein Öl. Nur etwas Gel, damit deine wunderschönen Haare feucht aussehen", sagte Randolph und verteilte ihm das Gel in den Haaren. „Einfach perfekt. So, das war's. Wir können anfangen. Siehst du das blaue Tuch im Studio? Stell dich davor auf. Tu so, als wärst du am Strand und würdest es genießen. Ich sage dir dann, was du genau tun sollst. Du musst nur glücklich und entspannt aussehen."

„Leichter gesagt als getan", grummelte Steve und zog den Bund der Bermudas gerade.

7

Randolph richtete die Kamera auf sein neues Model und stellte die Belichtung ein. Dann drehte er an mehreren Ringen am Objektiv.

Steve ging zu dem blauen Tuch. Er kam sich unsicher und bloßgestellt vor und versuchte, sich mit Gedanken an Bob und Linda abzulenken, die jetzt vermutlich gemütlich in einem Café saßen, tratschten und sich amüsierten, während er hier vor diesem verdammten Tuch stand und halb nackt posierte.

„Du machst das prima, Steve", meinte Randolph aufmunternd. „Hier ist ein Ball. Tu so, als würdest du ihn werfen, aber pass auf, dass du mich nicht triffst." Randolph kicherte und warf ihm einen rot-gelb-blauen Strandball zu.

Steve spielte mit dem Ball. Er dotzte ihn versuchsweise mehrere Male auf den Boden. Beinahe hätte er sich einreden können, wirklich am Strand zu sein und Ball zu spielen. Er und Bob gingen oft ans Meer und …

„Dieses Lächeln war fabelhaft! Echt heiß!" Randolph schoss einige Fotos schnell hintereinander und strahlte ihn an. Das Blitzlicht blendete Steve. „Das war hervorragend! Es gibt noch zwei Bermudas, dann machen wir mit den Badehosen weiter."

„Wirklich? Ich war gut?" Steve konnte es nicht glauben. *Warte nur, bis Bob das hört!*

Als er in den kleinen Umkleideraum zurückging, konnte er Randolphs Blicke im Rücken spüren. Aber wenigstens kam der Fotograf ihm nicht wieder nachgelaufen und er konnte sich ungestört umziehen.

Steve wurde von Minute zu Minute lockerer. Schließlich nahm er das alles nur auf sich, um von dem Mann Informationen über die Drogenszene zu bekommen. In den letzten beiden Monaten hatte das CCPD mehr Drogentote erlebt als üblich. Es ging das Gerücht um, dass eine neue Droge – Blue Rocket – auf dem Markt war. Diese Droge führte angeblich zu einem sofortigen High und wirkte extrem stark. Niemand wusste, wer hinter Herstellung und Verbreitung von Blue Rocket steckte. Aber die neue Droge war offensichtlich höchst gefährlich und Steve hatte vor, nachher mit den Fotografen darüber zu reden.

Er wollte gerade eine Badehose anziehen, als Randolph plötzlich in den Umkleideraum kam. Als er Steves nackten Arsch sah, pfiff er anerkennend durch die Zähne.

Mit feuerrotem Kopf zog Steve die Badehose an und versuchte, sich seine Verlegenheit nicht anmerken zu lassen.

Randolph lächelte entschuldigend. „Ich muss dir noch die Oberschenkel mit dem Öl einreiben, mein Lieber." Er tröpfelte sich von dem Öl auf die Handfläche und bevor Steve auch nur einen Mucks sagen konnte, lag die Hand mit dem Öl auch schon auf seinem Bein.

„Lass mich das selbst machen, ja?" Steve streckte die Hand aus. Randolph gab ihm das Öl und grinste.

„Detective, äh … Steve, gib es zu. Du hast Angst, dass meine Berührung bei dir zu Reaktionen führt, die du jetzt nicht zeigen willst." Er wischte sich das Öl von der Hand. „Keine Sorge. Ich habe nicht vor, zu diesem langweiligen Treffen mit Chris und meinem Boss zu gehen. Wir haben alle Zeit der Welt, um uns besser kennenzulernen. Komm jetzt, lass uns die Fotos so schnell wie möglich hinter uns bringen." Er drehte sich um und verließ den Umkleideraum.

Das Öl tropfte Steve von den Händen, als er Randolph mit offenem Mund nachstarrte. Reaktion? Wer? War dieser Kerl etwa schwul?

Steve musste seine geballte schauspielerische Begabung aufbringen, um für die nächsten Fotos angemessen glücklich und entspannt zu wirken. Randolph hatte sich in ihn verguckt. Steve fühlte sich plötzlich doppelt so nackt wie vorher.

„Zeig's mir!", rief Randolph fröhlich und schoss Bild um Bild, während Steve so tat, als würde er den Strand entlanglaufen. „Ja, sei stolz auf dich! Du fühlst dich gut! Jetzt auf die Seite drehen, ja? Genau!"

Steve gehorchte und kam sich dabei vor wie ein Sexobjekt.

„Und jetzt die Beine spreizen, als ob du hochspringen wolltest oder so."

Steve krümmte sich innerlich, als er Randolphs begeisterte Stimme hörte. Wenn Bob das wüsste … *Kumpel, ich vermisse dich. Deine Anwesenheit, deine schützende Art. Wolltest du mich nicht abholen? Hast du nicht gesagt, du wolltest nur kurz mit Linda einen Kaffee trinken? Du solltest schon längst wieder zurück sein.*

„Cut! Das war's." Randolph strahlte ihn an. „Wasch dir das Öl ab. Die Duschen sind am Ende des Gangs."

Steve nahm eine Jacke von der Bank, um sich damit zu bedecken. Verdammt, das war keine gute Idee gewesen. Er wollte hier raus, und zwar schnell. Randolphs Lächeln wurde verführerisch und Steve schüttelte hastig den Kopf.

„Ich habe dir doch gesagt, dass ich es eilig habe", sagte er gepresst. „Mein Freund sollte jede Minute kommen und mich abholen." Er ignorierte Randolphs enttäuschten Blick und rannte in die Umkleide. Dann schloss er die Tür hinter sich und wischte sich mit einem Handtuch das Öl vom Körper. Als er die Badehose auszog, wäre er beinahe gestolpert. Er fluchte.

„Brauchst du Hilfe?"

Randolph musste vor der Tür stehen. Steve unterdrückte ein erneutes Fluchen und schlüpfte schnell in seine Unterhose und die Jeans. Er knöpfte gerade sein Hemd zu, als Randolph anklopfte, die Tür einen Spalt öffnete und den Kopf ins Zimmer steckte.

„Hey, mein Schöner. Lass uns wenigstens noch zusammen auf einen Drink gehen, jetzt, wo wir mit der Arbeit fertig sind. Ich habe dir Informationen versprochen." Randolph winkte Steve zu, ihm auf den Flur zu folgen.

Steve war nur ungern mit Randolph allein, aber er brauchte die Informationen über die Drogenhändler. Er knöpfte sein Hemd bis zum letzten Knopf zu und folgte Randolph in den Flur.

Dann sah er auf die Uhr. Es war schon nach sechs. Bob hätte längst hier sein und ihn abholen sollen. Andererseits brauchten sie Randolph. Mit etwas Glück hatte er Insiderwissen über Blue Rocket. Steve fand sich damit ab, die Annäherungsversuche des Fotografen mit einem Lächeln zu ertragen und an sich abprallen zu lassen.

Gegenüber der Dusche war eine Tür, hinter der sich ein kleines Büro befand. Randolph schloss die Tür auf. „Komm rein. Hier werden wir nicht gestört. Chris und die anderen Mitarbeiter sind schon gegangen." Er ließ sich auf einen Stuhl fallen und legte den Zeigefinger vor den Mund. „Was ich dir jetzt erzähle, ist streng vertraulich. Wenn jemand von unserer kleinen Unterhaltung erfährt, bekomme ich ernste Schwierigkeiten." Er sah sich um, als würde er erwarten, dass jeden Augenblick Chris um die Ecke kam.

„Keine Sorge", versicherte ihm Steve. Er lehnte sich an den Türrahmen, um so viel Abstand wie möglich zwischen sich und Randolph zu bringen.

„Wir haben in den letzten Monaten einige Models verloren." Der Fotograf schüttelte stirnrunzelnd den Kopf. „Sie sind einfach nicht zurückgekommen. Keine Ahnung, warum." Er beugte sich näher und flüsterte: „Aber ich weiß, dass sie Mitglieder in einem Club waren. Steps to Heaven. Es ist ein recht neuer Club und Gerüchte sagen, dass Mitglieder dort eine neue Droge bekommen können. Es heißt, Blue Rocket wäre eine Wunderdroge, mit der man sich wie auf der Spitze der Welt fühlt." Randolph stand auf und sah Steve tief in die Augen. Dann kam er näher, was in dem kleinen Büro kein großes Problem war. „Und man bekommt einen unersättlichen Appetit auf Sex", flüsterte er mit leuchtenden Augen.

„Hast du die Droge ausprobiert?", erkundigte sich Steve interessiert.

Randolph schüttelte nachdenklich den Kopf. „Detective, ich kann dir versichern, dass ich mit diesen Leuten nichts zu tun habe. Ich bin ein Fotograf, der seinen Job macht und sich hin und wieder in eines seiner Models verliebt. Wie dich zum Beispiel." Er streichelte Steve über die Hand.

Steve zog sanft, aber bestimmt seine Hand weg. „Pass auf, Randolph. Ich brauche mehr Informationen. Wo ist dieser Club? Und kennst du einen Namen, der mit dieser Gruppe in Verbindung steht?"

„Nicht hier", sagte Randolph und sah sich nervös um. „Ich habe Angst, dir mehr zu sagen."

10

„Dann sollten wir uns so bald wie möglich mit Detective Curry an einem sicheren Ort treffen. Ich muss jetzt gehen." Er ging zur Tür, aber Randolph fasste ihn an der Hand und hielt ihn zurück.

„Oh nein. Du kannst mich hier jetzt nicht allein lassen. Ich brauche jemanden, der für mich da ist. Enrico hat mich verlassen und ich weiß nicht, wohin ich gehen soll. Bitte, bleibe heute Nacht bei mir."

Steve drückte ihm die Hand und suchte nach einer passenden Ausrede, die sich nicht allzu grausam anhörte. In diesem Moment waren aus dem Flur Geräusche zu hören.

„Das muss mein Partner sein", sagte Steve und wollte das Büro verlassen.

„Du hast einen Partner? Bist du etwas verlobt oder so?" Randolph blockierte verzweifelt die Tür. „Steve, lass mich dich umarmen. Nur ein Kuss, und ich lasse dich wieder gehen." Er legte Steve die Arme um die Taille und lehnte sich an ihn, sein Mund nur Zentimeter von Steves entfernt.

Oh mein Gott, was geht hier vor? Randolph, lass das. Ich will das nicht von dir. Steve drehte den Kopf zur Seite, um dem Kuss auszuweichen, aber Randolph nahm seinen Kopf zwischen die Hände und zog ihn zu sich herab, bis sich ihre Lippen berührten.

„Was ist hier los?" Die Tür flog auf und ein Mann stand vor ihnen. Er hatte schwarze, nach hinten gekämmte Haare. Sein weißes Hemd stand halb offen.

„Enrico! Ich … ich wusste nicht, dass du kommst. Wo warst du denn?" Randolph ließ Steve abrupt los und sah den anderen Mann wie hypnotisiert an.

„Ich hatte geschäftlich zu tun", sagte Enrico mit eiskalter Stimme. „Aber ich sehe, dass du dich in meiner Abwesenheit gut amüsiert hast."

Steve nutzte die Gelegenheit und rannte zwischen den beiden Männern hindurch auf den Flur.

„Steve, warte! Am nächsten Wochenende ist im Club eine Party!", rief Randolph ihm nach. „Ich kann dir Dinge sagen, die …"

Steve hörte ihm nicht mehr zu. Er wollte nur noch raus hier.

11

2

STEVE LIEF aus dem Gebäude. Die kühle Luft fühlte sich gut an und er atmete tief durch. Endlich vorbei!

Er wischte sich übers Gesicht und stellte fest, dass seine Hand immer noch zitterte. Mit etwas Verspätung setzte der Schock ein. Randolph hätte ihn beinahe geküsst! Nur dank Enricos Erscheinen war er noch rechtzeitig entkommen.

Wo war Bob? Er war nirgends zu sehen. Steve schaute die dunkle Straße auf und ab. Nur wenige Autos und noch weniger Fußgänger waren unterwegs.

Verdammt, Bob! Wo steckst du? Steve fühlte sich unwohl. Die Kleidung klebte ihm am Leib, weil er sich das Öl nicht abgewaschen hatte. Er musste wieder an Randolphs Annäherungsversuche denken und ihn überlief ein Schauer.

Die Gegend hier war ihm unbekannt, also entschied er sich, ein Taxi zu nehmen, um nach Hause zu kommen. Er zuckte zusammen, als hinter ihm ein lautes Hupen ertönte.

„Bob! Wo bist du gewesen?" Steve war außer sich vor Freude, gleichzeitig aber auch wütend. Bob saß hinterm Steuer seines Mercedes und grinste entschuldigend. Steve riss die Beifahrertür auf und setzte sich ins Auto.

„Tut mir leid, dass ich mich verspätet habe. Aber ich habe Linda noch nach Hause gefahren und bin in einen Stau geraten. Ich hätte den Highway nehmen sollen." Bob starrte Steve an, als wäre ihm ein zweiter Kopf gewachsen. „Mein Gott, was ist denn mit dir passiert?"

„Wie meinst du das?"

„Deine Haare. Du siehst aus wie …" Bob machte eine Pause. „Du siehst aus wie ein Latin Lover mit dem Klebkram überall." Er grinste verschmitzt. „Ich nehme an, die Bilder sind gut geworden."

„Frag mich nicht! Bring mich nach Hause. Ich brauche eine Dusche und ganz viel Normalität." Steve fuhr sich angeekelt mit den Fingern durch die Haare.

Bob runzelte die Stirn. „Alles in Ordnung, Partner? Du siehst ziemlich angegriffen aus."

„Bring mich einfach nach Hause. Oh, aber vorher müssen wir noch etwas Essbares besorgen." Steve zeigte auf ein mexikanisches Bistro an der nächsten Straßenecke.

BELADEN MIT zwei Tüten Essen und einem Six-Pack stolperten sie die Treppe zu Steves Wohnung hinauf.

„Jetzt raus damit. Was ist passiert?", fragte Bob, als er die Tüten auf den Tisch stellte und zwei Dosen Bier öffnete.

„Ein Augenblick. Ich muss mir erst das Öl abwaschen. Bin gleich zurück." Steve verschwand im Badezimmer. Dort stellte er die Wassertemperatur in der Dusche ein und zog sich aus.

Er wollte gerade die Tür abschließen, ließ es dann aber bleiben. Die Erinnerung an Randolph, der ihn in dem Umkleideraum belagert hatte, war noch frisch in seinem Gedächtnis. Aber hier war er zuhause und sollte sich sicher fühlen können. Er schüttelte sich, um die letzten Reste seiner Furcht loszuwerden.

Steve wusste, dass er Bob alles über die merkwürdige Situation erzählen sollte. Er ließ die Tür einen Spalt offen, um sich selbst zu beweisen, dass sich durch Randolphs Verhalten nichts zwischen ihm und Bob geändert hatte.

„Mist!" Steve wollte sich das Gel aus den Haaren waschen, aber das Shampoo schien nicht viel auszurichten. Der Klebkram war offensichtlich eine feste Symbiose mit seinen Haaren eingegangen. Vermutlich war es Marke extra stark für Models. Steve goss sich noch mehr Shampoo auf die Hand und schäumte seine Haare ein zweites Mal ein. Nachdem er sie ausgespült hatte, waren sie immer noch klebrig und alles andere als sauber.

„Brauchst du Hilfe da drinnen?", rief Bob aus dem Wohnzimmer. Man konnte ihm das Lächeln an der Stimme anhören.

„Wieso Hilfe? Du hast doch gesagt es gefällt dir, wenn ich wie ein Latin Lover aussehe", rief Steve über das Prasseln der Dusche zurück.

„Ich kann dich nicht verstehen. Warte … Was ist los?"

Der Duschvorhang bewegte sich und Bob steckte den Kopf in die Dusche.

„Ich werde dieses beschissene Gel nicht los. Fällt dir was dagegen ein?" Wassertropfen liefen ihm übers Gesicht. Er war mit seinem Latein am Ende.

Bob lachte. „Hmm. Wie wäre es mit Geschirrspülmittel? Ich kann mich noch erinnern, dass ich das als Junge benutzt habe. Ich musste mir sonntags immer Pomade in die Haare reiben und konnte den Mist nicht schnell genug wieder loswerden." Bob verließ das Badezimmer.

Steve schrubbte weiter mit dem Shampoo. Das Wasser wurde erst kühl, dann kalt. *Und wenn gar nichts hilft?*

13

„Und los geht's", sagte Bob selbstsicher. Er drehte das Wasser ab und lehnte sich in die Dusche, eine grüne Flasche in der Hand. „Beuge den Kopf nach unten, damit ich dir die Haare waschen kann."

Steve fühlte, wie Bobs Hände ihm das Spüli in die Haare massierten. Es war ein gutes Gefühl, von jemandem berührt zu werden, den er so gut kannte.

„Ich denke, das reicht jetzt", sagte Bob zufrieden. „Gut ausspülen."

Steve holte sich den Duschkopf und drehte das Wasser wieder auf. „Danke." Er war sich sehr wohl bewusst, nackt vor seinem Freund zu stehen. Aber im Gegensatz zu Randolph machte Bob ihn nicht verlegen. Es war schön, einen Freund zu haben, mit dem er solche intimen Dinge teilen konnte.

„Dein Bier wird warm. Beeil dich." Bob schnappte sich ein Handtuch, hängte es über die Vorhangstange und ging ins Wohnzimmer zurück.

„Es dauert nur noch eine Minute", murmelte Steve unter dem prasselnden Wasser. Dann drehte er es ab, wickelte sich das Handtuch um die Hüften und trottete ins Schlafzimmer, um sich anzuziehen.

„ICH BIN satt ... und fix und alle." Steve wischte sich mit den Fingern die Mundwinkel ab und lehnte sich in das bequeme Sofa zurück. „Bob, dieser Randolph spinnt. Ich meine ... er ist nicht verrückt, aber er dachte wirklich, ich würde mich mit ihm einlassen. Er hat mich für die Fotos mit Öl eingerieben und mich berührt ... So, siehst du?" Steve legte die Hände auf Bobs Brust und ahmte Randolphs Bewegungen nach.

„Na und? Mir gefällt das!" Bob lächelte in gespielter Verzückung.

„Ja, jetzt hört es sich lustig an. Aber als ich mit Randolph allein war, wusste ich nicht, was da abgeht. Nachdem er mit den Fotos fertig war, wollte er mir die Informationen geben", sagte Steve und dachte über die Begegnung nach. „Er hat mir von einem Club erzählt, in dem die Mitglieder Zugang zu neuen Drogen haben, sagte aber auch, er hätte damit nichts zu tun. Als ich meinte, ich müsste jetzt gehen und du würdest mich abholen, hat er das falsch verstanden und gedacht, wir beide hätten ein Verhältnis!" Steve wurde immer lauter, als er sich an die Situation erinnerte. „Er hat die Tür blockiert und wollte mich nicht gehen lassen."

„Was hat er getan?" Bob runzelte die Stirn und legte ihm beruhigend die Hand auf den Arm. „Hat er dich verletzt?"

„Nein, aber er hat die Arme um mich gelegt und wollte mich küssen."

„Verdammter Hundesohn", zischte Bob und legte ihm die Hand auf die Schulter. Dann sah er Steve besorgt in die Augen.

„Er wollte, dass ich die Nacht mit ihm verbringe, weil er einsam ist, seit ihn Enrico verlassen hat. Und dann ist Enrico gerade noch rechtzeitig

14

aufgetaucht. Wenn man vom Teufel spricht …" Steve seufzte und trank einen Schluck Bier.

„Enrico muss es sich anders überlegt haben und wollte wohl wieder zu Randolph zurück", meinte Bob.

„Ja. Auf jeden Fall war er wütend, als er uns zusammen gesehen hat. Ich habe die Gelegenheit genutzt und bin verschwunden, bevor noch mehr passieren konnte." Steve lehnte sich wieder zurück. Zum ersten Mal heute Abend war er richtig entspannt. „Ich kann dir nicht sagen, wie froh ich bin, endlich zuhause zu sein. Überrede mich nie wieder zu so einem Scheiß, Kumpel."

Bob atmete hörbar aus. „Wenn ich das gewusst hätte … Es tut mir wirklich leid. Das hat man nun davon, wenn man jemandem einen Gefallen tut und einen neuen Informanten gewinnen will. Wer weiß, was seine Informationen wert sind." Er zuckte mit den Schultern. „Wir werden trotzdem wieder mit ihm reden müssen. Vielleicht morgen nach dem Dienst", schlug Bob vor und trank seine Dose Bier aus.

Steve nickte. Er musste ein Gähnen unterdrücken. „Gut. Aber für heute reicht es mir. Willst du hier übernachten?"

„Nach deinem Erlebnis mit Randolph willst du einen Mann hier übernachten lassen?", neckte Bob.

„Na gut, ich denke noch einmal über mein Angebot nach." Steve klopfte sich mit dem Zeigefinger ans Kinn, als müsste er scharf nachdenken. „Ich bin froh, dass du hier bist, Kumpel. Ich nehme die Couch, wenn du willst. Mein Bett ist bequemer und besser für deinen Rücken."

„Auf keinen Fall, Steve." Bob stand auf und ging zur Kommode, in der Steve die Bettwäsche verstaute. Mit beiden Armen voller Decken und Laken kam er lächelnd zurück. „Mein Name steht auf deinem Sofa. Es ist schon okay. Und wenn du Albträume über Fotografen hast, musst du nur nach mir rufen. Ich bin gleich nebenan."

Steve sah ihn an. Es war, als würde er Bob zum ersten Mal richtig sehen. Dieser große Kerl mit seinen seidigen Haaren, die im Licht der Lampe glänzten, war sein bester Freund. Er war ein harter Bulle und zeigte, wenn es nötig war, keine Gnade. Steve liebte es, wie Bobs Ausdruck innerhalb einer Sekunde von Wut zu Freude wechseln konnte. Beispielsweise nach einer gelungenen Festnahme. Und Bob hatte eine spezielle Attraktivität, die Frauen anzog – starke, muskulöse Beine, die nicht enden wollten, eine glatte Brust und ein sanftes Lächeln.

Bob hatte sich heute verspätet, aber das war nicht seine Schuld gewesen. Steve grinste und stellte sich vor, einer von Bobs Wohltätigkeitsfällen zu sein.

15

„Hör mit dem Grinsen auf und hilf mir." Bob warf eine Decke in Steves Richtung und lachte, als sie Steve über den Kopf fiel und seinen Oberkörper bedeckte.

„Ich werde dir schon beibringen, deinen Gastgeber mit dem ihm zustehenden Respekt zu behandeln." Steve machte einen Schritt nach vorne, dachte aber nicht daran, dass ihm der Couchtisch im Weg stand. Er rannte mit dem Schienbein direkt an die Tischkante.

„Scheiße! Ich habe mir das Bein gebrochen", schrie er und warf die Decke zur Seite, um sein Bein zu inspizieren. Als er die Betroffenheit in Bobs Gesicht sah, rückte er sein Jammern wieder in die richtige Perspektive. „Es ist nicht schlimm. Der Tisch war nur im Weg."

„Und du nennst *mich* einen Tollpatsch! Du weißt ja noch nicht einmal, wo deine Möbel stehen!"

„Halt den Mund und geh ins Bett", unterbrach ihn Steve lachend. „Wir sehen uns morgen früh. Falls du früher wach bist, kannst du Frühstück machen." Er überlegte wann er das letzte Mal Lebensmittel gekauft hatte. „Es muss noch was im Kühlschrank sein." Er tätschelte Bobs Bauch und ging an ihm vorbei ins Schlafzimmer.

Steve ließ die Tür einen Spalt offen, falls sie noch reden mussten. Er hörte, wie Bob sich das Bett machte, dann wurde es still. Zufrieden rollte Steve sich auf die Seite. Er war schon fast eingeschlafen, als er Bob aus dem Wohnzimmer rufen hörte.

„Steve? Mir ist gerade was eingefallen. Linda ist eine wunderbare Frau." Bob machte eine Pause und seufzte. „Ich glaube, sie hätte nichts dagegen gehabt, wenn ich die Nacht bei ihr verbracht hätte."

„Und was hat dich daran gehindert?", rief Steve zurück und rollte sich auf die andere Seite.

„Du natürlich, du Dummkopf." Bob lachte kurz. „Erinnerst du dich nicht? Ich hatte versprochen, dich abzuholen. Und ich war schon zu spät und konnte dich nicht mehr vor dem einsamen Fotografen beschützen."

Steve bedauerte, Bobs Chancen bei der schönen Frau ruiniert zu haben, um sich von ihm abholen zu lassen. „Wärst du gerne bei ihr geblieben?", fragte er vorsichtig. „Du hättest mich anrufen können, dann wäre ich mit dem Taxi gefahren. So hast du nur wieder einen Abend mit mir verbracht."

Steve hörte Bobs leises Lachen. „Ich war sowieso nicht in der richtigen Stimmung. Irgendwas hat gefehlt." Er hörte sich nachdenklich an. „Ach Mann, ich werde alt. Wie geht es dir? Hast du in letzter Zeit eine süße Lady getroffen, die dich um den Verstand bringt?"

Steve antwortete nicht sofort. Er starrte an die dunkle Zimmerdecke und sah in dem Spiegel, der dort hing, den leeren Platz neben sich im Bett. Ihm fiel auf, dass es schon verdammt lange her war, seit er eine Frau im Bett gehabt hatte. Sollte er vielleicht wieder aktiver werden? Oder hatte Bob recht und es wurde langweilig?

Er räusperte sich. „Meinst du nicht auch, es könnte am Job liegen? Die ständigen Doppelschichten und die Nachtarbeit sind nicht gut für ein geregeltes Sexualleben." Das Sofa quietschte, weil Bob sich offensichtlich bewegte.

„Ja, kann sein", erwiderte Bob gähnend. „Wir sollten Lieutenant Rollins um einige Tage Urlaub bitten, damit wir uns um unsere menschlichen Grundbedürfnisse kümmern können. Wir könnten uns zusammen auf den Weg machen. Vielleicht finden wir zwei nette, heiße Ladys." Ein Lächeln lag in seiner Stimme.

Steve schaute wieder an den Spiegel über dem Bett und stellte sich vor, dass eine Frau neben ihm liegen würde.

„Hört sich gut an, Kumpel. Nächtle", murmelte er und schloss die Augen. Seine Fantasie lief über mit Bildern von halb nackten Frauen, die sich ekstatisch unter ihm wanden.

„Nacht, Kumpel", sagte Bob.

Die Stille brachte vertraute Geborgenheit mit sich.

Steve folgte verschlafen seinen erotischen Fantasien. Die Frauen wurden immer kurvenreicher und er ließ die Hände nach unten gleiten, direkt unter seinen Nabel. Ihn schauderte und sein Schwanz reagierte sofort auf die Berührung. Er schob die Finger unter den Gummizug seiner Pyjamahose.

Steve gab sich Mühe, normal zu atmen. Er wollte nicht, dass Bob ihn hörte. Lächelnd fragte er sich, ob Bob sich möglicherweise allein durch die Geräusche denken konnte, was los war. Aber Bob würde das verstehen. Es war nicht das erste Mal, dass es ihnen passierte, wenn sie zusammen waren. Sie waren so vertraut miteinander, hatten schon so oft in angrenzenden Zimmern geschlafen, dass Steve Bob auch schon oft gehört hatte. Es hatte ihn nie gestört.

Steve fasste sich an den Schwanz und ließ die Hand über den harten Schaft gleiten. Es war lange, her seit er masturbiert hatte. Sein Job war oft so anstrengend, dass er nicht mehr daran dachte. Jetzt vermisste er es. Er drückte und rieb über das erregte Fleisch und beobachtete leise keuchend sein Spiegelbild an der Zimmerdecke. Er versuchte, an nackte Frauen zu denken, aber ihm fiel keine passende ein. Er war immer noch erregt, doch jetzt kam noch Frustration hinzu. Dann hatte er plötzlich ein anderes Bild vor Augen – eine schlanke Figur mit unendlich langen Beinen, einem Lächeln, in dem man ertrinken konnte und …

Oh mein Gott, das ist Bob!

Steve hielt inne, zu verwirrt, um weiterzumachen. Er fühlte sich zu Bob hingezogen.

Sein Schwanz meldete sich und drängte ihn, noch nicht aufzuhören. Steve gab nach und tauchte tief in seine Erinnerungen an Bob ein. Er sah die glatte Brust vor sich, die feinen Haare an den muskulösen Beinen und – das Beste überhaupt – den Schwanz zwischen diesen Beinen. Er keuchte lauter.

Sie hatten sich schon oft zufällig berührt. Er hatte sich nie etwas dabei gedacht. Es war eben Bob. Sie standen jeden Tag nahe beieinander, klopften sich auf die Schulter oder den Bauch, und Steve war nicht ein einziges Mal hart geworden.

Aber jetzt schien sich die freundschaftliche Zuneigung in etwas Anderes, in etwas Neues und Erregendes verwandelt zu haben. Steve spielte mit seinen Eiern und spürte die Vibrationen, die seinen Orgasmus ankündigten. Mit dem Bild von Bob vor seinem inneren Auge, der sich auszog und seinen erigierten Penis enthüllte, kam er.

Er erstickte seinen Schrei, weil er Bob nicht wecken wollte. Zitternd ließ er seinen Schwanz los und fuhr sich mit der Hand über die verschwitzte Brust. Seine Nippel waren noch hart. Er streichelte sie, während er langsam wieder zu Atem kam. Zwischen seinen Beinen hatte sich feuchte Wärme ausgebreitet. Er zog das Laken an sich heran und wischte sie ab.

Dann lag Steve befriedigt im Bett und lauschte auf Geräusche aus dem Wohnzimmer. Es war nichts zu hören. Er rollte sich auf die Seite, zu müde, um weiter darüber nachzudenken, was gerade mit ihm geschehen war. So schlief er ein.

„Hey du! Wenn ich dir das nächste Mal Frühstück machen soll, sorge zumindest dafür, dass dein Kühlschrank etwas Essbares enthält. Eine halb leere Tüte Donuts zählt genauso wenig wie ein Stück Käse, das schon ein Eigenleben entwickelt hat." Bob schüttelte ungläubig den Kopf, während er den Mercedes um die nächste Ecke lenkte.

„Ich war nicht einkaufen, weil wir in den letzten Tagen ständig unterwegs waren, um diesen verrückten Stalker zu ermitteln und festzunehmen, der deine Freundin Linda bedroht hat." Steve setzte seine Sonnenbrille auf. „Das Frühstück geht auf meine Rechnung", sagte er und wühlte in der Tasche nach dem Portemonnaie. „Halte bei Dinah's, gleich dort vorne. Dort gibt es das beste Rührei und ich bin am Verhungern."

Steve lief das Wasser im Mund zusammen, als er an das Frühstück dachte. Die Erinnerung an Randolph geisterte ihm immer noch durch den Kopf und er wollte sie endlich loswerden.

Bob fuhr auf den Parkplatz des Restaurants und suchte nach einer Lücke. „Ich frage mich, warum es hier so früh schon voll ist." Er pfiff durch die Zähne, als weiter vorne jemand losfuhr und ein Parkplatz frei wurde. „Der ist für uns."

Bob manövrierte den Wagen in die Lücke und seufzte erleichtert.

„Ich kann dir sagen warum hier so viel los ist", meinte Steve und zeigte auf ein Schild über dem Eingang.

Frühstück zum halben Preis!

„So hungrig bin ich gar nicht", sagte Bob launenhaft, als sie zum Eingang gingen.

Das Restaurant war überfüllt und die Stimmen der Gäste waren bis auf die Straße zu hören. Es würde ziemlich lange dauern, bis ein Tisch für sie frei wurde. Steve warf Bob einen kurzen Blick zu und überlegte, ob sie es lieber woanders versuchen sollten.

„Steve? Bob? Wartet!" Eine dunkelhäutige junge Frau kam zur Tür gelaufen und strahlte sie an.

„Bella? Bist du es wirklich?" Steve konnte seinen Augen nicht glauben. Bella hatte als Kellnerin in Larry's Pub gearbeitet, das in der Nähe der Polizeistation lag und in dem er und Bob sich nach dem Dienst immer getroffen hatten.

„Wir haben dich lange nicht mehr gesehen", sagte Bob. „Wir haben gehört, du hättest geheiratet. Arbeitest du jetzt hier?" Er drückte sie an sich.

„Aber sicher! Der Laden wird heute wiedereröffnet. Mein Männe und ich haben die Konzession übernommen." Bella sah sich in dem überfüllten Restaurant um und suchte nach einem freien Tisch.

„Das ist eine wunderbare Neuigkeit", sagte Steve ehrlich beeindruckt. „Ich freue mich für dich."

„Dort drüben ist ein ruhiger Tisch. Er ist für persönliche Freunde reserviert." Bella führte sie lächelnd in den hinteren Bereich des Restaurants. „Setzt euch doch. Euer Frühstück geht aufs Haus. Freddie und ich hoffen sehr, dass wir hier Erfolg haben." Sie zog einen Notizblock aus der Tasche. „Was kann ich euch bringen? Die Eier mit Speck sind hervorragend." Sie zog noch einen Stift aus der Tasche und wartete auf ihre Bestellung.

„Ich habe keinen großen Hunger", sagte Bob. „Und zuerst möchte ich dir gratulieren. Du hast es verdient." Bob rutschte neben Steve auf die Bank.

Steve blätterte in der Speisekarte. „Zweimal das Frühstück Spezial", bestellte er, ohne auf Bobs schwachen Protest zu achten.

„Okay. Und den Kaffee für Steve mit extra viel Zucker." Bella notierte die Bestellung und ging.

„Woher weiß sie, dass ich meinen Kaffee mit extra viel Zucker trinke?", wunderte sich Steve.

19

„Musst du das noch fragen? Du hast es ihr bei Larry's tausendmal gesagt und dich immer beschwert, wenn sie nicht daran dachte." Bob stieß ihn grinsend mit dem Ellbogen in die Seite.

„Stimmt. Sie muss uns ziemlich gut kennen, wenn sie sich so gut an unsere Gewohnheiten erinnert. Und für dich nur das gesunde Zeug." Steve rümpfte die Nase. „Wie auch immer. Wir haben eine lange Schicht vor uns und brauchen ein herzhaftes Frühstück." Er lehnte sich zurück und machte es sich bequem.

Bob spielte nachdenklich mit seinem Besteck. „Ich würde Randolph gerne einige Fragen über diesen Club stellen, den er dir gegenüber erwähnte. Mit seiner Hilfe finden wir vielleicht endlich eine heiße Spur in dem Fall."

„Dann hätte sich der Abend gestern zumindest in einer Beziehung gelohnt", sagte Steve seufzend.

„Und hier bin ich wieder." Bella kam mit zwei Tellern zurück, die sie vor ihnen auf den Tisch stellte. „Guten Appetit!" Sie lächelte und machte sich auf den Weg zum nächsten Tisch.

„Danach hat sich dein kleines Herz also gesehnt?" Bob musterte die beiden Teller, die bis zum Überlaufen mit Würstchen, Rührei, Bratkartoffeln und Toast gefüllt waren.

„Wer weiß, wann wir das nächste Mal etwas zu essen bekommen." Steve schlug zu.

Bob schaute auf seine Uhr. „Ich bin mir sicher bis Mittag hast du schon wieder Hunger."

Steve grunzte nur. Sie aßen schweigend und genossen das herzhafte Frühstück.

„Das war prima. Und was jetzt?", scherzte Steve und unterdrückte einen Rülpser. Dann rutschte er unruhig auf der Bank hin und her.

„Dort drüben", sagte Bob und zeigte auf die Tür zu den Toiletten.

„Wie komisch. Warte hier." Steve legte ihm die Hand auf die Schulter und drückte sie. „Ich bin gleich zurück."

„Ja, Mama", sagte Bob und winkte einem Kellner zu, ihre Kaffeetassen aufzufüllen.

Auf dem Weg zu den Toiletten kam Steve an der Küche vorbei und warf einen Blick durch die offene Tür. Es war viel los. Mehrere Köche und Küchenhilfen waren an Herden, Tischen und Schränken beschäftigt. Ein großer Mann dirigierte das geschäftige Chaos. War das Bellas Ehemann? Er kam Steve bekannt vor. Kopfschüttelnd ging er weiter, ohne sich länger mit dem Gedanken aufzuhalten. Er musste dringend pinkeln.

„Alles in Ordnung?", fragte Bob, als Steve an den Tisch zurückkam.

„Sicher. Oder willst du mehr Details hören?" Steve grinste.

Bob verdrehte die Augen. „Ich kann mir Besseres vorstellen. Hey, hier ist es wirklich voll." Er sah sich um. „Und vor allem junge Gäste."

Steve schnaubte. „Ja. Ich komme mir schon vor wie ein Greis. Es ist gut, dass Bella jetzt ihr eigenes Restaurant hat. Wie heißt ihr Mann noch mal?" Er setzte sich wieder und nippte an seinem Kaffee.

Bob zuckte mit den Schultern. „Warum willst du das wissen? Ich glaube, sie hat ihn Freddie genannt."

„Na ja, ich mag mich täuschen, aber ich habe in der Küche einen großen Kerl gesehen, der mir bekannt vorkam. Könnte der Freddie sein, der an den Schulen Drogen verkauft hat. Erinnerst du dich noch? Wir haben ihn vor zwei Jahren hochgehen lassen."

Bob runzelte die Stirn. „Ja, ich weiß, wen du meinst. Der Kerl hat nach der Schule am Ausgang auf die Kinder gewartet und ihnen Drogen angeboten. Meinst du, er ist Bellas Mann?"

„Keine Ahnung", erwiderte Steve. Er konnte fast Bobs Gedanken lesen. *Lass uns nur hoffen, dass Freddie seine alten Geschäfte aufgegeben hat*, dachte Bob vermutlich.

Um sich abzulenken, sah Steve sich in dem Restaurant um. Alle Tische waren besetzt. Die Gäste frühstückten und unterhielten sich lachend. Am Nachbartisch saßen vier junge Frauen, die sich eine Kanne Tee und einen Teller Toast teilten. Zwei von ihnen warfen Bob und Steve immer wieder kurze Blicke zu.

Steve stieß Bob in die Seite. „Siehst du die Mädels da, Kumpel? Kannst du dich noch an unser Gespräch von gestern Abend erinnern? Über den Spaß mit heißen Ladys?" Steve lächelte, aber mittlerweile waren zwei Männer am Tisch der jungen Frauen aufgetaucht und lenkten sie ab. Die vier hießen die Männer mit lautem Hallo willkommen.

Steve seufzte. Vielleicht nächstes Mal.

Bob gähnte. „Ein so großes Frühstück macht mich immer müde. Ich könnte mich jetzt glatt hinlegen." Er streckte sich träge und schloss für einen Moment die Augen.

Steve betrachtete den schlanken Körper seines Partners. Wenn Bob sich so entspannt dehnte und streckte war er ein Bild der Schönheit und Stärke. Er erinnerte Steve an einen Tiger im Dschungel.

„Stimmt was nicht? Sag jetzt nicht, ich hätte schon wieder mein Hemd falsch geknöpft." Bob sah sicherheitshalber nach und fuhr sich mit der Hand über Brust und Bauch.

„Hä?" Steve wandte schnell den Blick ab. „Nein, schon gut. Alles okay." Er wusste auch nicht, was mit ihm los war. Bob sah so sexy aus. Irgendwas war in letzter Zeit seltsam. Steve räusperte sich. „Lass uns aufbrechen, bevor ich auch noch einschlafe."

BOB FUHR den Mercedes. Sie beobachteten die Bürgersteige auf der Suche nach Anzeichen krimineller Machenschaften. Es war ein Routineeinsatz.

Eine häusliche Auseinandersetzung unterbrach ihre morgendliche Kontrollfahrt – ein betrunkenes Paar, das sich lautstark und obszön beschimpfte und gegenseitig mit Gewalt bedrohte. Steve verrenkte sich den Daumen, als er den tobenden Ehemann überwältigte, während Bob sich um die schluchzende Frau kümmerte.

Nachdem sie den Mann festgenommen hatten, halfen sie bei einer Kneipenschlägerei in der Innenstadt aus. Es gab schon lange Gerüchte, dass in dieser Kneipe illegales Glücksspiel betrieben wurde. Als sie eintrafen, saßen die Gäste seelenruhig zusammen und schauten ein Footballspiel, das in dem kleinen Fernseher über der Bar übertragen wurde. Das Hinterzimmer war sauber aufgeräumt und es gab keinerlei Hinweise, dass hier noch vor kurzem um Geld gepokert wurde.

„Ich wette, sie hatten einen Aufpasser, der sie vorgewarnt hat", meinte Steve und saugte an seinem schmerzenden Daumen. „Mit dem Finger kann ich keine Berichte schreiben", beschwerte er sich und sah Bob flehend an.

„Keine Sorge, das geht schon. Du benutzt beim Tippen sowieso nie den Daumen", erwiderte Bob ungerührt. „So, das war's dann. Lass uns aufs Revier fahren und den Papierkram erledigen."

ALS SIE auf dem Revier ankamen, war Lieutenant Rollins gerade damit beschäftigt, die Officers Holloway und Bolton zusammenzuscheißen, weil sie ihre Berichte nicht ordnungsgemäß angefertigt hatten. Steve warf Bob einen vielsagenden Blick zu und ging zu seinem Schreibtisch. Bald darauf waren sie beide in ihre Berichte vertieft.

Nach einiger Zeit winkte Bob Steve mit den Fingern zu und gab ihm den halb fertigen Bericht über die häusliche Auseinandersetzung. Steve lächelte und warf ihm spontan einen Handkuss zu. Bob zog eine Augenbraue hoch. Steve wurde rot und hoffte, dass es Bob nicht aufgefallen war.

Es dauerte den ganzen Nachmittag, bis sie alle Berichte zu den Vorfällen des heutigen Vormittags geschrieben hatten. Sie druckten die Berichte aus und Bob stand auf, um sie zu Rollins zu bringen. Er wollte gerade anklopfen, als die Tür aufgerissen wurde. Rollins stürmte ins Zimmer und rannte Bob um.

„Sorry, Detective. Ein Spaziergänger hat aus dem Southgate Park eine männliche Leiche gemeldet. Curry und Randall – ihr fahrt in den Park und untersucht den Tatort", sagte Rollins grimmig.

„Sir, wir wollten gerade gehen", protestierte Steve stöhnend.

„Dann geht ihr eben später!" Rollins zeigte mit dem Zeigefinger auf Steve und Bob. „Nachdem ihr mir einen Zwischenbericht vorgelegt habt. Den endgültigen Bericht könnt ihr morgen früh anfertigen."

Bob stand auf und schnappte sich resigniert die Jacke von der Stuhllehne. „Gibt es von den Kollegen schon Erkenntnisse über die Todesursache?"

„Der Pathologe ist noch nicht eingetroffen. Ich hoffe, es ist nicht wieder eine Überdosis." Rollins schüttelte frustriert den Kopf. Drogentote beunruhigten ihn immer sehr. „Wir hatten in den letzten Monaten schon mehr als genug davon. Ich kann es nicht mehr ertragen. Wir müssen unsere Bemühungen verstärken und die Verantwortlichen erwischen. Nicht nur die kleinen Dealer, auch die großen Fische, die das Zeug herstellen und hier verteilen. Verstanden?" Rollins sah sie an. Seine Augen glänzten vor Wut und Verzweiflung.

Steve wusste, dass Rollins an seinen eigenen Sohn dachte. Greg ging in die Oberschule und allen Bemühungen der Polizei zum Trotz gab es an den Schulen von Culver City überall Drogen zu kaufen. Wenn jemand Greg Marihuana oder – noch schlimmer, Heroin – anbot, würde er dann in Versuchung geraten? Oder hatte er durch die Arbeit seines Vaters gelernt, wie gefährlich das Zeug war?

„Rollins ist nervös", sagte Bob, als der ältere Mann wieder in seinem Büro verschwunden war. „Kommst du jetzt?"

Steve nickte und folgte ihm über den Flur zum Lift. „Übrigens sollten wir auch noch ins Fotostudio fahren und mit Randolph reden. Ich hoffe, er ist noch da. Fotografen haben nicht unbedingt geregelte Arbeitszeiten." Steve drückte mehrmals auf den Knopf, um den Aufzug zu rufen. „Mist! Das verdammte Ding steckt wieder fest. Lass uns die Treppe nehmen."

Bevor Bob antworten konnte, hatte Steve schon die Treppe erreicht und rannte nach unten. „Warum hast du es so eilig?", rief Bob ihm nach.

„Keine Ahnung. Nur so ein Gefühl, als ob wir zu spät kommen könnten."

„Der Mann im Park ist schon tot. Lass dir Zeit", versicherte Bob seinem Partner, aber Steve lief einfach weiter.

„Was hatte Randolph noch gesagt, woher die Drogen stammen? Und wie war der Name?", erkundigte sich Bob.

Als sie unten ankamen, blieb Steve kurz stehen. „Randolph glaubt, sie kämen aus einem exklusiven Club namens Steps to Heaven. Weißt du zufällig, wo der ist?"

Bob überlegte. „Könnte der Club an der Siebten Straße sein." Er zuckte mit den Schultern.

Steve stieg in seinen schwarzen Thunderbird. Das Auto sah nicht schlecht aus, aber es hatte seine Macken. Bob musste zweimal an der Beifahrertür ziehen, bevor sie sich endlich öffnen ließ. „Mist! Du solltest dringend diese verdammte Tür reparieren lassen", beschwerte er sich, als er einstieg.

Steve schoss mit quietschenden Reifen aus der Polizeigarage auf die Straße. „Meine alte Lady fühlt eben auch, dass du sie nicht magst", grummelte er.

Bob schnaubte. Sie fuhren schweigend bis zum Southgate Park. Ein schwarz-weißer Polizeiwagen und ein Laborwagen der Spurensicherung blockierten den Eingang zum Park. Steve parkte hinter den beiden Fahrzeugen. Ein breiter Weg führte direkt in den Park. Nur noch wenige Strahlen der Nachmittagssonne drangen durch das dichte Blätterdach der Bäume, die den Weg rechts und links säumten. Der Unterholz lag im Dunkeln. Steve schlug den Kragen seiner Lederjacke hoch. „Es ist ziemlich abgekühlt."

„Da drüben sind unsere Leute!" Bob zeigte nach links, wo ein schmaler Pfad vom Weg abzweigte und zwischen den Büschen verschwand. Männer in Schutzkleidung untersuchten den Boden.

„Hey, Jenkins! Was habt ihr gefunden?" Bob ging auf einen älteren Mann zu, der unter einem Busch über den Boden kroch.

„Hallo, Curry. Kommt mir vor, als hätten wir uns erst gestern bei einem ähnlichen Fall gesehen", sagte der Mann mit einem müden Lächeln. „Es ist schon der neunte Todesfall in kürzester Zeit. Dieses Mal ist es allerdings keine Überdosis. Der Mann liegt unter einem Busch. Wir dachten erst, es könnte Selbstmord sein, doch der Schuss ist offensichtlich aus einer größeren Entfernung abgefeuert worden." Der Mann deutete den Winkel an, aus dem der Schuss gekommen war. „Die Waffe haben wir noch nicht gefunden." Er packte vorsichtig eine Bodenprobe in einen Plastikbeutel. „Schaut ihn euch in Ruhe an. Die Leiche liegt dort drüben. Wir haben sie mit einer Plane bedeckt, aber noch nichts angerührt."

„Also kein Selbstmord, sondern Mord. Danke, Jenkins", sagte Bob.

Steve war schon auf dem Weg zur Leiche. Er bückte sich und hob die Plane an, um einen Blick auf das Gesicht des Toten zu werfen. Er konnte seinen Augen nicht glauben.

„Oh mein Gott", keuchte er. „Bob, komm schnell! Das ist Randolph, der Fotograf." Steve schüttelte sich, als die Erinnerungen an gestern Abend wieder wach wurden. „Wie grauenhaft."

24

Bob hockte sich neben ihn. „Ja, das ist er." Er verzog das Gesicht. „Verdammt, das war's dann mit den Informationen. Wann hast du ihn gestern zuletzt gesehen?"

Steve legte die Plane wieder über das Gesicht. „Ich habe das Studio gegen sieben Uhr abends verlassen. Enrico war wütend, als er aufgetaucht ist. Ich hatte aber den Eindruck, die beiden Turteltauben würden sich wieder versöhnen. Mist." Er fragte sich, ob er den Mord hätte verhindern können, wenn er nur länger geblieben wäre.

Bob stand auf und schaute auf die Uhr. „Dann ist es also dreiundzwanzig Stunden her, seit du ihn zuletzt lebend gesehen hast."

„Jenkins!", rief er. „Das ist Randolph Foreman. Er ist Modefotograf. Wir waren gestern Abend in seinem Studio."

„Gut. Danke, Jungs." Jenkins schrieb den Namen auf ein Etikett und winkte einem seiner Assistenten zu, den Leichensack abzutransportieren.

„Gibt es mehr als eine Schusswunde?", fragte Steve.

Jenkins schüttelte den Kopf. „Nein, nur ein Einschuss. Und es sieht aus, als wäre die Leiche danach unter den Busch gezogen worden."

„Dann ist er also nicht hier getötet worden", meinte Bob.

„Kannst du uns schon mehr über den Todeszeitpunkt sagen?", wollte Steve wissen.

Jenkins machte eine vage Handbewegung. „Wahrscheinlich zwischen Mitternacht und vier Uhr früh."

„Danke, Jenkins", sagte Steve erleichtert. Um diese Zeit war er schon mit Bob zuhause gewesen, konnte also nicht unter Verdacht geraten.

„Kommst du? Es ist schon nach sechs Uhr." Bob gähnte und rieb sich über die Augen. „Lass uns für heute Schluss machen."

Steve nickte. „Rollins meinte, wir könnten den Rest morgen erledigen." Er sah noch einmal auf den toten Mann hinab. „Wenigstens konnte er mir noch den Tipp mit dem Blue Rocket geben. Das ist zumindest ein Anfang. Wir müssen Enrico zur Fahndung ausschreiben lassen. Wir brauchen seine Aussage."

„Er ist mit Sicherheit auch ein Verdächtiger", stimmte Bob ihm zu. Sie steckten die Hände in die Taschen und gingen nachdenklich zurück zum Ausgang des Parks. Ein junger Streifenpolizist lehnte an seinem Auto, das am Straßenrand stand. Er winkte Bob und Steve zu. „Ich bin im Dienst. Kann ich Ihnen helfen? Ist es Selbstmord?"

Bob ging zu ihm. „Officer, schicken Sie eine Einheit in das Fotostudio in der Morgan Avenue, Ecke Zehnte Straße. Fashion Photos. Lassen Sie das Studio versiegeln. Es ist ein möglicher Tatort."

„Jawohl, Sir!" Der junge Polizist salutierte und Steve fragte sich, ob er selbst auch jemals so diensteifrig gewesen war.

Der Fall hatte eine neue, zusätzliche Dimension bekommen. Stand Randolphs Tod mit Steps to Heaven in Verbindung? Oder war es nur ein Zufall, dass Randolph kurz vor seinem Tode mit Steve über Blue Rocket gesprochen hatte?

Steve brachte Bob zum Revier zurück, damit Bob dort seinen Wagen abholen konnte. „Bis dann", sagten sie wie aus einem Mund. Steve musste lächeln. Bob machte noch ein Victory-Zeichen, dann verschwand er in der Garage.

Steve schlief traumlos. Jedenfalls konnte er sich am nächsten Morgen nicht daran erinnern, geträumt zu haben. Er streckte sich und dachte dabei an den gestrigen Abend zurück. War er der letzte Mensch gewesen, der Randolph lebend gesehen hatte? Hatte Enrico seinen Geliebten ermordet? Und welche Verbindung bestand zwischen Randolph und Steps to Heaven?

3

STEVE HATTE gerade die Jeans angezogen, als es an die Tür klopfte.

„Bist du das, Bob?", fragte er und schnallte sich seine Armbanduhr um, eine nagelneue Yamamoto, deren viele Spezialfunktionen ihm immer noch ein Buch mit sieben Siegeln waren.

„Wer denn sonst?", rief Bob.

Steve öffnete die Tür und ließ ihn ein. „Hey, du. Als ich heute aufgewacht bin, musste ich an Randolph denken", sagte er und rieb sich die Augen.

„Und dir ist plötzlich klargeworden, dass er tatsächlich tot ist. Ich verstehe das." Bob legte ihm tröstend die Hand auf den Arm. „Hier, ich habe Bagels und Frischkäse mitgebracht, falls du Hunger hast." Er ging in die Küche und stellte die Tüte auf den Kühlschrank.

„Ja, lass uns frühstücken. Ich mache den Kaffee." Steve war froh, dass er und Bob immer die gleichen Ideen hatten. Sie reagierten auch oft gleich, obwohl sie sich vom Charakter und ihren Verhaltensweisen nicht sehr ähnlich waren.

„Tut mir leid, dass es heute keine alte Pizza mit Rootbeer gibt", sagte Bob grinsend.

„Bagels sind ein akzeptabler Ersatz, danke." Steve goss ihnen Kaffee ein. Er fühlte sich besser, wenn Bob in der Nähe war. Steve war überzeugt, sie würden bald mehr über Randolphs Tod und die Drogenfälle in Erfahrung bringen.

Bob bestrich einen Bagel mit Frischkäse. „Ich habe nachgedacht", sagte er. „Ich sollte auch die anderen Mitarbeiter von Fashion Photos befragen. Vielleicht können sie mir mehr über die Beziehung zwischen Randolph und Enrico sagen."

„Als ich gegangen bin, war niemand von ihnen mehr im Studio", warf Steve ein.

Bob biss in seinen Bagel und kaute genüsslich. Nachdem er geschluckt hatte, sagte er: „Und ich würde gerne mit dem Eigentümer des Studios reden. Und einigen der anderen Fotografen und Models."

„Du hörst dich an, als wolltest du das alleine tun. Machst du dir Sorgen, dass ich befangen sein könnte?", fragte Steve.

„Natürlich nicht, Kumpel", sagte Bob und nippte an seinem Kaffee. „Aber ich kann Enrico besser befragen, weil er mich noch nicht kennt. Wir halten dich da raus, damit seine Aussage nicht kompromittiert wird. Du hast schließlich kurz vor Randolphs Tod mit den beiden gesprochen." Er sah Steve an und fügte hinzu: „Wir müssen Rollins darüber informieren, dass wir Randolph durch Linda kennengelernt haben. Und du solltest ihm auch sagen, dass Randolph dich fotografiert hat."

„Wenn ich in dem Fall ein Verdächtiger bin, wird er mir entzogen", grummelte Steve, stand auf und brachte seinen Teller zum Spülbecken. „Wir brauchen unbedingt den genauen Todeszeitpunkt. Gut, dass du bei mir übernachtet hast, was? Dadurch habe ich wenigstens ein Alibi."

„Beruhige dich." Bobs Blick vermittelte Wärme und Vertrauen. „Auf das Risiko hin, dass es sich grausam anhört … aber sie werden dich über dein Verhältnis zu Randolph befragen. Enrico hat euch beide ja auch zusammen gesehen."

„Mist!" Steve lief in der Küche auf und ab, bis Bob aufstand und ihn von hinten an den Armen packte, um ihn zu beruhigen.

„Wenn die Laborergebnisse da sind, können wir uns zum Essen treffen – heute Mittag bei Dinah's – und entscheiden, wie wir weiter vorgehen. Okay?" Bob legte ihm die Hände auf die Schultern und massierte ihn. „Es wäre mir lieber, wenn du bei den Verhören anwesend wärst."

Steve lehnte sich mit dem Rücken an ihn und nickte.

EINE STUNDE später saß Steve im Büro und studierte die Untersuchungsberichte und Indizien zu Randolphs Tod. Der Fotograf war mit einer 38er – vermutlich ein Colt – erschossen worden. Der Tatort war ebenfalls im Park, nicht weit vom Fundort der Leiche entfernt.

Steve stützte den Kopf in beide Hände und dachte nach. Es war eine beschissene Situation, weil er Randolph am Vortag des Mordes gesehen hatte und daher eng in die Geschichte verwickelt war. Welches Motiv konnte es für das Verbrechen geben? Wer konnte einen Grund haben, den Mann zu beseitigen?

Steve dachte über Enrico nach, der so fürchterlich wütend geworden war, als er Randolph mit einem anderen Mann antraf. Randolph hatte von einem Treffen mit seinem Boss gesprochen, das er nicht wahrnehmen wollte. Und dann war da noch der andere Mann – dieser Chris –, der Randolph an eine Verabredung mit einem Mann namens Sanders erinnert hatte. Und was war mit anderen Beziehungen, die Randolph möglicherweise hatte? Vielleicht gab es noch einen enttäuschten Liebhaber oder eine Frau, die mehr von ihm wollte, als er zu geben bereit war …

„Steve und Bob! In mein Büro!" Rollins' Stimme riss ihn aus seinen Grübeleien.

Steve wusste, dass es früher oder später passieren musste. Aber er war sich immer noch nicht sicher, was er dem Captain über die Fotosession mit Randolph sagen sollte und was nicht.

„Setzt euch." Rollins hatte einen dicken Ordner vor sich liegen und blätterte ihn durch, als würde er nach Details suchen, die ihm bisher entgangen waren. Dann schaute er auf. „Steve, ihr beiden wart die ersten Detectives am Fundort der Leiche. Der Mord an Randolph Foreman ist also euer Fall. Wo steckt dein Partner und warum ist er nicht hier?" Rollins sah sich stirnrunzelnd um, als würde er erwarten, dass sich Bob hinter einem der Schränke versteckt hätte.

„Bob ist schon in dem Fotostudio, um die Mitarbeiter über Randolphs Tod zu befragen." Steve rieb sich die Hände und rutschte unruhig auf seinem Stuhl hin und her.

„Und warum bist du nicht bei ihm?", fragte Rollins, der mit seiner Geduld langsam am Ende war.

Steve holte tief Luft und sah seinen Vorgesetzten an. „Nun, Bob hielt es für besser, sie ohne mich zu befragen. Enrico, Randolphs ehemaliges Model, hat mich in dem Studio gesehen und …"

„Randall! Es wäre schön, wenn du dich etwas deutlicher ausdrücken würdest. Sonst schicke ich dich an die Akademie zurück zu einem Auffrischungskurs über die Kunst der Beweisvorlage!" Rollins ließ die Hand auf den Ordner fallen und zerknüllte dabei einige Papiere.

Steve nahm seinen ganzen Mut zusammen und erklärte, dass er Randolph am Dienstag kennengelernt hatte, als er mit Bob ins Fotostudio fuhr, um Linda Thornton zu treffen. „Randolph hat mit versprochen, uns Informationen über die Drogentoten der letzten Monate zu geben. Er hat … er *hatte* Verbindungen zu einem Club, in dem Models und Künstler diese neue Droge bekommen – Blue Rocket." Steve holte Luft. „Bob und ich wollten heute zu ihm fahren und mit ihm darüber reden. Aber jetzt ist es zu spät und ich will wissen, wer ihn umgebracht hat." Steve zeigte in Richtung des Büros, wo noch die Akte auf seinem Schreibtisch lag. Er zögerte kurz, weil er immer noch nicht wusste, ob er seinem Boss von den Fotoaufnahmen berichten sollte.

„Sollte ich sonst noch etwas erfahren?" Rollins ließ ihn nicht aus den Augen. Die Besorgnis in seinem Gesicht machte es Steve leichter, ihm zu beichten, dass er für Bademode posiert hatte.

„Du hast in Badehosen für den Kerl Model gestanden?", fragte Rollins mit ernster Stimme, aber seine Augen funkelten amüsiert. „Danke für die Information. Ich erwarte einen professionellen Bericht über deine Kurzkarriere als Model …" Er kicherte leise. „… und dein Zusammentreffen mit diesem Enrico. Dann suchst du deinen Partner und ihr findet alles über diesen Club heraus, was es herauszufinden gibt. Wie heißt er noch?"

„Steps to Heaven."

Rollins zeigte auf die Biografie des ermordeten Mannes. „Wir müssen auch alles über diesen Randolph Foreman erfahren. Ich will eure Berichte so schnell wie möglich auf dem Tisch haben. Und jetzt verschwinde und mach dich an die Arbeit! Und keine unautorisierten Aktionen! Verstanden?"

Steve nickte erleichtert, weil Rollins sich nicht über seine kurze Modelkarriere lustig gemacht hatte. „Danke", sagte er und verließ das Büro des Captains.

Er musste unbedingt mehr über diesen Club herausfinden.

VON AUSSEN machte das Fotostudio keinen sonderlich guten Eindruck. Es war ein altes, dreistöckiges Gebäude, dessen graue Mauern einen neuen Anstrich vertragen konnten. Die ganze Gegend sah nicht viel besser aus – triste Bürogebäude und ein Großhandel für Lederkleidung. Bob kam ins Foyer des Studios und sah sich um. Was für ein Kontrast! Scheinwerfer strahlten Fotos von Berühmtheiten aus Film und Modewelt an. Einige Models trugen verführerische Dessous und sahen den Betrachter einladend an. Bob blieb fasziniert vor den Bildern stehen.

Seine Gedanken waren bei seiner alten Studienfreundin. Er fragte sich, ob sie wohl schon von Randolphs Tod gehört hatte. Linda hatte ihm gesagt, sie wollte ihre Mutter in Philadelphia besuchen, deshalb war es durchaus möglich, dass sie die Neuigkeiten noch nicht erfahren hatte. Er musste sie dringend anrufen. Vielleicht konnte sie ihnen ja sogar neue Hinweise geben.

„Kann ich Ihnen helfen?" Die Stimme riss ihn aus seinen Gedanken. Sie kam von rechts, wo ein schwarzer Schreibtisch stand, hinter dem ein Mann saß. Er unterhielt sich mit einer schick gekleideten Frau in Stöckelschuhen. Bob nahm an, dass es sich bei der Frau ebenfalls um ein Model handelte.

Bob räusperte sich. Er las den Namen auf dem Schild, das der Mann trug. „Ja, Mr. Rivers, das können Sie." Er zog seine Dienstmarke aus der Brusttasche und zeigte sie dem Mann. „Ich möchte mit Mr. John Sanders sprechen, dem Besitzer des Studios. Mein Name ist Bob Curry, CCPD. Wir ermitteln im Todesfall eines Fotografen, der für Sie gearbeitet hat."

„Die Polizei war heute früh schon hier und hat Mr. Foremans Büro durchsucht. Wie furchtbar!", rief Rivers. „Wie soll man da noch zum Arbeiten kommen?" Er biss sich auf die Lippen. Bob war sich nicht sicher, was den Mann mehr aufregte – Randolphs Tod oder die Störung durch die Polizei.

„Randolph war einer unserer besten Fotografen. Die Polizei wollte uns nicht sagen, was mit ihm passiert ist. Nur, dass er tot wäre. Der Mann hatte so seine Art mit den Models. Er hatte einen gewissen Ruf …" Rivers brach mitten im Satz ab und schüttelte den Kopf.

„Ja? Reden Sie doch weiter", forderte Bob ihn auf, weil er an Details interessiert war.

„Der arme Kerl hat sich oft mit den falschen Leuten eingelassen, wenn Sie wissen, was ich meine", sagte Rivers in vertraulichem Tonfall. „Er hat sich verliebt und wollte dann nicht aufgeben. Das hat manchmal zu Problemen geführt. Aber das geht mich nichts an. Ich werde Mr. Sanders benachrichtigen. Sie können so lange in der Lounge Platz nehmen." Er zeigte auf eine Nische im Hintergrund, in der ein protziges, rotes Plüschsofa stand.

Bob hatte sich gerade hingesetzt, da öffnete sich auf der anderen Seite des Foyers eine Tür, aus der ein Mann in einem maßgeschneiderten, grauen Anzug kam. Der Mann sah sich suchend um und Bob stand auf. „Mr. Sanders? Ich bin Bob Curry, CCPD." Bob zeigte wieder seine Dienstmarke vor. „Ich habe einige Fragen an Sie."

Sanders zeigte in den Flur. „Bitte folgen Sie mir in mein Büro, Mr. Burry."

„Curry", korrigierte Bob ihn trocken.

Sanders lächelte säuerlich und führte Bob zu einem Büro auf der linken Seite des Flurs. Der kleine Raum wirkte ziemlich überladen. Die Wände hingen voll mit Fotos von Models – Männern und Frauen –, die in unterschiedlichen Outfits vor der Kamera posierten. Einige Fotos schienen schon etwas älter zu sein und zeigten vielleicht ehemalige Berühmtheiten. Bob erkannte auf einem der Bilder Linda Thornton.

„Nehmen Sie Platz." Sanders zeigte auf einen braunen Ledersessel, der vor dem kleinen Schreibtisch stand.

Bob setzte sich auf die Kante des Sessels und wünschte, er hätte jetzt Steves Yamamoto, um auf die Uhr zu sehen.

„Rauchen Sie?" Sanders hielt ihm eine Schachtel Zigaretten hin und wühlte mit der anderen Hand in der Jackentasche – vermutlich nach einem Feuerzeug.

„Nein, danke. Ich möchte Ihnen einige Fragen über Ihren Mitarbeiter, Randolph Foreman, stellen. Er ist gestern gestorben."

„Ich weiß. Es ist eine Tragödie. Einer unserer besten Fotografen." Sanders seufzte betroffen. Dann ging er hinter seinen Schreibtisch und setzte sich in den Bürostuhl.

„Was können Sie mir über Randolph Foreman sagen?", fragte Bob und klappte seinen Notizblock auf, um sich Stichworte zu notieren.

Sanders zündete gedankenversunken eine Zigarette an und nahm einen tiefen Zug. Es war, als müsste er sich die richtige Antwort auf Bobs Frage genauestens zurechtlegen. „Ich habe immer befürchtet, dass Randolph so endet", sagte er schließlich. „Nicht, dass ich schlecht von ihm gedacht hätte. Aber er ist immer wieder in Schwierigkeiten geschlittert. Hat er sich umgebracht?" Sanders warf einen traurigen Blick aus dem Fenster. „Er hat einmal gesagt, er könne so nicht weitermachen. Es ist wirklich traurig." Sanders zuckte mit den Schultern.

„Er wurde ermordet", stellte Bob fest und achtete auf Sanders' Reaktion.

„Nein, das ist unmöglich!" Sanders stand abrupt auf. „Randolph war so ein netter Kerl und so charmant, wenn er glücklich war. Warum sollte jemand ihn umbringen? Wir haben ihn alle geliebt. Bis auf seine früheren Liebhaber vielleicht …" Er runzelte die Stirn.

„Das ist interessant." Bob richtete sich auf. „Wer waren seine Liebhaber und warum sollten sie ihn umbringen wollen?"

Sanders lachte. Es hörte sich an wie das Bellen eines Hundes. „Detective, da erwarten Sie zu viel von mir. Woher soll ich das wissen?" Er nahm einen Zug von seiner Zigarette. „Ich kann Ihnen keine Details geben, aber die Gerüchte sagen, dass er sich oft in seine Models verliebte." Er zuckte wieder mit den Schultern.

„Wir brauchen eine Liste aller Männer, mit denen er in den letzten sechs Monaten gearbeitet hat", sagte Bob.

Sanders zog die Augenbrauen hoch. „Das ist sehr viel Arbeit. Randolph war ein viel beschäftigter Mann. Warten Sie!" Er drückte die Zigarette aus. „Sein letztes Model war Enrico Gonzales. Möglicherweise hatten sie eine Affäre."

Bob notierte es sich in seinem Block. „Enrico Gonzales wurde für einen Fototermin erwartet, ist aber nicht erschienen. Randolph hat sich darüber sehr aufgeregt."

Sanders steckte sich eine neue Zigarette an. „Ich habe heute früh mit ihm gesprochen." Er nahm einige Züge. „Er hat mir gesagt, er hätte Randolph am Dienstagabend mit einem anderen Mann angetroffen. Enrico war nicht sehr glücklich darüber, das kann ich Ihnen sagen. Aber er wäre niemals in der Lage, seinem Geliebten etwas anzutun, falls sie wirklich Geliebte waren." Sanders drückte auch diese Zigarette in seinem überquellenden Aschenbecher aus.

„Sie halten Enrico also nicht für den eifersüchtigen Typ Mann, der sich rächen will, wenn er seinen Geliebten mit einem fremden Mann antrifft", erkundigte sich Bob.

„Oh, Enrico ist ein Heißsporn. Aber ich glaube nicht, dass er etwas derart Grausames tun würde." Sanders erhob sich. „Detective, mehr kann ich

Ihnen nicht sagen. Ich habe jetzt eine Verabredung zum Mittagessen mit einem unserer neuen Models. Das Geschäft geht weiter." Er lächelte entschuldigend und streckte den Arm zur Tür aus.

„Eine Frage noch." Bob fing eine neue Seite in seinem Notizblock an. „Haben Sie zufällig Mr. Gonzales' Adresse? Und wo waren Sie zwischen Dienstagabend und Mittwochmorgen?"

„Das sind schon zwei Fragen, Officer." Sanders' Lächeln wirkte gequält. Er kam hinter seinem Schreibtisch hervor, um zu zeigen, dass er das Gespräch wirklich als beendet betrachtete.

„Und?" Bob lehnte sich bequem zurück und machte keinerlei Anstalten, seinen Sessel zu verlassen.

Sanders ging vom Schreibtisch zur Tür.

„Bin ich denn jetzt auch verdächtig? Am Dienstagabend hatte ich einen Termin mit meinem Assistenten, Chris Barber. Wir haben auf Randolph Foreman gewartet, aber der ist nicht gekommen. Später am Abend habe ich mich mit meiner Freundin getroffen, die bei mir übernachtet hat." Die vielen Fragen waren ihm zusehends unangenehm. „Und gestern … lassen Sie mich in meinem Kalender nachschauen." Sanders ging zu seinem Schreibtisch zurück und blätterte in einem Tischkalender. „Hier ist es: Mittwoch, Termin bei Dr. Glassman in Santa Barbara. Meine Freundin und ich sind in einem Stau auf dem Canyon Drive hängengeblieben und zu spät gekommen." Er verschränkte die Arme und sah Bob grimmig an. „Enricos Adresse können Sie sich am Empfang geben lassen. Und jetzt entschuldigen Sie mich bitte." Er ging zur Tür und öffnete sie. Dabei stieß er mit einem Mann zusammen, der Bob bekannt vorkam.

„Chris, ich weiß, dass wir uns beeilen müssen. Ich bin gleich soweit." Sanders winkte Chris nach draußen und sie wollten gehen.

Bob stand auf, klappte seinen Notizblock zu und rief Chris zurück. „Mr. Barber? Ich möchte mit Ihnen reden."

Chris warf Sanders einen fragenden Blick zu. Sanders rollte genervt mit den Augen.

„Was ist los, Mann?", fragte Chris, der immer noch in der Tür stand. Seine dunklen Haare hingen ihm in die Stirn und verbargen die Augen.

„Würden Sie bitte reinkommen?" Bob zeigte auf den Schreibtisch. „Mr. Sanders, ich würde gerne einige Minuten unter vier Augen mit ihm sprechen. Können wir Ihr Büro benutzen?"

„Als ob ich eine andere Wahl hätte!", knurrte Sanders. „Ich werde meinen Anwalt verständigen."

Chris kam zögernd ins Büro, die Hände in den Taschen vergraben.

„In welcher Beziehung standen Sie zu Randolph Foreman?", fragte Bob und setzte sich auf die Sessellehne.

„Das geht Sie nichts an. Und falls Sie von der Presse sind, können Sie Ihren Arsch gleich hier rausbewegen. Wir haben genug von euch neugierigen Reportern!"

„Wow, nicht so hastig! Ich bin Detective Curry vom CCPD." Bob hielt seine Dienstmarke hoch. „Bitte, nehmen Sie Platz. Und schließen Sie hinter sich die Tür." Bob zwang sich zur Ruhe. Er würde zu spät kommen zum Mittagessen mit Steve, wenn das so weiterging.

„Ich weiß nichts über Randy. Nur, dass er verrückt war nach den Models, mit denen er arbeitete. Waren Sie am Dienstag nicht mit einem anderen Mann hier?" Chris musterte ihn misstrauisch.

„Ich stelle hier die Fragen", stellte Bob trocken fest. „Sie wollten mir von Randolphs Beziehungen zu den Models erzählen."

Chris zuckte mit den Schultern. „Randy schien hinter dem Mann her gewesen zu sein, der am Dienstag hier war. Sagen Sie mir nicht, dass der Kerl was mit Randy hat … oder hatte. Glauben Sie, er hat etwas mit Randys Tod zu tun?" Er sah Bob an. „Ich kann Ihnen den Mann beschreiben. Dunkle Haare, attraktiv …" Chris bekam einen verträumten Blick wie ein kleiner Junge, der noch an Märchen glaubte.

„Sagen Sie mir, was Sie vor zwei Tagen gemacht haben", unterbrach ihn Bob. „Sie sind am Dienstagabend zu einem Termin mit Ihrem Boss aufgebrochen", erinnerte er ihn. „Worum ging es bei diesem Termin? Warum sollte Randolph ebenfalls dabei sein?"

Chris schaute zu Boden. „Wir wollten unsere Geschäfte an die Ostküste ausweiten und brauchten dafür Randys Kontakte. Ohne ihn müssen wir wieder ganz von vorne anfangen. Mist."

Bob stand auf und steckte seinen Notizblock weg. „Chris, Sie werden uns noch mehr Fragen beantworten müssen. Auf dem Revier. Ich erwarte Sie dort morgen früh, pünktlich um neun Uhr. Verstanden?"

Chris nickte hastig und ging zur Tür. Dann verließen sie zusammen das Büro. Bob ging zum Empfang, um sich die Adressen von Enrico und Randolph geben zu lassen.

4

BOB WAR erleichtert, dass in Dinah's Diner heute nicht so viel Betrieb herrschte. Er schaute sich um, konnte Steve aber nirgends entdecken. Bella stand hinter der Theke. Sie winkte nach links und zeigte auf eine Nische in der Ecke. Bob lächelte und ging ans Buffet.

Steve saß bei einer jungen Frau. Sie unterhielten sich, lachten und naschten von einer Vorspeise. Bob blieb stehen, als ihm ein Stich durch die Brust fuhr. Er fühlte sich plötzlich allein und verlassen.

„Hey, Bob. Endlich! Ich dachte schon, du kommst nicht mehr." Steve winkte ihm zu und rutschte zur Seite, damit Bob sich neben ihn setzen konnte.

Bob setzte sich und sortierte unterm Tisch seine langen Beine. „Entschuldigung", murmelte er, als er versehentlich jemanden mit dem Fuß trat.

„Macht nichts." Die Frau lächelte. Sie hatte lange, fast schwarze Haare, dunkle Augen und hellbraune Haut.

Steve strahlte Bob an und stieß ihn in die Seite. „Bob, das ist Jessica, eine der Kellnerinnen. Sie hat mir geholfen, die Zeit zu vertreiben. Und sie hat mir von dem Club erzählt, den wir suchen. Aber jetzt muss ich erst essen. Ich nehme einen Burrito. Was willst du? Einen Tofu-Burger?"

Jessica verzog das Gesicht. Steve bedeckte Bobs Hand mit seiner. „Unterschiede ziehen sich an. Habe ich recht?"

Bob genoss die Wärme von Steves Hand und fragte sich, wieso er sich schon viel besser fühlte als noch vor wenigen Sekunden.

Jessica sah lächelnd auf ihre Hände. „Nun, Steps to Heaven ist für Männer wie euch wie gemacht. Falls ihr an einer Karriere als Model oder Schauspieler interessiert seid, lernt ihr dort die richtigen Leute kennen. Und ihr werdet dort auch gut aufgenommen und akzeptiert."

Steve zog seine Hand weg und runzelte die Stirn. „Wie meinst du das?"

„Tut mir leid, falls ich zur falschen Schlussfolgerung gekommen bin, aber ich hatte den Eindruck, ihr beiden gehört zusammen. Und ich habe damit kein Problem." Sie sah erst Steve, dann Bob und wieder Steve an.

„Aber wir sind nicht ..." Bob brachte ihn mit einem Stoß in die Rippen zum Schweigen.

Jessica beugte sich vor. „Einige meiner besten Freunde sind schwul", sagte sie vertraulich. „Im Club werdet ihr euch wie zuhause fühlen. Nächsten Samstag ist dort eine große Party. Ich kann euch einladen, falls ihr Lust dazu habt. Man braucht die Empfehlung eines Mitglieds, um eingelassen zu werden. Abgemacht?" Sie strahlte die beiden an.

Bob reagierte schnell. Jessica musste nicht erfahren, dass sie Bullen waren. Hoffentlich hatte Steve es noch nicht erwähnt. Bob stieß ihn mit dem Bein an und Steve erwiderte den Druck.

„Warum eigentlich nicht?" Bob beschloss, Jessica nicht zu korrigieren und so zu tun, als wären er und Steve Geliebte. Er legte Steve den Arm um die Schultern. Steve verkrampfte sich erst, dann sahen sie sich an und Steve verstand das Spiel.

„Das wäre lieb, mein Schatz", sagte Steve zu Jessica. Dann griff er Bob in die Jackentasche und zog einen Stift und den Notizblock hervor. „Sagst du mir deinen Namen?"

„Jessica Parker." Sie kicherte. „Meine Telefonnummer ist 555-6752. Und falls ihr mich schnell finden wollt, wisst ihr ja schon, wo ich arbeite."

Steve notierte ihren Namen und die Telefonnummer. „Und was ist die Adresse des Clubs?", fragte er mit einem Seitenblick auf Bob.

„Er ist an der Ecke Winchester und Siebte Straße."

„Gut. Wir werden da sein." Steve packte den Notizblock weg. „Um wie viel Uhr?"

„Neun Uhr wäre optimal. Ich erwarte euch am Eingang." Jessica zwinkerte ihnen zu. „Aber verspätet euch nicht, sonst bin ich weg. Sie spielen fantastische Musik und der DJ ist sehr amüsant." Jessica schaute seufzend auf die Uhr. „Tut mir leid, Jungs. Ich muss mich beeilen. Meine Mittagspause ist schon seit einer Viertelstunde vorbei. Zurück an die Arbeit. Bis nächsten Samstag dann, ja?" Sie winkte ihnen noch kurz zu, dann verschwand sie.

„Bob, warum hast du ihr nicht widersprochen, als sie uns für schwul hielt?", rief Steve und schlug mit der Hand auf den Tisch. „Wenn wir uns wie ein Paar aufführen, kriegen wir nie eine Frau ins Bett! Ich dachte, ich hätte bei ihr eine Chance …"

„Verstehst du nicht? Wenn wir mehr über den Club erfahren wollen, müssen wir so tun, als wären wir aufstrebende Künstler", erklärte Bob und öffnete die Speisekarte.

Steve starrte schweigend an die Wand.

„Ich habe Lust auf eine große Pizza. Aber nicht die scharf gewürzte", verkündete Bob.

Steve sah ihn überrascht an. „Ich verstehe das nicht. Du jagst mir fast Angst ein. Was geht in deinem Kopf nur vor? Du machst meine Essgewohnheiten nach und willst Undercover in diesen Club gehen?"

„Ich brauche eben ab und zu Abwechslung."

Steve legte die Speisekarte zur Seite. „Mir ist der Appetit vergangen."

„Komm schon, Steve! Es ist nur logisch, den Club auszukundschaften. Damit kommen wir den Drogendealern mindestens einen Schritt näher", erwiderte Bob und winkte die Kellnerin an ihren Tisch, um seine Bestellung aufzugeben.

„Was jetzt?", fragte Steve und wischte sich mit der Serviette den Mund ab. Er hatte wirklich keinen Appetit mehr gehabt, als Jessica sich vorhin verabschiedete. Doch als ihm das köstliche Aroma von Bobs Pizza al Funghi in die Nase stieg, bediente er sich trotzdem großzügig.

Steve hatte gehofft, bei der Kellnerin landen zu können. Er war in letzter Zeit so geil, und in seiner Fantasie ständig den nackten Bob zu sehen, machte die Sache auch nicht besser. Was er brauchte, war eine sexy Lady im Bett, die ihm die Leere der letzten Monate vertrieb. Diese Chance hatte er jedoch selbst verspielt, als er Bobs Hand nahm. Warum hatte er das nur getan?

Es war immer das Gleiche. Die Nähe zwischen Bob und ihm führte dazu, dass falsche Schlüsse gezogen wurden. Normalerweise kümmerten sie sich nicht darum und machten sich sogar über Kollegen lustig, die glaubten, dass Bob und er mehr als Freunde waren.

Heute machte er Bob Vorwürfe, weil der den Ball aufgenommen hatte, um als schwules Paar in diesen Club zu kommen. „Vergiss es!" Er merkte erst verspätet, dass er laut gesprochen hatte.

„Was soll ich vergessen?" Bob wühlte in seiner Jackentasche nach den Autoschlüsseln.

„Ah, vergiss es! Lass uns zu Enrico fahren und sehen, was er zu sagen hat. Ich kann im Wagen auf dich warten, weil er mich schon kennt." Dieser Tag war von Anfang an beschissen gewesen. Er nahm sich vor, nach dem Dienst einen Cartoon-Marathon einzulegen und spät ins Bett zu gehen. Oder vielleicht auch gar nicht.

Hatte Enrico Randolph umgebracht, weil er Steve für den neuen Mann im Leben seines Geliebten hielt? Steve schüttelte sich und folgte Bob zum Wagen. Er ertappte sich dabei, Bob auf den Hintern zu starren und schaute schnell zur Seite. Verstörende Gedanken schossen ihm durch den Kopf – Bob, der neben ihm im Bett lag, der ihn erregte. Steve schob sie beiseite. Er brauchte Sex, und zwar möglichst bald.

„Enrico muss in dem Mietshaus dort drüben wohnen", sagte Bob und fuhr an den Straßenrand, um zu parken.

Steve musterte überrascht das Gebäude mit dem roten Ziegeldach, das im typischen Südwest-Stil gebaut war. Er war während der Fahrt so in seine eigenen Gedanken versunken gewesen, dass er auf nichts geachtet hatte. „Okay. Und du willst ihn allein befragen?"

Bob zögerte. „Ich weiß nicht. Vielleicht sollte er dich nicht sehen. Ohne dich erfahre ich wohl mehr von ihm über dich und deinen Freund Randolph", neckte er.

Steve war nicht in der Stimmung, darauf einzugehen. „Dann geh jetzt. Ich warte hier", erwiderte er knapp.

Bob stieg aus. Steve schaute ihm nach, wie er mit großen Schritten die Straße überquerte, um die Befragung so schnell wie möglich hinter sich zu bringen. Er drehte sich in seinem Sitz um und streckte den Hals, um zu sehen, wie Bob in dem Gebäude verschwand. Steve hatte ein ungutes Gefühl dabei, seinen Freund allein in das Haus gehen zu lassen. Was war, wenn Enrico wütend wurde und Bob attackierte?

Er rief sich zur Ordnung wegen seiner übertriebenen Sorge um Bob. Allerdings gingen sie normalerweise immer zu zweit, wenn sie Zeugen oder Verdächtige befragten. Es war schließlich auch Vorschrift. Um sich abzulenken, öffnete er das Handschuhfach, das vollgestopft war mit alten Rechnungen und aufgerissenen Verpackungen von Bonbons und Schokoriegeln … und einem Zettel mit einer Telefonnummer. Gehörte die Nummer zu einer Frau, mit der Bob ausgegangen war?

Steve packte den Müll in seine Hosentaschen und schaute aus dem Fenster. An der nächsten Straßenecke stand ein Mülleimer. Er wollte gerade aussteigen, als ihm auffiel, dass der Rücksitz auch von Müll übersät war. „Bob, du bist eine Schlampe. Warum lasse ich mir das nur gefallen?" Steve beugte sich seufzend über die Lehne nach hinten, um den Müll einzusammeln. Er musste sich zwischen den Sitzen durchzwängen und sein rotes T-Shirt rutschte aus dem Hosenbund.

„Ihhh!", schrie er. Etwas hatte ihn zwischen dem Saum des T-Shirts und dem Hosenbund berührt. Er zuckte zurück. Bob grinste ihn durchs geöffnete Seitenfenster an.

„Keine Sorge, Kumpel", sagte Bob. „Ich dachte, da wäre was an deinem Rücken. Scheint aber, als hätte ich mich getäuscht."

„Bob, ich könnte dich erwürgen! Du hast mir einen Heidenschreck eingejagt!", schrie Steve. Sein Herz pochte wie wild.

„Was ist los, Kumpel?" Bob hörte sich besorgt an. „Ich wollte dich doch nur auf den Arm nehmen."

„Ich habe eine Spinnenphobie! Ich habe als Kind meinen Eltern geholfen, im Garten eine Hütte zu bauen. Da ist plötzlich eine riesige Spinne über das

Brett gelaufen, das ich getragen habe. Seitdem kann ich keine Spinnen mehr ertragen." Steve schüttelte sich.

„Wenn ich das gewusst hätte …" Bob lächelte entschuldigend.

„Vergiss es." Steve sah sich stirnrunzelnd um. „Warum bist du schon zurück? Wollte Enrico nicht mit dir reden?"

„Schlimmer. Er ist verschwunden. Ein Nachbar meint, er hätte gesehen, wie Enrico heute früh mit einem Koffer das Haus verließ. Er schien es eilig zu haben. Wir sollten ihn zur Fahndung ausschreiben lassen."

„Sicher." Während Bob den Motor anließ, informierte Steve über Funk das Revier und bat darum, Enrico Gonzales wegen Mordverdacht auf die Fahndungsliste zu setzen.

„Mein Gott, wenn Enrico Randolph ermordet hat … Ich hätte die beiden am Dienstag nicht alleinlassen sollen. Vielleicht hätte ich dann Randolphs Tod verhindern können." Steve fühlte sich miserabel. Er rief sich die Szene ins Gedächtnis zurück, als Enrico die Tür öffnete und ihn mit Randolph in einer Art Umarmung erwischte.

Jedenfalls musste es Gonzales wie eine Umarmung vorgekommen sein. Enrico war jedenfalls fuchsteufelswild geworden und hatte Randolph beschuldigt, einen anderen Mann zu haben.

„Ich brauche deinen Notizblock, Kumpel", sagte Steve.

Bob hielt den Arm zur Seite, damit Steve ihm in die Brusttasche fassen konnte. Steve öffnete den Block und pfiff leise. „Du hast Randolphs Adresse. Und er hat eine Schwester im Osten der Stadt. Woher hast du das? Und hast du auch die Adresse der Schwester?"

„Millie Swanson, die Sekretärin im Revier, hat sie mir besorgt. Die Adresse der Schwester steht auf der nächsten Seite." Bob fuhr langsamer. „Vielleicht haben wir Glück und treffen sie heute an." Er hielt nach einem Straßenschild Ausschau. „Aber wir sind in der falschen Richtung unterwegs. Wir sollten hier abbiegen." Er wechselte die Spur und bog an der nächsten Kreuzung links ab.

„Palm Drive", sagte Steve nach einem Blick auf Jane Foremans Adresse. „Das ist ziemlich weit von hier. Nachdem wir mit ihr gesprochen haben, können wir für heute Feierabend machen." Er ließ sich gähnend in den Sitz sinken. „Die Berichte haben bis morgen Zeit." Er streckte die Beine aus und verhedderte sich mit den Füßen in der Fußmatte. Grummelnd rückte er die Plastikmatte wieder gerade und wischte sich die Schuhe ab. „Wenn wir zu der Party fahren, nehmen wir mein Auto, okay? Dein alter Mercedes braucht dringend eine Generalüberholung. Die Fußmatte hat Löcher!"

„Halt die Luft an, Steve!" Bob zeigte mit dem Finger auf ihn. „Erinnerst du dich an deine Beifahrertür? Keine echte Lady wird sich mit dem Ding abgeben wollen. Gar nicht zu reden von dem Junkfood, den du immer isst."

Steve sagte kein Wort. Es war sowieso alles Bobs Schuld. Bob hatte ihm die Chance auf ein Date mit Jessica vermasselt, indem er dieses lächerliche Spiel mitgemacht hatte und so tat, als wären sie schwul. Es wurde Zeit, dass er an sich dachte und seinem Partner für einige Tage aus dem Weg ging.

„DAS IST die Tür. Auf dem Schild steht ‚Jane Foreman'. Du kannst klingeln." Steve trat von einem Fuß auf den anderen. Er musste dringend pinkeln.

Bob drückte auf den Klingelknopf und holte seine Dienstmarke aus der Brusttasche, um sie der Frau zu zeigen.

„Wer ist da?", hörten sie eine leise Stimme. Die Tür wurde einen Spalt geöffnet.

„Hallo, Ma'am. Detectives Curry und Randall vom CCPD. Dürften wir kurz mit Ihnen sprechen?" Bob hielt die Dienstmarke hoch.

„Selbstverständlich. Geht es um meinen Bruder?" Jane Foreman ließ sie in die Wohnung. Sie war klein und zierlich. Die aschblonden Locken fielen ihr bis auf die Schultern. Ihr war anzusehen, dass sie geweint hatte.

„Miss Foreman, ich hoffe, wir stören Sie nicht", sagte Bob.

Immer der Gentleman, wie?, dachte Steve. *Du kannst mit Frauen und Opfern umgehen. Sie schmelzen alle dahin, wenn sie deine samtweiche, mitfühlende Stimme hören.*

„Wir würden gerne über Randolphs Freunde mit Ihnen reden. Vielleicht wissen Sie auch, ob er Feinde hatte."

„Entschuldigen Sie mich", unterbrach Steve. „Dürfte ich bitte Ihre Toilette benutzen?"

Bob sah ihn an. Seine Gedanken standen ihm ins Gesicht geschrieben. *Warum bist du nicht bei Dinah's gegangen? Wie oft muss ich dir noch sagen, dass du nicht so lange warten sollst?*

Leck mich!, dachte Steve und funkelte ihn mit genervtem Blick an.

„Die Tür gleich rechts", flüsterte Jane Foreman und zeigte in den Flur.

Steve lächelte ihr freundlich zu und machte sich auf den Weg, seine Blase zu erleichtern. Als er zurückkam, saß Bob auf der Sofakante und Jane lehnte sich neben ihm in die Kissen.

„Sie sagen also, Ihr Bruder hatte Affären mit männlichen Models. Sie dauerten aber nie sehr lange, weil sie ihn alle wieder verließen. Sie sagten auch, Randolph und Enrico hätten sich am Dienstag gestritten. Enrico ist zu dem

Fototermin nicht erschienen und Randolph hatte ein schlechtes Gewissen", fasste Bob zusammen, was Jane ihm erzählt hatte.

Steve setzte sich auf den Sessel gegenüber. „Hat Randolph jemals mit Ihnen über einen Club namens Steps to Heaven gesprochen?"

Jane überlegte. Sie schob sich eine Locke hinters Ohr und sah Steve an. „Ich kann mich erinnern, dass er einen neuen Club erwähnte, in dem man interessante Leute trifft. Er sagte, viele dort hätten echte Chancen, ins Showbusiness einzusteigen. Deshalb wollte er auch Mitglied werden." Sie machte eine Pause und dachte nach. „Er hat auch erwähnt, dass einige Leute aus dem Studio Mitglieder des Clubs geworden wären und danach aufgehört hätten, für Fashion Photos zu arbeiten. Es hörte sich an, als wüsste er mehr darüber, wollte es mir aber nicht sagen."

Steve beugte sich vor. „Es wäre uns eine große Hilfe, wenn Sie sich an noch mehr Details erinnern könnten. Hat Randolph jemals darüber gesprochen, was in diesem Club passiert?"

Jane lächelte müde. „Wissen Sie, Randolph konnte sehr dramatisch sein. An dem einen Tag liebte er jemanden noch, am nächsten fühlte er sich zurückgewiesen und wollte sich dafür revanchieren. Aber er war mein Bruder und ich verstehe nicht …" Tränen liefen ihr über die Wangen.

Bob gab Steve ein Zeichen, mit den Fragen aufzuhören. Sie hatten genug erfahren. „Es tut mir leid, dass Sie Ihren Bruder verloren haben, Miss Foreman." Er legte eine Visitenkarte mit ihren Telefonnummern auf den Couchtisch. „Wenn Ihnen noch mehr einfällt, können Sie uns gerne anrufen. Wir finden den Weg zur Tür."

Jane nickte und tupfte sich die Augen trocken.

„Das war's", sagte Steve, als sie die Wohnung verließen. „Mir reicht's für heute. Fährst du mich noch nach Hause? Ich brauche dringend Schlaf. Vielleicht fällt uns am Montag mehr ein."

Bob warf ihm einen seltsamen Blick zu.

Steve wusste, dass er Bob merkwürdig vorkommen musste. Es war ungewöhnlich, dass sie sich am Wochenende nicht sahen. Sie nahmen sich meistens Zeit, zusammen ein Bier zu trinken oder essen zu gehen, bevor sie sich der Damenwelt widmeten. Aber an diesem Wochenende war Steve nicht in der Stimmung, seine Freizeit mit Bob zu verbringen. Und das obwohl keine Dame in Sichtweite war, die ihm helfen konnte, seine Bedürfnisse zu befriedigen.

Bob parkte in der kleinen Einfahrt, die zu Steves Wohnung führte. „Wie wäre es mit …?", fing er an.

Steve wandte den Blick ab. Er konnte Bob nicht in die Augen sehen. Er fühlte sich schwach und wollte dieser merkwürdigen Versuchung nicht nachgeben.

„Ich bin müde. Wir sehen uns am Montag, ja?", sagte er stattdessen. Dann stieg er aus, ohne Bob noch einmal die Hand zu geben, wie sie es normalerweise machten, wenn sie sich verabschiedeten.

5

STEVE HOLTE tief Luft, als er seine Wohnung betrat. Endlich allein. Und ein langes Wochenende lag vor ihm. Der vertraute Geruch war beruhigend. Niemand nervte ihn mit Scherzfragen oder nutzlosen Ermahnungen. Er schlurfte in die Küche und holte sich ein Bier aus dem Kühlschrank. Dabei fand er auch noch ein kaltes Stück Pizza und grinste zufrieden.

Hey, Bob! Wen interessiert schon, was ich esse? Mmm, schmeckt das gut.

Nach dem zweiten Bissen stellte er fest, dass die Pizza sauer schmeckte. Angeekelt warf er den Rest in den Mülleimer. Im Schrank war nichts Essbares zu finden, aber dafür einige Flaschen mit unbekannten Etiketten, die er noch nie gesehen hatte. Das mussten die Zutaten für Bobs Energydrinks sein. Warum hatte er die hier stehenlassen?

Bob war so oft hier, dass er schon ein Teil von Steves Leben geworden war. Steve konnte gar nicht mehr zählen, wie oft Bob nach einer durchzechten Nacht schon auf seinem Sofa übernachtet hatte. Morgens joggte Bob meistens in den kleinen Laden an der Ecke, wo er sich die Zutaten für seine Spezialdrinks besorgte.

Steve nahm einen tiefen Schluck Bier und ging dann ins Wohnzimmer, wo er sich aufs Sofa fallen ließ. Seine engen Jeans waren unbequem und er beschloss, eine Jogginghose anzuziehen. Also stand er wieder auf. Die Bierdose ließ er auf dem Couchtisch stehen. Auf dem Weg ins Schlafzimmer knöpfte er die Jeans auf. Als er sie auszog, fielen einige zerknitterte Zettel aus der Hosentasche. Steve erinnerte sich an den Müll, den er in Bobs Auto aufgesammelt hatte. Er faltete die Hose zusammen und hob die Zettel auf, um sie vorläufig auf seinem Nachttisch zu deponieren.

Im Schrank fand er eine hellgrüne Jogginghose und zog sie an. Sie hing ihm so tief auf den Hüften, dass sie fast runterrutschte. *Mist, Bob. Das ist deine Hose.* Stöhnend durchsuchte er den Schrank, bis er eine seiner eigenen Hosen fand.

Da er nichts zu tun hatte und in der Küche nichts Essbares mehr aufzutreiben war, legte er sich aufs Sofa und trank einen von Bobs Spezialdrinks. Er musste zugeben, dass es nicht schlecht schmeckte. Eine Mischung aus Ananas und Kokosnuss.

43

Steve schaute auf den Zettel mit der Telefonnummer, den er in Bobs Handschuhfach gefunden hatte. Er wollte ihn nicht wegwerfen. Die Nummer kam ihm nicht bekannt vor. Eine von Bobs Verabredungen vielleicht?

Steve trank den Drink aus. Was, wenn er die Nummer einfach ausprobierte, um herauszufinden, wer ans Telefon ging?

„Hallo", antwortete eine Frauenstimme.

Steve war verwirrt. Die Stimme passte zu niemandem, den er kannte, aber sie hörte sich trotzdem vage bekannt an. „Wer spricht da? Vielleicht habe ich mich verwählt", sagte er und kam sich selten dämlich vor, eine fremde Nummer gewählt zu haben.

„Bist du das, Steve Randall?"

Und plötzlich erkannte er den texanischen Akzent. „Luna? Die liebliche Luna?"

„Sicher, ich bin's. Junge, ist mit dir oder Bob etwas nicht in Ordnung? Braucht ihr Hilfe?" Luna hörte sich besorgt und mitfühlend an.

Steve überlegte, was er ihr antworten sollte. Er wollte nicht zugeben, sie grundlos und nur aus Neugier angerufen zu haben.

„Äh, nein. Es ist nur … Ich könnte etwas Gesellschaft vertragen und wollte dich fragen, ob du Lust hast, irgendwann mit mir essen zu gehen." Er hielt gespannt die Luft an, während er auf ihre Antwort wartete.

„Sicher, warum nicht. Für dich immer. Lass mich kurz im Kalender nachsehen …"

Was sollte er dazu sagen. Luna arbeitete als Prostituierte. Er und Bob hatten sie vor einiger Zeit gerettet, als ihr ein verrückter Freier an die Gurgel wollte. Seitdem waren sie Freunde. Sie hatte allerdings eine Schwäche für Bob, und Steve war sich sicher, dass sie ihn normalerweise kaum zur Kenntnis nahm, wenn sie ihr begegneten.

„Also gut, Süßer. Wie wäre es mit Samstagabend? Was ist mit Bob? Ich kann mir nicht vorstellen, dass er nicht bei dir ist. Kommt er auch mit?"

Steve biss sich auf die Zunge und log sie an. „Nein, er hat an diesem Wochenende schon etwas vor. Ich komme dann gegen acht Uhr vorbei. Passt dir das? Du darfst dir ein Restaurant aussuchen."

„Bis dann, Steve", sagte Luna leise.

Und dann war die Leitung tot. Steve lehnte sich mit gemischten Gefühlen zurück. Während er einerseits froh war, ein ganzes Wochenende für sich alleine zu haben, fühlte er sich unwohl bei dem Gedanken, dass Bob allein zuhause saß, las oder eines seiner Porträts malte. Bob besaß ein überraschendes Talent, mit seinen Porträts Stimmungen und Gefühle einzufangen. Er hatte Steve erzählt, dass er vor Jahren mit einem Porträt seiner Mutter einen Kunstwettbewerb am

44

College gewonnen hatte. Steve konnte ihm stundenlang dabei zusehen, wie er mit seinen bunten Stiften kleine Kunstwerke schuf.

Steve seufzte, als er daran denken musste, dass Bob jetzt so ganz ohne Gesellschaft war.

Was für ein Scheiß!

Wahrscheinlich saß Bob gerade mit einer schönen Frau im Restaurant. Vielleicht mit der Lady, die das vegetarische Restaurant in der Nähe von Bobs Wohnung hatte. Auf die war Bob schon seit der Eröffnung des Restaurants vor einigen Monaten scharf und würde sich die Chance sicherlich nicht entgehen lassen, mit ihr auszugehen. Wie hieß sie noch? Richtig. Lucille. Ihre Lasagne war eines von Bobs Lieblingsgerichten. Lucille hatte bestimmt auch noch andere Spezialitäten auf Lager, die Bob zu schätzen wusste …

Die Wahrheit war, dass Steve seinen Freund mehr vermisste, als er sich eingestehen wollte. Und es war lächerlich, Bob wegzustoßen, nur, weil er sich darüber ärgerte, von Randolph angemacht worden zu sein … der dann ermordet wurde. Und jetzt war Steve in einem schwachen Moment ausgerechnet bei Luna gelandet. Würde Bob ihn dafür aufziehen, wenn er es erfuhr? Oder würde Bob herausfinden wollen, warum es Steve bekümmerte? Steve bekam das verwirrende Bild von Bob nicht aus dem Kopf, der einen Pinsel in seinen langen, schlanken Fingern hielt und ein Bild malte.

Er stand vom Sofa auf und fing an, die Wohnung zu putzen. Er wusch seine Lieblingsjeans. Bob zog ihn oft damit auf, dass sie wie angemalt sitzen würden, so eng waren sie.

Steve grinste, als er an den morgigen Tag denken musste. Er würde sich schick anziehen und die liebliche Luna ihren Lieblingsbullen vergessen machen. Jedenfalls für eine kurze Weile.

Es war Samstagabend. Steve warf einen letzten Blick in den Spiegel. Seine alte Cordjacke sah fast wie neu aus mit der roten Seidenkrawatte und der modischen, braunen Hose. Zufrieden verließ er seine Wohnung, nachdem er sich vergewissert hatte, seine Schlüssel und ausreichend Bargeld eingesteckt zu haben.

Zu seinem Bedauern kam die volle Schönheit seines frisch polierten Thunderbird in der einbrechenden Dunkelheit kaum zur Geltung. Steve hatte ihn innen mit einem neuen Öl eingesprüht, das der lieblichen Luna bestimmt gefallen würde. Er hatte es schon vor einiger Zeit erstanden, weil die Werbung das Produkt in höchsten Tönen dafür pries, dass es ‚dein Auto sexy macht'. Pfeifend ließ er den Motor an und machte sich auf den Weg. Nach ungefähr einem Kilometer stieg ihm ein merkwürdiger Geruch in die Nase. Er kurbelte das Fenster auf. *Da muss ein Stinktier am Auto gewesen sein.*

Während er durch die Stadt zu Luna fuhr, fiel ihm auf, dass er seit achtundvierzig Stunden nichts von Bob gehört hatte. Vermutlich vermisste Bob ihn gar nicht, weil er Besseres und Amüsanteres zu tun hatte. Und so sollte es auch sein.

„HALLO, DU." Steve umarmte Luna und küsste sie auf die Wange. „Du siehst wunderbar aus", sagte er und führte sie zu seinem Wagen. Luna war mit ihren langen, blonden Haaren und dem engen, schwarzen Hosenanzug eine sehr schöne Frau.

„Dein Auto ist immer so aufgeräumt, im Gegensatz zu Bobs." Sie lächelte. Steve zog mit einem kraftvollen Ruck die Beifahrertür auf und Luna stieg ein. Sie runzelte die Stirn und schnüffelte. „Ich hoffe, dass sich hier nicht irgendwo eine Katze versteckt hat. Es riecht nämlich, als ob …" Sie verstummte und sah ihn fragend an.

„Unmöglich. Ich kenne keine Katzen", versicherte ihr Steve. „Vielleicht haben die Kerle bei der Inspektion irgendwas zur Lufterfrischung versprüht." *Du Lügner*, dachte er. „Wohin?", lenkte er ab und verfluchte sich für die Idee, dieses dämliche Öl ausprobiert zu haben.

Luna zeigte zur nächsten Kreuzung. „Wenn es dir nichts ausmacht, können wir zu Fuß gehen. Es ist ein kleines Bistro und die Antipasti sind himmlisch."

„Okay. Der Abend ist schön und ein Spaziergang tut mir bestimmt gut. Los geht's." Er stieg aus, hielt Luna die Tür auf und reichte ihr den Arm. Dann gingen sie zusammen die Straße entlang bis zu Auntie's Pasta. Einige Gäste saßen in dem kleinen Hof und genossen ihre Spaghetti und Linguini.

Luna schüttelte zitternd den Kopf. „Zu kalt", sagte sie und sie gingen ins Bistro, wo sie einen netten Fenstertisch bekamen.

Während Luna die Speisekarte studierte, studierte Steve Luna. Luna war umwerfend schön. Wenn sie mehr Glück im Leben gehabt hätte, wäre aus ihr vielleicht ein Model geworden und sie müsste sich ihr Geld nicht durch Prostitution verdienen. Sie war ihm und Bob eine gute Freundin geworden. Durch ihren Job hatte Luna oft genug Probleme, und sie hatten ihr schon mehr als einen unangenehmen Kunden vom Hals geschafft. Luna hatte sich dafür bei ihnen revanchiert, indem sie ihnen manchmal Informationen verschaffte, die ihnen bei der Aufklärung ihrer Fälle halfen.

„Hast du dich schon entschieden, mein Lieber? Ich wüsste wirklich gerne, was dir gerade durch den Kopf geht", sagte sie besorgt.

„Ich nehme dasselbe wie du." Steve legte die Speisekarte zur Seite und sah sich um.

„Die Toiletten sind dort drüben", sagte Luna.

Steve starrte sie an. Für einen Moment hatte er gedacht, Bob zu hören. Er wurde rot, als ihm bewusst wurde, wie sehr er Bob vermisste. Sie hätten alle gemeinsam ausgehen sollen, um Luna einen schönen Abend zu gönnen für die vielen Tipps, die sie ihnen schon gegeben hatte. *Und ich habe sie angelogen und gesagt, Bob wäre zu beschäftigt.*

„Danke. Bin gleich zurück."

Am Waschbecken füllte er sich die Hände mit kaltem Wasser und spritzte es sich ins Gesicht. Er hatte Schuldgefühle, weil er allein mit Luna ausging. Luna würde sich wahrscheinlich wundern, warum nur einer ihrer beiden Lieblingsbullen mit ihr hier im Restaurant saß. Vermutlich war sie nur zu höflich, um Steve nach dem Grund zu fragen.

Natürlich kannte Steve die Antwort: Er wollte mit einer schönen Frau ausgehen, um sich seine Männlichkeit zu beweisen.

Er redete sich ein, dass ein gemeinsames Abendessen niemandem schaden konnte. Es war immer nett, sich mit Luna zu unterhalten. Ihre Geschichten über merkwürdige Situationen, in die sie mit ihren Kunden schon geraten war, brachten sie meistens zum Lachen. Er wünschte nur, Bob wäre auch hier, um das Essen und die Unterhaltung mit ihnen zu genießen. Steve war noch nie allein mit Luna ausgegangen. Er fühlte sich einsam.

Als er wieder an den Tisch zurückkam, hatte Luna schon bestellt. Sie hob ein Glas Rotwein zum Toast und wartete ab, bis Steve sein Glas in die Hand nahm.

„Auf meine Lieblingsbullen", sagte sie und ihre Augen funkelten im Kerzenlicht.

„Auf dich." Steve stieß mit ihr an. Der Wein schmeckte köstlich. Steve war, im Gegensatz zu Bob, kein erfahrener Weintrinker, doch der weiche Geschmack und das kräftige Aroma sagten ihm zu.

Eine junge Kellnerin kam an ihren Tisch und stellte zwei Teller vor ihnen ab. „Bon appétit!", sagte sie.

„Ich hoffe, du magst Krabbenküchlein", sagte Luna, als sie ihm das Besteck reichte.

„Woher wusstest du das?" Steve lächelte. Er vergeudete keine Zeit und nahm sofort den ersten Bissen. Bob hatte ihn vor Jahren überredet, die würzigen kleinen Kuchen auszuprobieren. Es war in einem gemütlichen Restaurant in Santa Rosa gewesen. Bob hatte sie bestellt und Steve sich – wie üblich – von Bobs Teller bedient. Köstlich! Seitdem war Steve von Krabbenküchlein begeistert. Verdammt, selbst beim Essen musste er an Bob denken!

Sie aßen schweigend. Keiner von ihnen hatte das Bedürfnis, das Essen durch belangloses Geschwätz aufzulockern. Steve fühlte sich locker und entspannt. Lunas vertraute Gesellschaft tat ihm gut.

„Mehr Wein?", fragte die junge Kellnerin nach einer Weile und nahm die leere Flasche vom Tisch.

Steve nickte. „Ja, bitte. Wie wäre es mit Nachtisch, Luna? Ich habe Lust auf Eis mit Kirschen und Schlagsahne."

„Nein, danke", sagte Luna lachend. „Ich bin satt. Aber lass dich von mir nicht abhalten. Ich bewundere immer, wie viel du essen kannst, ohne auch nur ein Gramm zuzunehmen."

Steve fühlte ihren Blick auf seinen Körper gerichtet und ihm wurde warm zumute. So hatte er sich seit Ewigkeiten nicht mehr gefühlt. Er wollte sich einreden, dass es nur die Reaktion auf den Wein war. Andererseits … warum sollte er sich nicht gut fühlen, wenn ihm eine so wunderschöne Frau ein Kompliment machte?

Bis das Eis kam, hatten sie den Rest des Weines ausgetrunken. Steve machte eine große Show mit dem Eis und leckte genießerisch den Löffel ab. Dann überredete er Luna, auch davon zu probieren. Er beobachtete gebannt, wie sie mit ihrer rosa Zunge das Eis vom Löffel leckte.

„Es schmeckt köstlich, Steve." Sie schmatzte leise. „Was für ein schöner Samstagabend! Ich unterhalte mich immer gerne mit dir. Aber ich kann spüren, dass dich etwas bedrückt." Sie legte ihre Hand auf seine. „Wenn du willst, können wir bei mir noch einen Kaffee trinken, bevor du nach Hause fährst." Sie wackelte so übertrieben mit den Augenbrauen, dass Steve laut lachen musste. „Ich bin mir sicher, dass Bob sich ohne dich an diesem Wochenende sehr einsam fühlt." Luna tätschelte ihm professionell die Hand. Sie würde verstehen, wenn er ihr Angebot ablehnte. „Oder musst du gleich nach Hause fahren?"

Steve schüttelte den Kopf. „Kein Problem, Luna. Lass uns zu dir gehen. Nach diesem Essen ist ein Kaffee genau das richtige." Er winkte nach der Kellnerin, die geschäftig zwischen den Tischen hin und her lief und die vielen Gäste bediente. „Die Rechnung, bitte!"

ZEHN MINUTEN später hatte Steve es sich der Länge nach auf Lunas Couch bequem gemacht und hielt eine dampfende Tasse Kaffee in den Händen. Luna hatte ihr schwarzes Jackett ausgezogen und saß zurückgelehnt am anderen Ende der Couch.

„Du hast in den letzten Wochen einen Fall nach dem anderen gelöst." Sie beugte sich vor und nahm die Zigarettenschachtel vom Tisch.

„Ja, und der letzte war ziemlich nervenaufreibend", erwiderte Steve nachdenklich, während er ihr Feuer gab.

„Danke." Sie nahm einen tiefen Zug. „Was ist passiert, mein Schatz?"

Steve zögerte einen Moment, weil er sich nicht gerne an seine kurze Bekanntschaft mit Randolph und die anschließenden Ermittlungen erinnern wollte.

Luna stieß ihn mit dem Fuß an. „Raus damit. Es gibt nichts, was ich nicht schon gehört hätte", sagte sie leise und legte den Fuß auf sein Bein.

„Es hat mit Bobs Freundin Linda begonnen. Sie ist Model und wir haben sie bei einem Fototermin besucht. Der Fotograf, Randolph, wollte, dass ich für ein anderes Model einspringe und die Badekleidung vorführe, die er für ein Modemagazin fotografieren musste", fing Steve an und beobachtete Luna. Zu seiner Überraschung sagte sie kein Wort, sondern sah ihm nur intensiv in die Augen. Ermutigt durch ihre Reaktion erzählte er ihr die ganze Geschichte: wie Bob und Linda ihn überredeten, Randolphs Bitte anzunehmen, wie Randolph ihn küsste und dass Randolph am nächsten Tag tot aufgefunden wurde.

„Weißt du, Bob geht mir in letzter Zeit manchmal auf die Nerven." Steve wusste, wie kindisch sich das anhörte, konnte aber nichts dagegen tun. „Er hat mir versprochen, mich im Studio abzuholen. Dann hat er sich verspätet, weil er nicht rechtzeitig losfuhr und in einem Stau steckenblieb." Steve holte tief Luft.

Luna runzelte die Stirn. „Was ist passiert? Bist du wütend auf Bob?" Sie legte beide Hände um ihre Tasse und trank einen Schluck Kaffee.

„Am meisten hat mich geärgert, dass er mir die Sache mit Jessica vermasselt hat", fuhr Steve fort. „Wir müssen mehr über diesen Club erfahren und wollen ihn Undercover besuchen. Bob hat so getan, als wären wir ein Paar, also hat Jessica sich zurückgezogen. Sie hat aber angeboten, uns Zutritt zu einer Party zu verschaffen, die am nächsten Samstag im Steps to Heaven stattfindet." Steve fiel auf, dass er die Hand um Lunas Knöchel gelegt hatte. Verlegen ließ er den Knöchel los und legte die Hand auf den Schoß.

„Hey, deine Hand fühlt sich gut an. Lass sie doch da", schnurrte Luna. „Erzähle mir mehr über deinen Partner. Meiner Meinung nach war Bob schon immer an dir interessiert. Ist dir das unangenehm?" Sie drückte die Zigarette aus, legte beide Beine über Steves Schoß und wackelte mit den Zehen.

Steve holte wieder tief Luft. „Ich weiß auch nicht was in letzter Zeit los ist. Ich habe mich nie unwohl gefühlt, wenn uns jemand aufgezogen hat, weil wir uns so nahestehen. Es ist einfach so. Aber als Randolph mich anmachen wollte, war das irgendwie seltsam." Er lächelte schüchtern.

„Das kann ich verstehen." Luna hörte auf, mit den Zehen zu wackeln. Sie sah ihn erwartungsvoll an.

Er räusperte sich. „Und Bob will, dass wir als schwules Paar in den Club gehen. Das ist mir unangenehm." Steve behielt seine verstörenden Gedanken über Bob für sich.

„Ihr kriegt das schon wieder geregelt. Da bin ich mir sicher." Luna stieß ihm mit dem Fuß gegen die Hand. „Wie wäre es mit einer Massage?"

„Ist mir ein Vergnügen." Er rieb ihr die Füße. Sie stöhnte zufrieden. „Oh, gefällt dir das?" Steve grinste und streichelte ihre zierlichen Füße.

„Tut gut", seufzte sie, ließ sich entspannt an die Armlehne sinken und schloss die Augen.

Steve fuhr ihr mit dem Daumen über den Spann. Er war in Gedanken bei ihrem bevorstehenden Einsatz im Steps to Heaven.

„Luna?"

„Mmm, raus damit", sagte sie träge und zündete sich eine neue Zigarette an.

„Was weißt du über Steps to Heaven?"

Luna schüttelte den Kopf und wickelte sich eine Locke um den Zeigefinger. „Es ist ein Drogenloch. Ich weiß nicht, was ihr dort wollt. Möchtegern-Schauspieler versuchen dort, Produzenten und Regisseure kennenzulernen, finden aber nur Drogen und zerbrochene Träume. Ich kenne einige Mädels, die als Model schon einen Fuß in der Tür hatten und dann auf dem Strich gelandet sind."

„Was hast du über Blue Rocket gehört?", fragte Steve und bewunderte den breiten, schwarzen Gürtel, der ihre schlanke Taille so hervorragend zur Geltung brachte, und die Seidenbluse, die sich an ihre Brüste schmiegte.

„Ein ekelhaftes Zeug. Ich habe ab und zu Marihuana geraucht." Sie grinste verschmitzt. Der Zigarettenrauch wirbelte über ihrem Kopf nach oben. „Aber das verrätst du nicht den Bullen, oder?"

„Pfadfinderehrenwort", versprach er. „Seit Blue Rocket aufgetaucht ist, haben die Drogentoten in Culver City stark zugenommen. Wir vermuten, dass es mit der Eröffnung dieses neuen Clubs zu tun hat."

„Meine Freundin Marcy war für kurze Zeit dort Mitglied. Sie sagt, ihr wäre fast das Herz aus der Brust gesprungen nachdem sie Blue Rocket geschnieft hatte. Sie hat Angst vor den Nebenwirkungen und nimmt es deshalb nicht mehr."

„Wir glauben, dass jemand mit einer neuen Droge experimentiert, ohne sich um die Nebenwirkungen zu scheren", sagte Steve grimmig. „Hast du eine Ahnung, wem der Club gehört?"

„Ich fürchte, da kann ich dir nicht helfen", sagte Luna. Dann schnippte sie mit den Fingern. „Marcy hat einen Arzt erwähnt. Er soll sehr berühmt sein und bekannt bei den Models. Aber frage mich nicht nach seinem Namen."

Steve massierte immer noch ihre Füße. „Wir finden die Verantwortlichen schon!", sagte er grimmig.

„Da bin ich mir sicher, mein Schatz." Luna drehte ihre Füße auf die Seite und schnurrte, als er ihr die Fersen massierte.

Steve fühlte sich schon viel besser. Er war froh, mit Luna über den Fall gesprochen zu haben. Er lehnte sich zurück und rieb weiter ihre Füße. Steve hatte auch über Bob reden wollen – darüber, dass ihm ihre Partnerschaft in letzter Zeit wie eine Last vorkam; darüber, wie sehr ihn das verwirrte; über seine persönlichen Bedürfnisse. Stattdessen genoss er das Gefühl von Lunas warmer Haut unter den Händen und stellte zu seiner Überraschung fest, dass er erregt war.

„Uff", krächzte er und wollte sich aufsetzen, um mehr Abstand zwischen sich und Lunas Füße zu bringen, die auf seinem Schoß lagen.

Luna schwang die Beine zur Seite und stellte die Füße auf den Boden. „Das ist zwar schön, aber ich bin nicht das, was du willst", stellte sie fest. „Obwohl ich nicht Nein sagen würde." Sie drückte die Zigarette aus und ging in die Küche.

Steve sah ihr nach. Die enge Hose betonte ihre langen Beine und den Hintern. Sein Schwanz wurde steifer.

„Das hat mir meine Mom immer gegeben, wenn ich unglücklich oder schlecht gelaunt war. Ich backe sie immer noch." Lächelnd bot sie ihm eine Dose mit kleinen Plätzchen an. Sie waren mit Puderzucker bestreut und hatten Schokolade in der Mitte.

„Die sehen ja köstlich aus!" Er nahm ein Plätzchen und wollte es sich gerade in den Mund schieben, als Luna ihn am Handgelenk fasste.

„Warte. Das sind Schoko-Küsse." Luna nahm ihm das Plätzchen ab und drückte es ihm an die Lippen. „So ist es besser." Sie fütterte ihn.

„Mmm, wirklich sehr gut", murmelte er, als das Plätzchen sich zuckersüß in seinem Mund auflöste.

„Wenn du einen richtigen Kuss brauchst, stehe ich gerne zur Verfügung. Wofür hat man schließlich gute Freunde?" Sie beugte sich zu ihm herab und stützte sich mit den Händen auf seine Schultern.

Steve schloss erwartungsvoll die Augen.

„Ups!", rief sie und landete auf seinem Schoß.

Er schlang die Arme um ihren warmen Körper und sah ihr in die funkelnden Augen.

„Ich habe das Gleichgewicht verloren." Sie kicherte.

„Kein Problem, Luna." Steve hätschelte ihren Hals. Ihre langen Haare waren überall. Sie kitzelten ihn im Gesicht und – durch das halb geöffnete

Hemd – an der Brust. Sie wollte wieder aufstehen, doch Steve hielt sie fest. Er atmete tief ihren süßen Duft ein.

„Dieser Kuss …?", flüsterte er ihr ins Haar und sie hielt still.

„Ich hoffe, ich kann dir helfen, dich wieder besser zu fühlen, mein Freund", sagte sie leise. Dann küsste sie ihn.

Der lange aufgestaute Hunger nach einer Frau war überwältigend. Lunas Kuss zu fühlen und zu schmecken, war wie Balsam auf Steves Seele. Und weil sie eine Frau war, die er gut kannte und die immer auf seiner Seite war, fiel es ihm leicht, sich in dem Kuss zu verlieren. Luna ließ es geschehen, dass er ihren Mund leidenschaftlich in Besitz nahm.

Mit einem leisen Stöhnen ließ sie ihn ein und erwiderte den Kuss.

Sie löste sich, um Luft zu holen. Steve senkte den Blick. „Es tut mir leid, Luna. Ich weiß auch nicht …"

„Pst", beruhigte sie ihn und nahm sein Gesicht zwischen die Hände. „Du hast es gebraucht. Du weißt, dass ich dich sehr gerne habe. Lass uns ins Schlafzimmer gehen, wo es bequemer ist. Wir können die Nacht zusammen verbringen. Ich könnte heute Nacht auch einen Freund brauchen." Sie stand lächelnd auf und nahm ihn an der Hand. Dann zog sie ihn vom Sofa hoch und führte ihn ins Schlafzimmer.

Wie in Trance folgte er Luna, ihren Geschmack immer noch im Mund. Seine Jeans fühlten sich mittlerweile schmerzhaft eng an und er konnte den Gedanken an das, was vor ihm lag, nicht mehr ausweichen. Er und Luna – zusammen!

Dann waren Lunas Hände da und halfen ihm, das Hemd auszuziehen.

„Ja, Luna …" Er wehrte sich nicht, als sie die Jeans öffnete und über die Beine nach unten zog. Es überraschte ihn allerdings, dass es ihm peinlich war, nur mit der Unterhose bekleidet vor ihr zu stehen. *Ist das wirklich eine gute Idee? Was wird Bob darüber denken, wenn er es erfährt?*

„Überlasse alles mir, mein Schatz", sagte Luna verführerisch. Sie ging zum Bett und schlug die Decke zurück. „Leg dich hin. Ich bin gleich zurück." Sie drehte sich um und ging ins Badezimmer.

Steve knuddelte sich unter die Decke und sammelte seine Gedanken. Was hatte er hier verloren? Wieso hatte er Luna angerufen, sie zum Essen eingeladen und war mit ihr hierhergekommen?

Und jetzt lag er in ihrem Bett wie … Steve hielt inne. Er wollte sich nicht mit einem ihrer Freier vergleichen. Nein, Luna war seine Freundin. Er hatte sie immer respektiert und beneidet, weil sie sich so gut mit Bob verstand. Wenn Bob wüsste …

„Ich sehe, du hast es dir schon bequem gemacht. Das ist gut. Mir ist etwas kalt. Kannst du mich wärmen?" Luna trug einen dunkelblauen Seidenpyjama.

Sie drehte sich um, als wollte sie den Pyjama vorführen, kroch dann zu ihm ins Bett und zog die Decke über sie beide. Sie umarmte ihn und kuschelte sich an ihn. „Versteh mich nicht falsch, mein Liebster. Ich will nicht, dass du dich schuldig fühlst." Luna drückte ihm einen keuschen Kuss auf die Wange. „Lass uns einfach zusammen hier liegen. Vielleicht hast du ja Lust, mir mehr über dein Leben zu erzählen."

Steve spürte ihr Lächeln am Hals und fragte sich, warum er sich bei ihr so wohl fühlte. Er drehte sich zu ihr um und stellte fest, dass seine Erektion so gut wie verschwunden war. *Wahrscheinlich ist es besser so*, dachte er und bedauerte es im gleichen Atemzug. Seufzend zog er Luna in die Arme.

„Es tut gut, bei dir zu liegen", flüsterte er und atmete ihren Geruch ein. *Rose oder so ähnlich.* Er knabberte an ihrem Ohrläppchen und kitzelte sie mit der Zunge, bis sie zu kichern begann.

„Steve, mein Ohr ist kitzelig. Lass das!"

Sie lachte und er fühlte ihre weichen Brüste durch den Stoff des Pyjamas. Ohne nachzudenken, legte er die Hand auf ihre Brust. Ihre Nippel richteten sich auf und sie drückte sich an ihn. Steve streichelte ihr mit den Fingern über einen Nippel und zog die Hand zurück, als Luna leise stöhnte.

„Nicht aufhören", flüsterte sie und kuschelte sich näher an ihn.

Steve legte ihr den Arm um die Taille und schob die Hand unter ihren Pyjama, um die nackte Haut zu spüren.

Luna erschauerte. „Mann, sind deine Hände kalt. Gib her." Sie rieb seine Hände zwischen ihren, bis sie wieder wärmer wurden.

Er lächelte und fuhr mit seiner Entdeckungsreise unter ihrem Pyjama fort. Luna keuchte, als er den anderen Nippel zwischen die Finger nahm, bis er ebenfalls hart wurde. Ihre Lippen fanden sich zu einem Kuss. Steves Schwanz zuckte und reagierte auf die Wärme der Frau an seiner Seite.

„Du magst mich", sagte Luna leise. Sie stützte sich auf einen Ellbogen und sah auf ihn herab. „Du bist ein schöner Mann. Ich beneide den Menschen, der die Chance bekommt, mit dir zu leben." Sie fuhr ihm mit dem Zeigefinger übers Kinn und streichelte seine Wange.

„Mir kommt es so vor, als ob mich niemand wollte. Es liegt wohl an meinem Job. Ich werde zu alt für den Mist", sagte Steve und meinte es nur halb im Scherz. Er dachte an seinen Versuch, sich im Bett mit Fantasien über Frauen zu erregen und wie sich immer wieder das Bild von Bob vor seine Fantasien geschoben hatte. „Luna, ich muss verrückt sein. In letzter Zeit mache ich mir Sorgen, dass Frauen mich nicht mehr erregen können. Und Bob macht das alles irgendwie noch schlimmer."

„Hör jetzt auf, über Bob zu reden", sagte Luna und fuhr ihm mit der Hand über die behaarte Brust. Lächelnd schlug sie die Decke zurück und legte beide Hände auf seinen stoffbedeckten Schwanz.

„Hey", protestierte er schwach, weil er seinem Körper nicht traute. „Es wird nichts nützen." Er wollte sich wegdrehen, doch sie hielt ihn fest, wollte ihn noch nicht loslassen.

„Was redest du da, Steve? Ich sehe einen gesunden, starken Mann." Sie streichelte ihm durch die Unterhose über den Schwanz. „Du bist angespannt. Sag mir, was dich beschäftigt. Wenn du es dir von der Seele redest, wirst du dich wieder besser fühlen."

Luna setzte sich ans Kopfende des Bettes. Steve setzte sich neben sie. Sie sahen sich an und die sexuelle Anspannung ließ nach.

Steve räusperte sich. „Ich kann Bob nicht mehr ertragen. Ich kann mich nicht an einen einzigen Tag erinnern, an dem ich keine Zeit mit ihm verbracht hätte. Er ist einfach überall in meinem Leben."

Luna seufzte leise. Steve fiel ein, wie sehr sie Bob mochte.

„Ich habe kein Privatleben mehr, weil er ständig anwesend ist. Er kritisiert mich, macht sich über mich lustig und ist ein verdammter Besserwisser."

Luna nickte und sah ihn verständnisvoll an. Steve atmete durch. Er fühlte sich schon besser, und das nur, weil er es endlich ausgesprochen hatte.

„Nun, Steve, was soll ich für dich tun? Bob anrufen, damit ihr euch aussprechen könnt?" Als er ihr keine Antwort gab, nahm sie ihr Handy vom Nachttisch.

„Nicht", sagte Steve leise. „Ich bin ein Idiot. Ich will nur, dass du mich in die Arme nimmst. Entschuldige mein Jammern. Ich war an diesem Wochenende sehr einsam und brauche einen Menschen, dem ich vertraue." *Oh mein Gott, jetzt höre ich mich schon an wie Randolph.*

„Abgemacht. Aber keine Beschwerden mehr über andere Geliebte", sagte Luna grinsend. Dann kuschelte sie sich wieder an ihn und küsste ihn, wie eine Schwester ihren Bruder küsst.

So entspannt wie seit Wochen nicht mehr, zog er sie an sich und schlief ein.

STEVE WACHTE auf und musste dringend pinkeln. Es war noch dunkel. Seine Armbanduhr zeigte 4:30 an, früher Sonntagmorgen. Er warf über die Schulter einen Blick nach hinten und stellte fest, dass Luna noch schlief.

Steve wollte kein Licht machen und tastete sich vorsichtig durch den dunklen Raum zum Badezimmer. Als er zurückkam, betrachtete er Lunas Hüften, die sich durch die Bettdecke abzeichneten. Der Pyjama war ihr von der

Schulter gerutscht. Er schlüpfte wieder ins Bett und streckte sich an ihrer Seite aus, um die Wärme zu genießen, die ihr Körper ausstrahlte.

Luna drückte sich im Schlaf an ihn und schob ihm ein Knie zwischen die Beine. Sie legte eine Hand auf seinen Bauch und streichelte ihm mit kreisenden Bewegungen über den Bauchnabel. Steve fühlte, wie sein Schwanz auf die Zärtlichkeiten reagierte. Bevor er sich wegdrehen konnte, legte sie ihm die Hand zwischen die Beine. Dieses Mal vergeudete sie keine Zeit. Sie schob ihre Finger unter den Saum der Unterhose und streichelte seinen Schwanz, der immer härter wurde.

„Bist du wach?", fragte er heiser.

„Nein. Und du?", antwortete sie träge.

„Ich träume noch", flüsterte Steve.

Er legte sich auf den Rücken und überließ sich Lunas magischen Händen. Ihre Finger schlossen sich um seine Eier und massierten sie leicht. Dann saugte sie an ihren Fingern, um sie zu befeuchten. Mit der feuchten Fingerspitze fuhr sie um seine Öffnung, bis er sich ihr entgegenbog. Luna war erfahren und trieb das erotische Spiel weiter, rieb ihm mit der einen Hand den Schwanz und schob den Finger der anderen in ihn. Steve keuchte und kam mit einem tiefen Stöhnen in ihre Hand.

„Danke", flüsterte er, als er wieder Luft bekam.

Luna streichelte ihm sanft übers Gesicht, wischte ihm den Schweiß von der Stirn und küsste ihn auf die Wange.

„Das bleibt zwischen uns, ja?", bat er sie.

Luna nickte. In ihrem Blick lag unendliche Weisheit. Sie machte das jeden Tag, und doch war es für Steve ein ganz besonderes Erlebnis gewesen, das ihm sehr geholfen hatte. Erleichtert strich er ihr die Haare aus dem lieblichen Gesicht. Er kam sich immer noch vor wie in einem Traum, als er sie wieder in die Arme nahm. Er hatte mit einer Frau geschlafen und sie hatte ihm gezeigt, dass er ein vollkommen gesunder Mann war.

6

MONTAG. BOB hatte Augen im Kopf und sah die Stimmungsschwankungen, mit denen Steve kämpfte, fand aber keine Erklärung für das merkwürdige Verhalten seines Freundes. Nach Steves abruptem und unfreundlichen Abschied am Donnerstag hatte Bob erwartet, am Montag einen mürrischen Partner vorzufinden, aber stattdessen schien Steve bester Laune zu sein und kam mit einem fröhlichen „Was geht ab, Leute?" ins Büro.

„Lass uns die bösen Buben fangen und die Straßen von Culver City wieder sicher machen!", rief er und rollte die Hemdsärmel hoch. Dann nahm er einen Ordner vom Schreibtisch und runzelte die Stirn. „Bob, wo ist die Fahndung nach Enrico Gonzales? Es wird Zeit, dass wir diesen Kerl festsetzen und verhören." Er blätterte die Unterlagen auf der Suche nach dem Fahndungsbefehl durch.

„Er ist dort, wo du ihn am Donnerstag gelassen hast", sagte Bob ruhig und schob einige Papiere zur Seite. „Hier."

„Immer das Positive sehen, wie?", meinte Steve.

Bob sah ihn an. Steves Lächeln wirkte irgendwie falsch, aufgesetzt und gezwungen, als wollte er um jeden Preis fröhlich sein. Was war mit Steve los? „Wohl kaum", erwiderte Bob ruhig. „Besonders nicht, wenn man vergeblich auf einen Partner wartet, um abgeholt zu werden." Er konnte sich nicht verkneifen noch hinzuzufügen: „Wenn du die Nacht durchfeierst, könntest du mir zumindest Bescheid geben, dass ich nicht auf dich warten soll."

„Was? Woher weißt du …" Steve hörte sich an, als hätte er einen Stein im Hals.

Bob sah die Röte, die Steve ins Gesicht stieg. Er nickte unzufrieden. „Dann habe ich also recht. Ich hoffe nur, sie war es wert." Bob stand auf und ging zur Tür. Steve blieb mit offenem Mund zurück und sah ihm nach.

Kochend vor Wut lief Bob zu den Toiletten. Er war ein Narr. Er hätte nicht so ausrasten sollen, weil er umsonst auf Steve gewartet hatte. Steve verspätete sich oft. Rollins mochte es normalerweise gar nicht, wenn jemand zu spät kam. Er drohte dann alle möglichen Strafmaßnahmen an, die er jedoch niemals wahrmachte. Steve konnte sich glücklich schätzen, heute nur mit Bobs Zorn konfrontiert worden zu sein.

Bob ging zum Urinal und pinkelte. Dann wusch er sich die Hände und schaute in den Spiegel. Er sah müde aus, was kein Wunder war, denn er hatte in der vergangenen Nacht kaum ein Auge zugemacht. Das ganze Wochenende war ein Flop gewesen. Am Freitag hatte er die Wäsche erledigt. Was hatte er am Samstag gemacht? Ausgeschlafen, obwohl er normalerweise zum Joggen in den Park ging. Doch ihm hatte etwas gefehlt. Das ganze Wochenende über hatte ihm etwas gefehlt. Er hatte Steve vermisst. Steves sinnloses Geplapper über merkwürdige Nachrichten, die er in der Zeitung gelesen hatte; Steves Jammern über Bobs leeren Kühlschrank; Steves verrückte Überschwänglichkeit. Steve riss ihn immer schnell aus seinen schlechten Launen. Bob wusste, dass es einen Grund gab, warum Steve dieses Wochenende allein verbringen wollte. Aber er hatte sich nicht mit dem üblichen Schulterklopfen von Bob verabschiedet, als er am Donnerstagabend verschwand. Er hatte Bob einfach stehen lassen – unsicher und verwirrt.

Bob war daran gewöhnt, seine freien Tage mit Steve zu verbringen. Er sollte sich wieder ein eigenes Leben aufbauen. Steve schien genau das vorzuhaben und Bob sollte es ihm nachmachen. Vermutlich hatte Steve das Wochenende mit einer Frau verbracht, während Bob sich nutzlos und einsam fühlte. Bob beschloss, aktiv zu werden. Er wollte in Zukunft öfter ins Fitnessstudio gehen und einige Kilo abnehmen. Er kniff sich in den Bauch und suchte nach überflüssigen Pfunden, als sich die Tür öffnete.

„Chris Barber ist in Vernehmungszimmer 5. Willst du dich um deinen Job kümmern oder soll ich dir dabei auch helfen?", rief Steve ungeduldig aus dem Flur.

Steves vergnügt funkelnde Augen sagten Bob, dass sie wieder zu ihrem gewohnten Geplänkel zurückgefunden hatten.

„Ich habe nur auf dich gewartet!", sagte er und strich sich die Haare aus dem Gesicht. „Aber du warst wieder mal zu spät. Das nächste Mal hole ich Officer Simon." Bob wusste genau, wie sehr Steve den neugierigen Kollegen hasste.

Steve packte ihn wortlos am Arm und zog ihn aus der Tür. „Wage es nicht! Mich wirst du nicht so leicht los. Kapito?" Bob fühlte Steves Atem im Nacken. Er wollte es ignorieren, musste aber zugeben, dass es ein angenehmes Gefühl war.

Zurück zum Geschäftlichen. Bob ließ sich von Steve zum Vernehmungsraum führen. Steve blieb im Nebenzimmer hinter dem Einwegspiegel, um das Verhör zu beobachten. Er hatte die Arme vor der Brust verschränkt, schien aber nicht beleidigt zu sein, an dem Verhör von Barber nicht teilnehmen zu können.

Bob ging in das Zimmer und winkte dem anwesenden Officer zu, ihn mit Barber allein zu lassen. Chris Barber sah ihn mit einem rätselhaften Ausdruck im Gesicht an. Er wusste offensichtlich nicht, warum er hier war. Außerdem wirkte er gereizt durch die lange Wartezeit.

„Mr. Barber, wir wollen von Ihnen wissen, was am Dienstag, den 3. September passiert ist." Bob setzte sich Barber gegenüber an den Tisch und blätterte in dem Ordner, der vor ihm lag.

„Was passiert ist? Nichts! Als ich das Studio verließ, war dieser Neue mit den dunklen Haaren – Ihr Freund? – noch da. Ich hatte einen Termin mit meinem Boss, Mr. Sanders." Chris rang die Hände. Er war offensichtlich nervös. „Randolph sollte auch kommen, ist aber nicht mehr aufgetaucht."

„Wann war dieses Treffen mit Mr. Sanders und wie lange haben Sie auf Randolph gewartet?", fragte Bob und sorgte dafür, dass das Verhör aufgezeichnet wurde.

„Wir haben uns um halb neun bei Charly's getroffen. Ich habe das Restaurant um 22:30 wieder verlassen und bin direkt nach Hause gegangen", antwortete Chris. „Ich schlafe immer sehr lange. Meine Vermieterin, Mrs. Stuart, hat gegen elf Uhr geklingelt, um mich daran zu erinnern, dass der Teppich im Treppenhaus gereinigt wird."

„Randolph wurde am nächsten Nachmittag tot aufgefunden, also am Mittwoch. Haben Sie eine Idee, wer ihn umgebracht haben könnte?" Bob sah ihm in die Augen. Der junge Mann war wirklich sehr nervös. Bob wollte es ausnutzen und ihn noch mehr unter Druck setzen. „Hatten Sie persönlich Differenzen mit Randolph?"

„Was? Ich?" Chris wurde feuerrot.

„Warum nicht?" Bob zuckte mit den Schultern. „Sie wären nicht der erste, der sich in einen Mann verliebt und außer Kontrolle gerät. Waren Sie eifersüchtig?"

„Sie machen wohl Witze. Diese Frage sollten Sie Enrico Gonzales stellen, Randolphs letztem Geliebten. Sie haben sich oft gestritten. Enrico kam ständig zu spät zu den Fototerminen. Ich glaube, am Dienstag war das auch der Fall. Vielleicht hat Enrico …" Chris verstummte.

„Darum kümmern wir uns schon." Bob beugte sich etwas vor. „Eine Frage noch. Worum ging es bei dem Termin mit Sanders und Randolph?"

Chris entspannte sich sichtlich. „Wir brauchten Randolphs gute Verbindungen an die Ostküste. Sanders hat mit Glamour, einem der größten Studios in New York, wegen eines wichtigen Geschäfts verhandelt. Wir wollten, dass Randolph uns bei den Vorbereitungen des Deals hilft."

„Okay." Bob nickte und schaltete den Rekorder aus.

„Kann ich jetzt gehen?" Barber rutschte auf seinem Stuhl hin und her.

„Informieren Sie die Polizei, falls Sie die Stadt verlassen wollen." Bob stand auf und ging um den Tisch herum.

„Brauche ich einen Anwalt?", fragte Barber gereizt. „Ich hatte nicht vor, in nächster Zeit die Stadt zu verlassen. Ich will nur dieses Zimmer verlassen! Ich habe nämlich einen Job mit Kunden und Models, die fotografiert werden müssen. Ihr habt unsere Arbeit im Studio schon genug gestört."

„Sie können jetzt gehen." Bob zeigte auf die Tür.

Chris Barber verließ das Zimmer.

Bob lockerte mit kreisenden Bewegungen seine angespannten Schultern und die Halsmuskeln. Dann sammelte er seine Unterlagen ein und verließ ebenfalls das Zimmer. Er ging nach unten in den zweiten Stock und wollte gerade das Büro betreten, als sich die Tür von innen öffnete und er beinahe von Steve umgerannt wurde.

„Whoa, Kumpel! Immer mit der Ruhe!" Bob stolperte nach hinten, verlor das Gleichgewicht und griff nach Steves Arm, um nicht umzufallen.

„Wir müssen los. Wir haben Enrico!", rief Steve aufgeregt. „Ich habe gerade die Nachricht bekommen, dass er in einem billigen Motel in Bakersfield festgenommen wurde. Und er war nicht allein."

„Wer war bei ihm?", fragte Bob und warf hastig die Unterlagen zu Barbers Verhör auf den Tisch, bevor er seinem Partner folgte.

„Das haben mir die Kollegen nicht mitgeteilt." Steve wippte ungeduldig auf und ab. „Ich kann es kaum abwarten, ihn in die Mangel zu nehmen. Ich sehe noch seinen Blick vor mir, als er in Randolphs Büro kam und sah, wie Randolph mich küssen wollte. Wenn Blicke töten könnten …" Steve schüttelte sich bei dem Gedanken. In diesen Minuten hatte er Randolph das letzte Mal lebend gesehen.

„Was wollte Enrico denn in Bakersfield?"

„Keine Ahnung." Steve zog ihn durch den Flur zur Garage. „Wir müssen zum Polizeihauptquartier in Bakersfield. Ich habe mit dem Polizeichef gesprochen und er hat zugestimmt, dass wir ihn verhören dürfen, weil das Verbrechen in Culver City verübt wurde. Komm schon, ich will keine Zeit verlieren."

Typisch Steve. Immer in Eile. „Wir sollten Rollins informieren. Er …"

„Rollins hat sich krankgemeldet." Steve winkte ab.

„Dann informieren wir Lieutenant Copperfield", sagte Bob beharrlich und machte sich auf den Weg.

„Du hast natürlich recht. Wie immer", gab Steve zu. Als Bob zurückkam, zog Steve eine Grimasse. „Wir können mein Auto nehmen. Es ist poliert und gewachst, aber erinnere mich nicht an den ekligen Geruch", sagte er.

„Hä?"

„Ich habe dieses Spray benutzt, das ich kürzlich gekauft habe. Es ist offensichtlich nicht nach jedermanns Geschmack. Du wirst schon sehen." Steve drückte auf den Knopf am Aufzug und trat ungeduldig von einem Fuß auf den anderen.

Bob legte ihm den Arm um die Schultern, um ihn zu beruhigen. „Willst du wirklich nach Bakersfield fahren, um Mr. Gonzales zu befragen?", fragte er. „Wir haben hier noch viel zu tun. Der Fall Brunner, die letzten Drogenopfer … Ich würde auch gerne sämtliche Berichte durchgehen, die wir zu den Drogentoten der letzten Monate haben." Bob klopfte Steve an die Brust. „Aber ich verstehe schon, dass wir uns um Enrico kümmern müssen. Er ist unser Hauptverdächtiger."

Steve nickte. „Ich will ihn so bald wie möglich verhören." Dann grinste er verlegen. „Vielleicht können wir auf dem Weg nach Bakersfield auch bei Christy's vorbeifahren, weil ich immer noch nicht alle Funktionen auf meiner neuen Yamamoto durchschaue."

„Steve, worüber reden wir hier? Du willst Privatsachen erledigen?" Bob schüttelte den Kopf. Er war bald mit seiner Geduld am Ende. „Mach das in deiner Freizeit. Was hast du denn das ganze Wochenende über getan? Du hattest doch mehr als genug Zeit, dich um deine neue Uhr zu kümmern."

„Ich war mit anderen Sachen beschäftigt", erwiderte Steve mit einem verträumten Lächeln.

Bob wusste sofort, dass es mit einer Frau zu tun haben musste. Offensichtlich hatte Steve nur so getan, als bräuchte er ein Wochenende für sich allein, während er die Zeit in Wirklichkeit mit einer Frau verbrachte. Bobs Stimmung sank beträchtlich.

Seit ihrem Gespräch bei Dinah's, als Jessica sie für ein Paar hielt, war Bob klar, dass Steve dringend eine Frau brauchte. Bob stöhnte, als er ein ominöses Kribbeln in den Lenden fühlte. *Und was ist mit meinen Bedürfnissen? Ich hätte mit Linda schlafen können. Sie hat mir mehr als genug Zeichen gegeben, dass sie nichts dagegen gehabt hätte.* Bob war nicht darauf eingegangen, weil er versprochen hatte, Steve am Fotostudio abzuholen. Und weil er nicht an Linda interessiert war. Sie war wunderbar und amüsant, aber eben nicht das, wonach Bob suchte.

Irgendwas musste mit ihm nicht in Ordnung sein.

„Nach oben oder nach unten?" Officer Simon stand in der offenen Aufzugtür und starrte die beiden träumenden Bullen genervt an.

„Nach unten." Steve betrat die Kabine und rieb sich über das Handgelenk mit der neuen Uhr. Bob folgte ihm und nickte dem Officer zu.

„Gibt es Neuigkeiten im Fall des ermordeten Fotografen? Ich habe das Gerücht gehört, dass …", fing Simon an.

60

„Welches Gerücht, Simon? Hast du sonst nichts zu tun? Dann geh raus und befrage deine Spitzel, damit du dich nicht langweilst", schnitt ihm Steve das Wort ab.

„Die verrücktesten Gerüchte sind im Umlauf, Steve." Simon zwinkerte ihm plump zu. „Man weiß schon nicht mehr, was man noch glauben soll."

„Das ist unsere Etage!" Steve zwinkerte zurück, als sich die Aufzugstür öffnete. „Du fährst noch bis zur Damenunterwäsche, nicht wahr?" Er und Bob stiegen auf dem Stockwerk der Parkgarage aus.

„Er ist ein Idiot", sagte Bob lachend. „Willst du wirklich die zwei Stunden nach Bakersfield fahren?"

„Bob, ich kann es kaum abwarten, mit Enrico zu sprechen." Steve zog die Wagenschlüssel aus der Hosentasche. „Andererseits hast du in deinem Bericht erwähnt, dass Sanders von einem Dr. Glassman gesprochen hat. Er hatte einen Termin mit ihm an dem Tag, an dem Randolph erschossen wurde. Dr. Glassman lebt in Santa Barbara. Wir können ihm einen Besuch abstatten und die Fahrtzeit zwischen hier und dort stoppen."

„Sanders sagte auch, dass er in einem Stau gesteckt hätte", erinnerte ihn Bob. „Vielleicht können wir in Erfahrung bringen, ob es an dem Tag einen größeren Unfall gab oder eine Baustelle auf dem Weg liegt." Bob erwärmte sich immer mehr für die Idee, nach Bakersfield zu fahren. Wenigstens arbeiteten sie gut zusammen. Je eher der Fall gelöst wurde, umso besser würde Steve sich fühlen und alles wäre wieder wie in den guten alten Zeiten. „Wir sollten sicherheitshalber alles mitnehmen, was man für eine Übernachtung braucht. Es kann sein, dass wir einer Spur folgen müssen und es zu spät wird, um noch zurückzufahren", überlegte Bob.

Steve stieß ihn in die Seite. „Jetzt sprechen wir wieder dieselbe Sprache, Partner. Das Packen geht schnell." Steve lief durch die Garage zu seinem Thunderbird. Selbst in der schummrigen Beleuchtung glänzte der Wagen wie neu.

„Das muss wahre Liebe sein", scherzte Bob und fuhr mit der Hand über die polierte Kühlerhaube. Steve lächelte stolz und schloss die Tür auf. Bob focht seinen üblichen Kampf mit der Beifahrertür aus. „Verdammt!", fluchte er und riss sie auf. Er stieg ein, schnaufte genervt und sortierte seine Beine.

Steve fuhr auf die Straße und beschleunigte. Es war Mittag. Um diese Tageszeit war der Verkehr erträglich und sie kamen gut voran.

„Was ist denn das?", fragte Bob und rümpfte die Nase. „Das riecht, als hätte eine Katze …"

„Ich habe dich doch gewarnt. Das Öl, das ich gekauft habe." Steve zuckte mit den Schultern und kurbelte das Seitenfenster auf. Warme Luft und Abgase bliesen ins Wageninnere und vermischten sich mit dem Gestank des Öls.

Bob lehnte sich zurück und schloss die Augen. „Ich muss an unsere Verdächtigen denken. Was könnte Sanders Motiv sein? Warum sollte er Randolph, einen seiner besten Fotografen, ermorden? Sie wollten ihre Geschäfte auf die Ostküste ausdehnen und brauchten dazu Randolphs Kontakte. Es wäre dumm gewesen von Sanders, ihn zu ermorden."

„Wenn wir mit Enrico gesprochen haben, wissen wir mehr." Steve legte den Ellbogen auf das offene Seitenfenster. Der Fahrtwind zerzauste ihm die Haare. „Menschen morden oft aus Eifersucht." Er schüttelte den Zeigefinger in Bobs Richtung. „Ich wette mir dir, dass es ein Verbrechen aus Leidenschaft war."

Dann wechselte Steve das Thema. „Übrigens muss ich dir sagen, dass es mir nicht gefallen hat, wie du mir meine Chancen bei Jessica …"

„Weil ich vorgeschlagen habe, dass wir uns als Paar in dem Club einschleichen? Steve, hör endlich damit auf." Er runzelte die Stirn. „Wir haben genug ungelöste Fälle, und diese Party könnte uns helfen, den Dealern von Blue Rocket auf die Spur zu kommen." Bob entspannte sich wieder. „Lass uns einfach mit den Leuten reden und einen Eindruck gewinnen, was dort abgeht. Vielleicht wissen wir nach dieser Party mehr." Er öffnete die Augen und sah sich verwirrt um. „Hey, ich dachte, wir fahren zuerst zu mir."

„Kumpel, du hast genug Klamotten in meiner Wohnung. Von deinen Energydrinks gar nicht zu reden."

„Wirklich? Ich hoffe, du hast mir noch welche übrig gelassen." Bob zog skeptisch eine Augenbraue hoch.

Steve zog eine Grimasse, bog in seine Einfahrt ab und hielt an. „Willst du mit nach oben kommen oder wartest du in meinem edlen Wagen?"

„Du kannst für mich mit packen. Ich warte hier", sagte Bob und setzte seine Sonnenbrille auf.

„Ich bin gleich zurück." Steve stieg aus und schlenderte zu seiner Wohnung.

Bob lächelte. Er war froh, dass sich Steves Laune gebessert hatte. Nach dem langen Wochenende freute er sich, wieder mehr Zeit mit Steve zu verbringen und hoffentlich ihre beiden wichtigsten Fälle zu lösen. Bob wusste, was harte Drogen mit einem Menschen anstellten. Sue, ein Mädchen aus seiner Nachbarschaft, war heroinabhängig gewesen und mit siebzehn Jahren gestorben. Seitdem war Bob sehr empfindlich, wenn es um Drogen ging. Sie mussten unbedingt herausfinden, wer für die vielen Toten verantwortlich war. Die Opfer hatten alle als Schauspieler oder Models gearbeitet. Lauter Möchtegern-Berühmtheiten. Randolph war ihre erste heiße Spur gewesen und der war jetzt tot. Konnten die Drogentode vielleicht irgendwie zusammenhängen? Und Randolphs Tod auch? Vielleicht war es ja doch kein Mord aus Eifersucht, sondern Randolph sollte zum Schweigen gebracht werden, bevor er mehr über den Club ausplauderte.

„Träumst du?", fragte Steve durchs offene Seitenfenster.

Bob schrak zusammen. Er war offensichtlich eingedöst.

Steve sah ihn aus funkelnden Augen an und warf eine kleine Reisetasche auf den Rücksitz. „Hattest du auch eine lange Nacht?" Er wackelte mit den Augenbrauen.

„Ja. Ich konnte nicht einschlafen." Bob setzte sich lächelnd wieder auf. „Also gut. Erst Richtung Norden nach Santa Barbara. Wo wohnt dieser Doktor?"

Steve drehte sich in seinem Sitz um und fummelte einen zerknüllten Zettel aus der Hosentasche. „Hier ist die Adresse. 233, San Ysidro Road."

Bob gab die Adresse ins GPS ein. „Und los geht's!"

Steve ließ den Motor an. Sie fuhren auf dem Highway nach Norden und hörten dabei im Radio alte Lieder von John Denver. Es war früher Nachmittag, als sie in Montecito ankamen, dem reicheren Teil von Santa Barbara. Dr. Glassmans Praxis war in einem weißen Bürogebäude.

Steve pfiff durch die Zähne, als er die silberne Tafel an der Tür las.

„Bob, dieser Dr. Glassman ist Schönheitschirurg. Nur für den Fall, dass du dein Gesicht oder andere Körperteile liften lassen willst." Er kniff Bob spielerisch an der Taille.

Bob kicherte. „Hör auf, mich ständig zu kitzeln. Bevor ich einen Schönheitschirurgen brauche, vergehen noch mindestens dreißig Jahre." Er schnaubte und legte sich unbewusst die Hand an den Bauch. Er fühlte sich nicht wohl in seiner Haut. Vermutlich war das der Grund, warum er Lindas Angebot abgelehnt hatte.

Steve betrat vor Bob das Gebäude und ging direkt auf den großen Empfangstresen zu, hinter dem eine blonde Frau sich die Fingernägel lackierte. „Hallo. Wir würden gerne mit Dr. Glassman reden." Er strahlte die Blondine an.

Sie ignorierte ihn und blies sich über den frischen rosa Nagellack.

„Wir kommen vom Culver City Police Department." Bob zog seine Dienstmarke aus der Tasche und hielt sie ihr vor die Nase. „Und wer sind Sie?"

„Ich bin Debbie Schellenberg, Dr. Glassmans Assistentin." Sie trug eine weitere Schicht rosa Nagellack auf.

„Würden Sie bitte Dr. Glassman benachrichtigen, dass wir ihn sprechen müssen? Oder sollen wir einfach durchgehen? Es ist dringend", sagte Bob scharf.

Steve warf ihm einen kurzen Blick zu. „Du bist ein guter böser Bulle", sagte er tonlos mit den Lippen.

Die Blondine seufzte und schob schmollend die Unterlippe vor. Dann griff sie vorsichtig nach dem Hörer, um ihren frisch aufgetragenen Nagellack nicht zu beschädigen. „Herr Doktor, hier sind zwei Polizeioffiziere, die mit Ihnen sprechen wollen." Sie runzelte die Stirn. „Nein, sie haben keinen Termin. Was soll ich ihnen ausrichten?" Sie hielt eine Hand vors Gesicht und bewunderte ihre Fingernägel, während sie ihrem Chef zuhörte. „Ja, in einer Minute."

„Wir haben eine Frage an Sie. Könnten Sie uns den Terminkalender zeigen? Wir würden gerne die Termine von Dienstag und Mittwoch letzter Woche sehen", sagte Steve.

„Klar, warum nicht?" Debbie hörte sich gelangweilt an. Sie öffnete die oberste Schublade ihres Schreibtischs und zog ein dickes Buch hervor, das sie durchblätterte. „Hier sind alle Termine. Was wollen Sie wissen?"

„Ob John Sanders letzte Woche hier war und wann er angekommen ist." Bob nahm ihr den Terminkalender ab und kontrollierte die Namen.

„Lass mich sehen." Steve sah ihm über die Schulter und pfiff leise. „Schau an. Er ist am Mittwoch um vierzehn Uhr gekommen. Vielen Dank, Debbie." Steve strahlte sie an.

Bob gab ihr den Terminkalender zurück. Er war verärgert. Wann immer Steve eine Frau sah, fing er sofort zu flirten an. In letzter Zeit störte sich Bob auf eine Art an diesem Verhalten, die er selbst nicht recht verstehen konnte. Glassmans Assistentin war nichts Besonderes, aber Steve führte sich auf, als würde die Frau seiner Träume hinter diesem Schreibtisch sitzen.

Debbie sah die beiden zum ersten Mal richtig an. „Würden Sie mir bitte folgen? Dr. Glassman erwartet Sie in seinem Büro." Sie stand auf und stakste mit ihren Stöckelschuhen los. „Sie müssen sich allerdings kurzfassen. Er hat um fünf Uhr den nächsten Termin."

Sie klopfte an eine mächtige Holztür und öffnete sie. „Treten Sie ein. Dr. Glassman?"

Ein großer Mann in den Vierzigern erhob sich und winkte ihnen zu, einzutreten und in den beiden Sesseln Platz zu nehmen, die vor seinem Schreibtisch standen. „Was kann ich für Sie tun?" Dr. Glassman lächelte seiner Assistentin zu. „Vielen Dank, Deb."

Bob sah sich in dem Zimmer um. An den Wänden hingen Gemälde und die Möbel waren aus edlem Holz. Die ganze Einrichtung zeigte, dass es sich um eine sehr lukrative Praxis handeln musste. Dr. Ruben Glassman war ein attraktiver Mann. Nicht das kleinste Fältchen war in seinem Gesicht zu sehen. Die dunklen Haare waren perfekt geschnitten. Bob nahm an, dass der gute Doktor sich für sein Aussehen ebenfalls unters Messer gelegt hatte. Vervollständigt wurde die beeindruckende Fassade durch einen teuren, maßgeschneiderten Anzug.

Bob räusperte sich. „Detectives Steve Randall und Bob Curry, Culver City PD. Wir untersuchen einen Mord, der kürzlich in Culver City verübt wurde. John Sanders sagte, er hätte am vergangenen Mittwoch, den 4. September, einen Termin bei Ihnen gehabt."

Ruben Glassman kniff sich die Nase. „Letzten Mittwoch sagen Sie? An diesem Tag war ich hier in meiner Praxis und John Sanders hat mich besucht. Wir sind befreundet und er konsultiert mich oft. Wir helfen den Starlets, ihr Aussehen zu verbessern, um ihre Karrierechancen zu erhöhen." Glassman sah sie fragend an.

„Kennen Sie zufällig Randolph Foreman, den Fotografen?", fragte Steve.

„Foreman? Randolph?" Dr. Glassman lächelte. „Ja, ich kenne Randy. Er ist ein guter Fotograf mit hervorragenden Beziehungen zur Ostküste. Sanders hat mit mir darüber gesprochen, seine Geschäfte an die Ostküste ausdehnen zu wollen. Randy spielt bei seinen Plänen eine gewichtige Rolle. Warum fragen Sie das?" Er fuhr mit der Hand über die spiegelblanke Oberfläche seines Schreibtischs, als wollte er nicht vorhandenen Staub abwischen.

„Er ist erschossen worden", sagte Bob barsch.

Glassman sah ihn erschrocken an. „Nein! Das kann nicht wahr sein." Er legte die Hand vor den Mund und beugte sich vor, offensichtlich schockiert von dieser schlechten Nachricht. „Randolph war ein so gescheiter Kerl." Glassman schüttelte verstört den Kopf. „Das ist furchtbar. Meine Herren, das tut mir sehr leid. Wie kann ich Ihnen behilflich sein?"

„Wir überprüfen alle Personen, die mit Randolph Foreman in Verbindung standen. Sie haben uns bereits gesagt, was Sie am Mittwoch gemacht haben. Wie sieht es mit dem Dienstag aus?" Bob klappte den Notizblock auf und suchte seinen Stift.

„Meine Herren, das können Sie nicht allen Ernstes fragen. Ich bin ein viel beschäftigter Mann, mal hier, mal da." Glassman wirkte zerknirscht.

„Wir würden gerne Ihren Terminkalender sehen." Steve gab Bob einen Stift und drehte sich zu Glassman um. „Erzählen Sie uns mehr über die Nacht von Dienstag auf Mittwoch. Es ist in Ihrem eigenen Interesse." Steve sah ihm aufmerksam in die Augen.

„Wir können auch Ihre Patienten und Mitarbeiter befragen", fügte Bob hinzu.

„Ich sehe sofort in meinem Kalender nach." Glassman griff nach einem ledergebundenen Notizbuch, das auf dem Schreibtisch lag. Er blätterte es durch und nickte dann. „Nun, ich hatte eine Operation, die sich bis in den Abend hinzog. Danach bin ich nach Hause gefahren und habe den Rest des Abends mit meiner Frau Melinda verbracht. Ich hoffe, das hilft Ihnen weiter. Falls Sie keine weiteren Fragen mehr haben, möchte ich Sie bitten, mich zu entschuldigen. Ich habe in zehn Minuten einen Termin." Er lächelte sie entschuldigend an und schaute auf die Tür.

„Wir müssen Ihr Alibi noch überprüfen", sagte Bob und machte sich Notizen.

„Wann genau war Sanders am letzten Mittwoch in Ihrer Praxis? Wir müssen wissen, wann er eintraf und wieder abfuhr", hakte Steve nach.

„Was hat John Sanders denn damit zu tun?" Der Arzt verlor langsam die Geduld. Dann öffnete er widerstrebend wieder seinen Terminkalender. „Also gut. Hier ist es. John Sanders ist um vierzehn Uhr eingetroffen." Er zeigte auf den Eintrag am 4. September. „Er hat sich wegen eines Verkehrsstaus verspätet. Und er ist um sechzehn Uhr wieder gegangen, wenn ich mich recht erinnere. Sonst noch was?" Glassman stand auf und winkte sie zur Tür.

„War Sanders allein oder in Begleitung?" Bob lehnte sich bequem in seinem Sessel zurück und machte ganz den Eindruck, es keineswegs eilig zu haben.

Glassman nickte kurz. „Er war in Begleitung seiner Lady. Bei dem Termin ging es um eine geplante Operation. Nur die Schönsten der Mädchen haben Aussichten auf einen guten Job. Ich bin für meine gute Arbeit bekannt."

Steve sah Bob über die Schulter und studierte dessen Notizen. „Wie heißt die Dame und wo wohnt sie?", fragte er.

Glassman schien jetzt wirklich verärgert. „Das muss ich meine Assistentin fragen." Er wählte im Stehen ihre Nummer. „Debbie? Ich brauche die Adresse von Gloria Thumbnail, John Sanders Lady. Kannst du sie bitte raussuchen? Und gib den beiden Herren auch meine Privatadresse." Er trommelte mit den Fingern auf seinen blank polierten Schreibtisch. „Hast du alles?" Er hörte kurz zu und drehte sich dann zu Bob um. „1980, Pico Boulevard, Culver City." Dann ging er zur Tür und hielt sie auf. „Das war dann hoffentlich alles."

„Eine letzte Frage noch. Kennen Sie Steps to Heaven?", fragte Steve unvermittelt.

Dr. Glassman sah ihn verständnislos an. Dann lächelte er leicht. „Ist das der neue Film, über den alle reden?" Er lehnte sich an die Wand und verschränkte die Arme vor der Brust.

„Ganz und gar nicht", erwiderte Steve kurzangebunden.

„Es ist ein neuer Club in Culver City. Er hat den Ruf, dass es dort illegale Drogen zu kaufen gibt", erklärte Bob. „Sind Sie mit Sanders in diesem Club gewesen?"

„Ich kenne den Namen nicht." Glassman schüttelte den Kopf. „Meine Herren, es tut mir leid, Sie enttäuschen zu müssen. Aber wie ich bereits sagte, bin ich ein sehr beschäftigter Chirurg. Ich wünschte, ich hätte mehr freie Zeit, aber außer einem gelegentlichen Golfspiel am Wochenende erlauben mir meine Verpflichtungen wenig Vergnügen. Sie finden mich meistens hier oder auf Treffen mit meinen Patienten." Er schaute auf seine goldene Armbanduhr. „Würden Sie mich jetzt entschuldigen? Ich habe noch viel zu erledigen." Er drehte sich um und ging hinter seinen Schreibtisch zurück.

„Sollte Ihnen noch etwas zu John Sanders oder Randolph Foreman einfallen, rufen Sie uns bitte unter dieser Nummer an." Bob legte eine Visitenkarte mit der Telefonnummer des Culver City Police Department auf den Tisch und stand auf.

Dr. Glassman nickte. „Selbstverständlich! Auf Wiedersehen, meine Herren." Dann ignorierte er sie und wühlte in seinem Schreibtisch.

Debbie war nicht an ihrem Tisch, als Steve und Bob in die Lobby kamen. „Vielleicht lackiert sie sich jetzt die Fußnägel", meinte Bob.

In diesem Moment kam sie lächelnd aus einem der angrenzenden Zimmer. „Hier sind die Adressen, nach denen Sie gefragt haben." Sie gab ihnen einen zusammengefalteten Zettel und begleitete sie zum Ausgang. „Einen schönen Tag wünsche ich noch."

„Danke, Ihnen auch", sagte Bob.

„Tschüss!" Steve winkte ihr zu, als sie die Praxis verließen.

„WIR SOLLTEN überprüfen, ob es diesen Stau wirklich gab, von dem alle reden." Bob ließ sich in den Beifahrersitz sinken und faltete den Zettel auseinander, den Debbie ihnen gegeben hatte.

„Ja, später", sagte Steve und ließ den Motor an. „Meinst du, wir sollten Glassmans Frau nach dem Alibi fragen? Falls sie nicht allzu weit von hier wohnen."

„790, Bolero Drive." Bob nickte und richtete das GPS ein. „Lass es uns gleich jetzt erledigen."

„Okeydokey." Steve beschleunigte und lächelte zufrieden, als der Thunderbird röhrend Fahrt aufnahm.

„Halt! Du bist schon vorbeigefahren!" Bob zeigte auf ein großes Haus, das hinter ihnen auf der rechten Straßenseite stand.

Steve trat auf die Bremse und der Wagen kam mit quietschenden Reifen zum Stehen.

Bob holte tief Luft und stieg aus. „Steve, manchmal treibst du mich zum Wahnsinn …"

„Das hast du verdient." Steve kicherte. „Glaub mir, ich habe alles unter Kontrolle." Er dachte kurz nach. „Was wetten wir, dass Glassmans Frau sein Alibi bestätigt?"

„Was habe ich dir gesagt?" Steve schaute auf die Uhr. „Es hat ganze drei Minuten gedauert, um ihre Aussage zu bekommen. Und natürlich hat sie ihren Mann in allem bestätigt." Er stieg seufzend ins Auto.

„Keine Überraschung", meinte Bob, der mit der Beifahrertür kämpfte. Steve beugte sich über den Sitz und öffnete sie von innen.

Bob nahm Platz. „Und jetzt auf nach Bakersfield!"

„Können wir vorher zu Christy's fahren? Es ist nicht weit von hier und dauert bestimmt nicht lange." Er hob den Arm und zeigte Bob seine Armbanduhr. „Dieses verdammte Ding ist mir immer noch ein Rätsel."

„Du weißt genau, dass es gegen die Vorschrift verstößt. Also vergiss nicht, es als Mittagspause zu deklarieren", erwiderte Bob herablassend.

„Dann lade ich dich zum Essen ein. Du darfst das Restaurant auswählen. Okay?" Steve zwang sich zu einem Grinsen.

Bob klopfte ihm auf die Schulter. „Solange du dich nicht beschwerst, wenn Rollins herausfindet, wie du mit deiner Arbeitszeit und den Steuergeldern umgehst."

„Er wird es nicht herausfinden, wenn du ihm nichts sagst", erwiderte Steve besorgt. Bob schwieg, um Steve noch etwas länger auf die Folter zu spannen. Dann grinste er und Steve schlug ihm erleichtert mit der Hand aufs Knie. „Wage es nicht!"

Sie verließen Santa Barbara und Steve hielt in einem der Vororte an einem großen Einkaufszentrum an. „Willst du mitkommen? Oder wartest du lieber hier und bewunderst die schönen Frauen?", fragte er scherzhaft.

Bob war versucht, genau das zu tun, entschied sich dann aber doch dagegen. Er wusste, dass Steve Stunden in Schmuckgeschäften verbringen konnte, um die neuesten Uhrenmodelle zu bewundern.

„Ich komme mit." Bob schwang die Beine aus dem Wagen. „Aber du wirst dich beeilen. Es ist schon nach fünf. Ich will nicht zu spät nach Bakersfield kommen. Vielleicht können wir heute noch mit Enrico sprechen und danach direkt nach Hause fahren."

„Vergiss es. Wir brauchen ungefähr zwei Stunden bis Bakersfield." Steve schloss den Wagen ab. „Ich bin geschafft und brauche Schlaf. Und wenn ich dich so ansehe, Partner, könnte es dir auch nicht schaden."

„Du willst dich partout nicht überzeugen lassen, wie?", fragte Bob.

Steve legte ihm die Hand in den Nacken und drückte ihn. „Du wirst schon sehen, es haut alles hin. Komm jetzt!" Er zog Bob mit sich in das Einkaufszentrum. Es war riesig: gefüllt mit glücklichen Kunden und Läden aller Art. Steve fand schnell das kleine Schmuckgeschäft wieder, in dem er seine Yamamoto gekauft hatte.

„Was kann ich für die Herren tun?" Ein älterer Mann in dunklem Anzug stand freundlich lächelnd hinter der Theke von Christy's.

Steve zog sich die Uhr vom Handgelenk. „Ich habe diese Yamamoto hier gekauft und kann immer noch nicht alle Funktionen bedienen. Beispielsweise der Wecker. Wie funktioniert der?"

Bob lächelte. Er hatte nie verstehen können, was Steve an diesen modernen Uhren so faszinierte, die so merkwürdige Funktionen aufwiesen wie Mondphasen und weiß der Teufel was. Bob wollte eine Uhr, auf der man die Zeit ablesen konnte. Punkt.

„Sie drehen die Zeiger auf die Zeit, zu der Sie geweckt werden möchten. Dann drücken Sie zweimal auf diesen Knopf und hören eine Stimme, die Ihnen die Zeit ansagt. Sehen Sie?" Der Mann nahm die Uhr und drehte an einigen Knöpfen. Dann sagte eine Stimme: „Achtung, Achtung! Es ist sechs Uhr dreißig."

„Wunderbar!" Steve strahlte den Mann an.

Bob sah sich in dem Laden um, während der Verkäufer Steve die anderen Funktionen erklärte.

„Vielen Dank!", sagte Steve dann endlich und schüttelte dem Mann die Hand.

„Weißt du jetzt, wie deine Wunderuhr funktioniert?", fragte Bob und sah ihm über die Schulter.

„Aber natürlich", erwiderte Steve stolz und zog die Uhr wieder an.

„Kann ich sonst noch etwas für Sie tun?", fragte der Verkäufer und wandte sich dann an Bob. „Sind Sie vielleicht an einer neuen Uhr interessiert?" Er öffnete eine Schublade und holte eine silberne Uhr heraus. „Das ist das neueste Modell von …"

„Nein danke, wir sind in Eile." Bob packte Steve am Arm und zog ihn aus dem Laden. „Hey, ich habe Hunger. Du hast versprochen, mich zum Essen einzuladen."

„Aber sicher!" Steve sah sich um. „Wo wollen wir essen?"

Bob entdeckte ein kleines China-Restaurant direkt gegenüber. „Wie wäre es damit? Ich hätte Appetit auf kantonesischen Hühnercurry."

„Warum nicht?" Steve folgte ihm zu dem Restaurant. „Ich hoffe, sie haben Pekingsuppe. Ich liebe dieses scharfe Zeug."

Bob gefiel die ruhige Atmosphäre des Restaurants. Steve ging zu einem Tisch neben dem großen Aquarium. „Schau dir all die Fische an! Wunderbare Farben! Meinst du, die Korallen sind echt?" Steve stand fasziniert vor dem Aquarium und betrachtete sich die exotischen Fische.

„Beeindruckend", gab Bob zu. Das blaue Licht des Aquariums tauchte das Restaurant in ein gemütliches Licht.

Steve riss sich von dem Anblick los und studierte die Speisekarte. „Ich nehme Chop Suey und meine Lieblingssuppe. Und du?"

Bob verdrehte die Augen. „Keine Pekingsuppe für mich. Die ist viel zu scharf. Aber Hühnercurry ist in Ordnung. Ich wundere mich manchmal über deinen Magen", sagte er und trank einen Schluck von dem Wasser, das ihnen die Kellnerin gebracht hatte. „Eines Tages wirst du noch bedauern, so scharf gegessen zu haben."

„Aber es hält gesund!" Steve rieb sich lachend über den Bauch.

Sie aßen so schnell wie möglich und ließen die Reste auf den Tellern zurück.

Bob wollte nach Bakersfield aufbrechen, bevor sie schläfrig wurden. Glücklicherweise war um diese Zeit abends auf den Straßen nicht mehr viel Verkehr. Es gab keine direkte Verbindung zwischen den beiden Städten, deshalb fuhren sie auf die State Road 126 und von dort auf die Interstate 5, um ihr Ziel zu erreichen.

Sie kamen gegen einundzwanzig Uhr am Stadtrand an und nahmen die erste Abfahrt, um sich in einem Gewerbegebiet ein Motel zu suchen.

„Dort." Bob zeigte auf ein einstöckiges Gebäude. Über dem Eingang prangte eine Leuchtreklame: Pink Flamingo. Das Licht, das aus den Fenstern auf die Straße fiel, sah einladend aus.

Steve parkte den Wagen gleich rechts vom Eingang zur Rezeption und stieg aus. „Endlich!", grummelte er und wartete darauf, dass Bob auch ausstieg.

„Meine Füße sind eingeschlafen", beschwerte sich Bob und streckte die Beine aus.

„Ich hoffe, es ist noch nicht zu spät, um Enrico zu befragen", meinte Steve und schloss den Wagen ab.

„Vergiss es." Bob schaute auf die Uhr. „Es ist nach sieben. Und zwar zwei Stunden nach sieben. Wir haben heute nicht mehr die geringste Chance. Lass uns ein Zimmer nehmen und überlegen, was wir morgen alles unternehmen müssen."

Steve stimmte ihm widerwillig zu. Sie gingen zum Eingang und betraten das Haus.

Der Mann an der Rezeption las Zeitung. Er hob den Kopf, als es klingelte.

„Wir brauchen ein Doppelzimmer für eine Nacht. Was kostet das?" Steve lehnte sich auf die Theke.

„Tut mir leid, alles belegt." Der Mann zeigte auf ein Schild, das hinter ihm an der Wand hing.

„Oh nein", stöhnte Bob. Die halbe Nacht mit der Suche nach einem Zimmer zu verbringen, war keine sehr angenehme Aussicht. „Es ist mitten in der Woche!"

„In der Stadt findet ein großer Kongress statt. Er dauert noch die ganze Woche und ich glaube nicht, dass Sie in Bakersfield heute noch ein Zimmer finden", sagte der Mann.

Steve rieb sich müde übers Gesicht.

Bob lehnte sich neben ihm auf die Theke. „Wir sind Polizisten und dienstlich hier, um zu dienen und zu beschützen", sagte er leise.

„Oh, wenn das so ist … Was kann ich für Sie tun?", sagte der Manager voller Mitgefühl. Er klopfte sich nachdenklich mit den Fingern an die Lippen. „Passt auf. Mein Bruder ist auch Bulle. Ich weiß, wie hart eure Arbeit ist. Ich heiße übrigens Sam."

„Steve Randall. Und das ist mein Partner, Bob Curry."

„Es gibt noch ein kleines Zimmer. Wir haben gerade damit begonnen, es zu renovieren. Es hat aber nur ein Bett und ein Waschbecken. Mein Assistent hat gestern dort übernachtet", sagte Sam und runzelte die Stirn. „Es ist nicht sehr gemütlich, aber das einzige, was ich euch anbieten kann. Tut mir echt leid."

Bob und Steve sahen sich an. *Was für ein Mist! Ich könnte jetzt zuhause sein und in meinem gemütlichen Bett liegen,* dachte Bob. *Stattdessen musstest du unbedingt in diese verdammte Stadt kommen, um mit diesem Mistkerl Enrico zu reden. Dafür schuldest du mir mehr als nur ein Abendessen.*

Steve sah ihn entschuldigend an und drückte ihn am Arm. *Ich weiß. Ich bin verrückt.*

Bob überkam eine merkwürdige Ruhe. Steve hatte diese besondere Gabe, ihn nur mit einem Blick oder einem Lächeln wieder zu beruhigen. Halb davon überzeugt, dass es sich irgendwie regeln würde, nickte Bob zurückhaltend.

„Bekommen wir einen Sonderpreis?", fragte Steve.

„Zwanzig Dollar. Und ich spendiere zum Frühstück Bagels aus der Bäckerei gegenüber."

„Wunderbar, Sam. Wir nehmen das Zimmer. Besser als nichts." Bob nahm ihre Tasche vom Boden und hängte sie sich über die Schulter.

Sam stand auf und zeigte auf einen langen Gang links von der Rezeption. „Das Zimmer ist am Ende des Flurs. Kümmert euch nicht um das Schild an der Tür, auf dem ‚Privat' steht." Er zuckte mit den Schultern. „Irgendwo hier muss der Schlüssel sein." Sam wühlte in einer Schublade unter der Theke, bis er schließlich einen großen Schlüssel fand. „Da ist er."

Er ging noch mit ihnen durch den Flur zum Zimmer. „Passt auf die Leiter auf. Die Maler sind noch nicht fertig und haben sie stehen lassen. Ich hole euch noch frische Bettwäsche. Bin gleich zurück."

Bob schloss die Tür auf und öffnete sie. „Wo ist der Lichtschalter?", murmelte er.

Steve griff um ihn herum und schaltete das Licht an. Eine kleine Lampe stand neben dem ungemachten Einzelbett. Der Geruch nach frischer Farbe lag in der Luft, war aber erträglich.

„Das Zimmer gefällt dir bestimmt. In der Ecke stehen ein Putzeimer und ein Mopp. Du kannst dir dein Essen mit Feudeln verdienen", scherzte Bob und sah sich in dem Zimmer um. Mitten im Zimmer standen mehrere Farbeimer und ein Behälter mit Pinseln und Rollen. „Wir können immer noch nach Hause fahren, oder?" Er wollte schon wieder gehen, aber Steve hielt ihn zurück.

„Bob, es ist doch nur für eine Nacht. Du nimmst das Bett und ich schlafe im Auto", sagte er mit einem gezwungenen Lächeln. „Es ist kein Problem. Du hast dich bereit erklärt, mit mir nach Bakersfield zu kommen. Du hast nur das Beste verdient."

„Das Beste?" Der Sarkasmus in Bobs Stimme war überdeutlich und er zeigte Steve den Stinkefinger. „Dann möchte ich gar nicht wissen, was du unter schlecht verstehst."

„Hier ist die Bettwäsche." Sam kam mit einer Decke, Kissen und frischen Bezügen ins Zimmer. „Soll ich euch das Bett machen?"

„Nein, danke. Ich übernehme das", erwiderte Bob. Steve winkte Sam nach, der wieder im Flur verschwand. „Wenigstens ist die Bettwäsche frisch gewaschen." Bob breitete das Laken auf dem Bett aus und steckte es an den Seiten fest.

Steve setzte sich auf den kleinen Hocker am Bett. „Wegen dem Arrangement …", sagte er und sah Bob an.

„Ich hoffe für dich, dass dein Auto einigermaßen bequem ist", sagte Bob und verkniff sich ein Grinsen.

„Ja. Bis morgen dann." Steve spielte mit seinen Autoschlüsseln.

„Ich habe es nicht ernst gemeint." Bob streckte die Hand aus und half ihm hoch. „Wenn du brav bist und mir Platz lässt, können wir zusammen in dem Bett schlafen." Er zeigte auf das frisch gemachte Bett. „Außer, dir ist dein geliebtes Auto lieber", fügte er grinsend hinzu.

„Na gut. Ich verspreche, auf meiner Seite zu bleiben." Steve holte erleichtert Luft. „Ich kann mich mit dem Kopf nach unten ans Fußende legen, das spart Platz. Als ich noch ein Kind war, haben mein Cousin und ich immer so geschlafen, wenn wir Onkel George und Tante Annie in New Jersey besuchten."

„Könnte funktionieren. Ich wasche mich jetzt." Bob öffnete ihre Reisetasche und suchte nach Zahnpasta, Zahnbürste und Handtuch. Nachdem er alles gefunden hatte, verschwand er damit in dem kleinen Badezimmer.

Als er zurückkam, kroch Steve ins Bett. Er hatte den Pyjama nicht angezogen, sondern trug ein T-Shirt und seine Unterhose. Bob fiel auf, dass die Farbeimer jetzt in der Ecke standen. Steves Jeans und sein Hemd lagen auf dem kleinen Hocker, der außer dem Bett das einzige Möbelstück in dem Zimmer war.

„Hey, das sieht ja fast aus wie zuhause", scherzte Bob. Er zog die Kordhose und den Rollkragenpulli aus und ließ sie einfach fallen. Dann legte er sich, nur mit der Unterhose bekleidet, ins Bett.

Sie arrangierten die Bettdecke so, dass sie beide zugedeckt waren. Bob kicherte, als er Steves Füße neben sich aus der Decke hervorragen sah. „Kumpel, so nah bin ich deinen Füßen noch nie gewesen! Welcher war es noch, den du damals gebrochen hattest?"

„Der hier." Steve hob den linken Fuß und stützte sich auf die Ellbogen, um Bob anzusehen. „Ich war im Baseball-Team der Oberschule und hatte es fast bis zur Home Base geschafft, als ich gestolpert und gefallen bin. Wir haben das Spiel dann verloren und ich war nicht sehr beliebt." Er verdrehte die Augen bei der Erinnerung an eine der größten Katastrophen seiner Jugendzeit. „Seitdem habe ich Probleme mit dem Knöchel. Er ist nicht mehr so stabil wie früher."

Bob drückte den Fuß sanft. Dann zog er die Decke über Steves Füße.

„Schlaf gut", sagte er und schaltete das Licht aus. Er kuschelte sich ins Kissen und suchte nach einer bequemen Schlafposition. Während er einschlief, dachte er noch darüber nach, dass er ein Kissen hatte und Steve nicht.

BOB WACHTE erschrocken auf, als ihm etwas an die Nase stieß. Es war dunkel und er hatte keine Ahnung, wo er war. Der Körper, der sich neben ihm regte, brachte ihn in die Wirklichkeit zurück. Er und Steve lagen in dem einzigen freien Zimmer des Pink Flamingo Motels in Bakersfield. Und Steve hatte offensichtlich Probleme.

„Kumpel, was ist los?" Bob setzte sich auf. Sein Partner war ruhelos, reagierte aber nicht. Bob legte ihm beruhigend eine Hand auf den Rücken.

Steve versuchte, Bobs Berührung zu entkommen. „Nein, lass mich in Ruhe. Ich kann das nicht ertragen. Nein!", schrie er.

Bob drehte sich um 180 Grad und legte sich neben seinen Freund. Dann nahm er den zitternden Steve in die Arme. „Es ist doch nur ein Albtraum, Kumpel", flüsterte er. „Schhh, ich bin ja bei dir. Du kannst weiterschlafen. Morgen ist ein wichtiger Tag ..." Er fragte sich, was Steve wohl geträumt haben mochte. Dann hielt er ihn in den Armen, bis Steve sich wieder beruhigt hatte und tief eingeschlafen war.

Bobs letzter Gedanke, bevor er ebenfalls wieder einschlief war, dass sie jetzt beide kein Kissen mehr hatten. Aber er wollte Steve nicht loslassen und wecken, deshalb ließ er das Kissen an ihren Füßen liegen.

7

STEVE STRECKTE sich träge und stellte fest, dass er in Bakersfield war, wo sie heute Enrico verhören wollten. Er kuschelte sich unter die Decke und spürte hinter sich einen anderen Körper. Es war Bob, der ihm den Arm lose über die Hüfte gelegt hatte. Steve hielt die Luft an. Bobs Wärme war gemütlich und wunderbar. Steve wagte nicht, sich zu bewegen. Er wollte Bob nicht wecken, weil die Nähe sonst unweigerlich enden würde, die er so genoss.

Nach einer Weile fragte er sich, warum Bobs Kopf neben seinem lag, wo sie sich doch gestern Kopf-an-Fuß ins Bett gelegt hatten. Er schaute auf die Uhr. Es war sechs Uhr früh. Steve wollte nicht, dass dieser Moment endete, aber er musste dringend pinkeln.

Vorsichtig setzte er sich auf und fuhr sich mit den Fingern durch die langen Haare. Er nahm die Jeans von dem Hocker und grinste, als er Bobs Klamotten verstreut auf dem Boden liegen sah. *Immer noch der alte Schlamper, wie?*

Bob bewegte sich und rollte sich behäbig auf den Rücken. Dann fing er leise zu schnarchen an. Steve lächelte. Er war versucht, seinem Freund über die Wange zu streicheln, rief sich aber zur Ordnung. Früher wäre das eine ganz normale Vertrautheit unter Freunden gewesen, aber in letzter Zeit hatten solche Berührungen eine neue, eine verdächtige Qualität angenommen. Er drängte die verstörenden Gedanken beiseite und ging ins Badezimmer.

Nachdem er sich angezogen hatte, ging er durch den Flur zur Rezeption. Als er dort niemanden vorfand, ging er vors Haus. Er atmete tief die frische Morgenluft ein und wurde langsam richtig wach. Steve hoffte, dass sie Enrico heute festnageln und des Mordes an Randolph Foreman überführen konnten. Er konnte sich noch gut an die Wut und den verletzten Stolz in Enricos Blick erinnern, als der in Randolphs Büro gekommen und seinen Geliebten mit einem anderen Mann vorgefunden hatte.

In dieser Nacht mussten sich die beiden gestritten haben – ein Streit, der mit Randolphs Tod endete. Steve fühlte sich beinahe mitschuldig an dem Verbrechen. Hätte er der peinlichen Situation nicht so schnell entfliehen wollen, wäre Randolph vielleicht noch am Leben.

Und wenn Bob pünktlich zurückgekommen wäre, hätte Enrico nie auf den falschen Gedanken kommen können, dass sein Geliebter ihn betrügen würde.

Steve beschloss, die Adresse der örtlichen Polizeiwache in das GPS einzugeben.

Als er wieder zurückkam, entdeckte er in der Eingangshalle des Motels einen Kaffeeautomaten. Kaffee war das beste Mittel, um Bob aus dem Bett zu locken. Mit zwei dampfenden Styroporbechern Kaffee in den Händen klopfte er an die Tür zu ihrem Zimmer. „Zimmerservice. Ihr Frühstück, mein Herr." Als Bob nicht reagierte, klopfte er lauter. „Bob, steh auf und mach die verdammte Tür auf. Der Kaffee wird kalt."

„Hä?" Ein verschlafener Bob öffnete die Tür. Seine Haare standen in alle Richtungen ab. „Sorry, ich habe verschlafen. Hast du Enrico schon verhaftet?" Bobs Mundwinkel zuckten leicht. Er nahm Steve einen der Becher ab und trank einen Schluck Kaffee.

„Träum weiter, Partner. Wirklich, ich hoffe nur, dass wir dieses Verhör schnell hinter uns bringen. Dann fahren wir zurück nach Culver City, schreiben unsere Berichte, und das war's."

„Und was ist mit den anderen Fällen? Den Drogentoten?" Bob trank seinen Kaffee aus und warf den Becher in einen Mülleimer bei der Tür.

„Um die kümmern wir uns am nächsten Samstag, wenn wir mit Jessica auf die Party gehen. Ich will sie wiedersehen." Steve knurrte beinahe und starrte in seinen halb leeren Becher, um seine Verwirrung zu verbergen. Warum wurde er immer noch wütend bei dem Gedanken, dass Jessica ihn und Bob für ein Paar hielt? „Ich will, dass sie die Wahrheit erfährt und weiß, dass ich an ihr interessiert war."

„Nur zu. Mir ist das alles scheißegal", sagte Bob und zog sich an. Er wollte gerade ins Badezimmer gehen, da zeigte Steve auf das Bett. „Vergiss nicht, die Schuhe anzuziehen." Bob zog eine Grimasse.

EINE STUNDE später saßen sie in dem kleinen Vernehmungsraum des Polizeihauptquartiers von Bakersfield und warteten auf Enrico Gonzales. Er war zum gegenwärtigen Zeitpunkt ihr Hauptverdächtiger im Mordfall Randolph Foreman. Steve wippte mit dem Stuhl, so nervös war er. Er würde endlich dem Mann gegenüberstehen, der möglicherweise aus Eifersucht Randolph getötet hatte. Steve konnte das Gefühl nicht abschütteln, durch sein Verhalten in die Sache verwickelt zu sein.

Die Tür öffnete sich und ein Polizist führte den Verdächtigen ins Zimmer.

„Das ist der Mörder!" Mit einem lauten Schrei riss sich Enrico los und sprang auf Steve zu. Steve erschrak, verlor das Gleichgewicht und kippte mitsamt seinem Stuhl um.

„Halt's Maul!" Es dauerte einen Moment, bis Bob und der Polizist den tobenden Mann wieder gebändigt hatten. Sie bogen ihm mit aller Kraft die Arme auf den Rücken und hielten ihn fest. „Du hast gerade einen Polizeibeamten angegriffen! Das ist noch ein zusätzlicher Anklagepunkt auf deiner Liste." Bob zwang Enrico auf einen Stuhl und schloss ihn mit den Handschellen an den Tisch. Enrico wollte sich erst wehren, gab aber dann auf.

Enrico starrte Steve ungläubig an. „Der ist ein Bulle? Ich war mir sicher, dass er Randy umgebracht hat."

Bob sah Steve an. „Alles in Ordnung?"

„Worauf du dich verlassen kannst", zischte Steve, hob das abgebrochene Stuhlbein auf und schlug damit gegen die Wand.

„Ich wollte keinen Bullen angreifen", sagte Enrico. „Ich habe mit Randolphs Tod nichts zu tun."

„Gibt es hier einen neuen Stuhl für meinen Partner?", fragte Bob den Polizisten.

Der Mann nickte. „Im Büro nebenan", sagte er und zeigte auf die Tür.

Bob stand auf und stellte sich neben den Verdächtigen, während der Polizist einen anderen Stuhl holte.

Steve beugte sich über den Tisch und durchbohrte Enrico fast mit seinem Blick. „Das kommt dich teuer zu stehen, du Arschloch. Du bist der Hauptverdächtige für den Mord an Randolph Foreman." Er lehnte sich wieder zurück und sah Enrico abschätzend an. „Und jetzt wollen wir wieder professionell werden. Sie haben auf einen Anwalt verzichtet und alles, was Sie hier sagen, kann gegen Sie verwendet werden. Lassen Sie mich zusammenfassen: Sie sind am Dienstag, den 3. September, in Foremans Studio gekommen und haben mich dort angetroffen. Sie waren außer sich vor Wut. Was haben Sie danach getan?"

„Sie müssen mir glauben. Als ich von Randys Tod hörte, habe ich an unsere Begegnung im Studio gedacht. Ich war mir sicher, dass …" Enrico schüttelte den Kopf. „Ihr beiden habt euch geküsst!" Er schrie jetzt wieder und der Zorn stand ihm ins Gesicht geschrieben.

„Ich will wissen, was passiert ist, nachdem ich das Studio verließ", hakte Steve nach. „Haben Sie sich mit Ihrem Geliebten gestritten?"

„Mit meinem ehemaligen Geliebten", korrigierte Enrico. „Wir hatten uns kurz zuvor getrennt und ich bin nur gekommen, weil er mir noch Geld schuldete." Er sah Steve abschätzig an. „Ich hätte nie gedacht, dass er so schnell einen anderen findet." Seine Stimme wurde sanfter. „Vielleicht habe ich überstürzt reagiert, als ich Randy mit einem anderen Mann sah. Nachdem er mir mein Geld gegeben hat, fing er an, über verlorene Liebe zu jammern."

Enrico schüttelte den Kopf. „Also bin ich gegangen. Ich habe danach nichts mehr von ihm gehört, bis ich die Nachricht von seinem Tod gelesen habe."

Der Polizist kam mit dem Stuhl zurück. „Danke", sagte Bob.

Steve setzte sich. Er war enttäuscht. Alle seine Vermutungen lösten sich in Luft auf.

„Wo waren Sie am Abend des 3. September und am folgenden Morgen?", mischte sich Bob ein und zog seinen Notizblock aus der Tasche.

„Ich habe das Studio gegen acht Uhr verlassen und bin direkt zu Tony gefahren", erklärte Enrico.

„Wer ist Tony?", fragte Steve.

„Tony ist mein neuer Freund. Er kann bezeugen, dass ich den ganzen Abend und den nächsten Tag bei ihm war. Es tut mir leid, was mit Randy passiert ist, aber ich habe nichts damit zu tun. Als ich Sie hier gesehen habe ..." Er sah Steve bedauernd an. „Ich dachte, der Mörder wäre gefasst worden. Ich habe überreagiert. Tut mir leid."

„Wie lautet Tonys voller Name und wo wohnt er?", fragte Steve barsch und gab Bob seinen Stift. Dann zog er seinen eigenen Notizblock und einen zweiten Stift aus der Tasche.

„Anthony Burke, 650, Bernard Street, hier in Bakersfield", sagte Enrico.

„Und warum haben Sie die Stadt so schnell verlassen?", wollte Bob wissen. „Ihre Vermieterin sagt, Sie hätten einen Koffer dabeigehabt."

„Um zu meinem Freund zurückzufahren", antwortete Enrico gereizt. „Tony ist ein so lieber Kerl. Er hat mir eine große Karriere in New York versprochen. Im Vergleich zu ihm war Randy ein Langweiler. Randy wollte nie etwas Neues wagen."

„Und warum haben Sie sich mit ihm eingelassen, wenn er ein solcher Langweiler war?" Bob hob den Kopf.

Enrico zuckte mit den Schultern. „Wir haben uns bei einem Fototermin kennengelernt. Ich wusste, dass er einen guten Ruf hat. Ich hatte das Glück, für ein Titelbild von *GQ* ausgewählt zu werden."

„Wann war das?", erkundigte sich Steve.

„Lassen Sie mich nachdenken." Enrico überlegte. „Es muss drei oder vier Monate her sein. Im Frühsommer."

„Gut. Und danach seid ihr also ein Paar geworden", sagte Bob. „Wie ging es dann weiter?"

Enrico räusperte sich. „Randy brauchte einen Mann, der sich um ihn kümmert. Er war so verletzlich und süß. Ich konnte nicht widerstehen."

„Das ist ja alles schön und gut, aber es hat offensichtlich nicht gehalten. Warum nicht?", fragte Steve und beugte sich wieder vor.

78

„Randy hatte ständig diese Launen und war oft depressiv. Ich konnte es nicht mehr aushalten." Enrico bewegte nervös die Hand. Die Handschellen klapperten auf dem Tisch.

„Und warum war er depressiv?" Bob hatte aufgehört, sich Notizen zu machen.

„Er wollte nicht darüber reden. Aber ich hatte den Eindruck, dass ihn etwas bekümmerte."

„Und jetzt ist er tot", stellte Bob trocken fest.

„Hatte Randy Feinde?", fragte Steve.

„Wissen Sie, Randy verliebte sich immer in Jungs, denen er letztendlich egal war. Als wir uns kennenlernten, ging es mir auch nicht sehr gut." Enrico rieb sich nervös die Hände. „Wir waren füreinander da und ich wusste das zu schätzen. Aber nach einer Weile ..." Er machte eine Pause. „Ich brauchte etwas anderes. Tony konnte es mir geben. Als ich Randy von meiner neuen Liebe erzählt habe, ist er durchgedreht und wurde noch depressiver. Er hat nicht loslassen wollen." Enrico zuckte mit den Schultern. „Vielleicht hat er einen anderen Mann gefunden und es ist wieder schiefgegangen, weil er ihn mit seinen unkontrollierbaren Launen genervt hat."

„Sie sagen also, Sie hätten ein Alibi für den Abend und den nächsten Morgen. Und Sie haben auch sonst niemanden im Studio gesehen, als Sie an diesem Abend wieder gegangen sind", fasste Steve müde zusammen.

„Nein. Aber ich kann mich erinnern, dass Randy einen Termin mit seinem Boss erwähnte. Mit Sanders. Es war mir allerdings ziemlich egal." Enrico seufzte und schaute auf seine Hände. Dann strahlte er plötzlich und sah sie hoffnungsvoll an. „Kann ich dann gehen? Ich habe mit dem Mord an Randy nichts zu tun. Tony erwartet mich. Wir wollen an die Ostküste reisen und bei einem Produzenten vorsprechen, der einen neuen Film plant. Vielleicht bekomme ich eine Rolle."

„Sie werden mit Tony hier in Bakersfield bleiben müssen", sagte Steve, was Gonzales sichtlich ärgerte. „Sie müssen uns zur Verfügung stehen für den Fall, dass wir noch Fragen an Sie oder Tony haben. Bis der Fall geklärt ist, müssen wir immer wissen, wo wir Sie erreichen können. Sie werden den Staat erst wieder verlassen können, wenn jeglicher Verdacht ausgeräumt ist", informierte ihn Bob streng. „Sie stehen immer noch auf unserer Liste der Verdächtigen."

„Halt!" Enrico wollte aufstehen. „Ich kann eine echte Rolle in einem richtigen Film bekommen! Ich muss schließlich Geld verdienen."

„Tut mir leid", sagte Steve. „Das nächste Mal vielleicht. Wir müssen auch noch Ihr Alibi bestätigen. Wartet Tony draußen auf Sie?"

„Nein, er ist zuhause. Verdammt", sagte Enrico und sackte in seinem Stuhl zusammen. „Ich hätte eine echte Chance gehabt!"

„Kennen Sie einen Club namens Steps to Heaven?", fragte Bob.

Steve warf ihm einen dankbaren Blick zu. *Gute Frage, Kumpel. Das hätte ich beinahe vergessen.*

„Ja. Das ist der beste Platz für Leute, die Erfolg haben wollen." Zum ersten Mal lächelte Enrico. „Die Atmosphäre ist fantastisch – Lichter, Glanz und Gloria und so weiter. Der DJ ist auch erstklassig. Hat immer die neueste Musik." Er wippte hin und her, als würde er die Musik im Kopf hören. „Tony hat mein Leben wirklich verändert. Ich habe ihn dort kennengelernt. Steps to Heaven ist total einmalig."

„Wann waren Sie das letzte Mal dort?" Steve wurde neugierig. Vielleicht waren sie auf einer neuen Spur.

Enrico zögerte. „Ich habe Tony dort vor ungefähr drei Wochen kennengelernt. Seitdem waren wir an jedem Samstag im Club."

„Auch am letzten Wochenende? Erzählen Sie uns doch mehr über Ihren Besuch in dem Club. Ist Ihnen etwas besonders in Erinnerung geblieben? Wir wissen, dass es dort Drogen gibt. Haben Sie an einer der Partys teilgenommen?", fragte Steve.

„Woher wissen Sie davon?", fragte Enrico irritiert zurück.

„Wir haben unsere Quellen", erklärte Bob. „Nehmen Sie Drogen oder handeln Sie damit?"

„Nein, auf keinen Fall!" Enrico wurde feuerrot. „Ich weiß von den Partys im Hinterzimmer. Es heißt, dass es dort Drogen gibt."

„Und Sie haben Blue Rocket noch nie ausprobiert?", platzte Steve heraus.

Enrico schüttelte den Kopf. „Das ist ein fürchterliches Zeug! Tony hat es einmal probiert und sich danach ganz schlecht gefühlt."

„Wissen Sie, ob Randolph Foreman Drogen genommen hat?" Bob und Steve tauschten einen Blick.

„Nein. Er ist regelrecht durchgedreht, wenn jemand Blue Rocket oder andere Drogen erwähnt hat. Wie gesagt, er war nicht sehr risikofreudig. Ein Langweiler …"

„Können Sie uns etwas über den Besitzer des Clubs sagen? Wer steckt hinter dem Geschäft?" Steve begeisterte sich von Minute zu Minute mehr. Vielleicht hatte Randolphs Tod ja doch mit dem Club zu tun.

„Das ist eines der großen Geheimnisse. Niemand hat den Boss jemals zu Gesicht bekommen. Tony meinte, der Barkeeper wäre ein wichtiger Mann. Er ist für die Hinterzimmer-Partys zuständig und reguliert, wer Zugang erhält."

„War Randolph jemals in dem Club? Was meinen Sie?" Bob hatte wieder zu schreiben aufgehört.

„Das glaube ich nicht. Es gefiel ihm nicht, dass um den Club so viel Aufhebens gemacht wurde. Ich kann Ihnen wirklich nicht mehr sagen. Randy und ich haben uns getrennt. Wer auch immer ihn ermordet hat, muss schnell gefunden werden. Randy hatte es nicht verdient, so zu sterben." Enrico lehnte sich erschöpft zurück. „Haben Sie zufällig eine Zigarette für mich?", fragte er verlegen und rasselte mit seinen Handschellen.

„Später vielleicht", sagte Bob barsch und steckte den Notizblock weg.

„Wir werden mit dem diensthabenden Offizier sprechen und veranlassen, dass Sie möglichst bald entlassen werden. Und verlassen Sie den Staat nicht", erinnerte ihn Steve und ging zur Tür, um den Polizisten ins Zimmer zu rufen.

Enrico wurden die Handschellen abgenommen und Bob legte ihm ein Formular vor, auf dem Enrico bestätigte, dass er über seine Rechte informiert worden wäre und freiwillig ausgesagt hätte. „Sie können dann gehen. Wir lassen Ihre Aussagen abtippen und benachrichtigen Sie, sobald Sie das Protokoll unterzeichnen können."

STEVE UND Bob verließen schweigend das Polizeihauptquartier von Bakersfield. „Wir sollten Tony wegen Enricos Alibi befragen", sagte Bob, als sie im Wagen saßen. „Ich habe allerdings das Gefühl, dass Enrico nichts mit Randolphs Tod zu tun hat."

„Da könntest du recht haben. Ich will ihn aber noch nicht so leicht von der Angel lassen", gab Steve zu und ließ den Motor an. „Dann also zu Tony Burke. Zieh mir den Notizblock aus der Tasche. Ich habe mir die Adresse notiert."

Bob lehnte sich zur Seite und steckte die Hand in Steves Jackentasche, um nach dem Notizblock zu suchen.

„Hey! Ich fahre gleich an die Wand! Du weißt doch, dass ich kitzlig bin." Steve versuchte, Bobs Hand auszuweichen.

„Immer mit der Ruhe, ich habe ihn ja schon." Bob zog grinsend den Block aus der Tasche und klappte ihn auf. „Tony Burke. Noch nie gehört. Kann noch nicht sehr berühmt sein." Er wartete auf die Anweisungen des GPS. „Fahren Sie an der nächsten Kreuzung rechts", sagte eine freundliche Frauenstimme.

Steve musste hart einschlagen. Bob fiel gegen ihn und die Sonnenbrille rutschte ihm von der Nase.

„Wir haben auch Sicherheitsgurte", wies ihn Steve zurecht. Bob vergaß oft sich anzuschnallen.

81

„Stimmt. Aber deine Fahrkünste sind trotzdem halsbrecherisch. Ich will jetzt wirklich nicht von einem Kollegen der Verkehrspolizei angehalten werden", beschwerte sich Bob, meinte es aber nicht allzu ernst.

Steve war froh, dass sie wieder zu ihrem üblichen Geplänkel zurückgefunden hatten. Er hoffte, dass es so bleiben würde, weil ihnen noch genug andere Probleme bevorstehen mochten.

„Hier sind wir", sagte er. Das Haus war genauso riesig wie die Bäume, die davor wuchsen. Sehr beeindruckend. „Offensichtlich gehört dieser Mr. Burke nicht zu den Ärmsten. Schau dir nur die Fenster an. Und der Swimmingpool hinterm Haus hat olympische Ausmaße." Er grinste Bob an, während er ausstieg. *Als Model lebt man offensichtlich nicht schlecht.* Steve schnaubte bei der Erinnerung an seine eigenen Erfahrungen als Model. *Ich glaube trotzdem, ich bleibe bei meinem alten Job.*

Sie gingen über den Rasen zur Haustür und klingelten. Nichts passierte. Steve wollte gerade wieder klingeln, als hinter der Tür Schritte zu hören waren. Die Tür öffnete sich einen Spalt weit. Ein Mann im mittleren Alter sah sie misstrauisch an. Er trug ein weißes Hemd und abgeschnittene Jeans.

„Ja?" Der Mann blies sich die aschblonden Haare aus der Stirn und musterte sie mit seinen dunkelgrauen Augen.

„Sind Sie Anthony Burke? Detectives Steve Randall und Bob Curry, Culver City Police. Dürfen wir eintreten?"

Als der Mann nicht gleich reagierte, zog Bob seine Dienstmarke aus der Brusttasche. „Sind Sie Anthony Burke?", wiederholte er und trat einen Schritt auf den Mann zu.

„Ja, ich bin Anthony Burke. Natürlich, meine Herren, treten Sie doch ein", sagte Burke, als wäre er gerade aus einem Traum erwacht. „Worum geht es bei Ihrem Besuch?"

„Wir haben einige Fragen bezüglich des Todes von Randolph Foreman am vergangenen Dienstag." Steve sah an dem Mann vorbei ins Innere des Hauses.

„Randolph Foreman? Ich persönlich kannte ihn nicht, aber ein Freund von mir. Hier entlang, bitte."

Tony führte sie durch den dunklen Flur in ein Zimmer mit Aussicht auf den Garten. Steve hätte beinahe durch die Zähne gepfiffen, als er den Swimmingpool sah, über den er eben noch Witze gemacht hatte. Neben dem Pool stand ein kleiner Pavillon mit runden Tischen und Liegestühlen.

„Schön haben Sie es hier", sagte Bob und betrachtete sich das teuer eingerichtete Zimmer.

„Sorry, es ist nicht aufgeräumt. Ich bereite mich auf eine Reise nach New York vor und muss noch packen." Tony nahm einen Stapel Kleidung vom Sofa und einen überquellenden Aschenbecher vom Tisch, um ihn aus dem Zimmer zu bringen. „Ich bin gleich zurück." Er lächelte abwesend und lief auf den Flur hinaus.

„Hier könnte ich auch leben." Steve ließ sich auf das bequeme Sofa sinken und winkte Bob zu, sich neben ihn zu setzen.

„Der Mann macht mich irgendwie nervös. Ich weiß auch nicht, warum", sagte Bob leise, als er sich zu ihm setzte.

„Ich nehme an, er ist genauso nervös mit zwei Bullen im Haus", erwiderte Steve. Sein Magen knurrte und er setzte sich auf. „Erinnere mich daran, bald essen zu gehen."

„Wie wäre es, wenn wir bei Dinah's anhalten, sobald wir wieder in Culver City sind?"

Steve sah auf die Uhr und nickte. „Wir können uns nachher hier noch Donuts besorgen für die Fahrt. Dann sind wir genau rechtzeitig in Culver City, um noch ein spätes Mittagessen zu bekommen."

„Schon gut", stimmte Bob zu. „Ich hoffe, Tony ist kooperativ und du bekommst bald was in den Magen."

Tony kam händereibend ins Zimmer zurück und blieb vor dem Couchtisch stehen. „Was wollen Sie wissen? Ich kannte Randy nicht und habe keine Ahnung …"

„Sagen Sie uns einfach, wo Sie am Dienstagabend und am Mittwoch waren", unterbrach ihn Steve und zog seinen Notizblock aus der Tasche.

Tony fuhr sich mit den Fingern durch die Haare. „Hmm, da muss ich nachdenken … Am vergangenen Dienstag? Ich hatte eine Verabredung mit Mizzie und dann …" Er runzelte die Stirn. „Ist das ein Verhör? Verdächtigen Sie mich, an einem Verbrechen beteiligt gewesen zu sein? Mein Gott, das ist unglaublich!" Er rieb sich wieder die Hände. Steve fiel auf, dass sie zitterten. Der Mann war wirklich nervös.

„Es ist nur eine Routinebefragung", sagte Bob beruhigend und Tony entspannte sich wieder. „Wir müssen wissen, ob jemand bestätigen kann, wo sie Dienstag und Mittwoch waren."

Tony überlegte kurz. „Ich war mit Mr. Gonzales zusammen. Wir sind Geschäftspartner und mussten einige Projekte diskutieren. Enr… Mr. Gonzales wurde gestern festgenommen." Tony schien sich unbehaglich zu fühlen und sah müde aus. „Es war ein solches Durcheinander …"

„Wann genau am Dienstag ist Mr. Gonzales hier eingetroffen?", fragte Steve.

„Das ist schwer zu sagen." Tony dachte wieder nach. „Halt. Doch. Ich habe das Abendessen vorbereitet und musste auf ihn warten. Das heißt, er ist so gegen zweiundzwanzig Uhr hier eingetroffen. Ist das alles?"

„Nicht ganz", sagte Bob und richtete sich auf. „Kann jemand bezeugen, dass Sie zusammen waren? Sind Sie vielleicht noch ausgegangen?"

„Nein. Wir haben nach dem Essen ferngesehen und unsere Pläne diskutiert", antwortete Tony.

„Randolph Foreman wurde in der Nacht von Dienstag auf Mittwoch ermordet. Wir werden Ihr Alibi überprüfen", sagte Bob.

„Was ist mit Mittwoch?", erkundigte sich Steve.

Tony runzelte die Stirn. „Soweit ich mich erinnern kann, waren wir zum Frühstück im Burger King. Und nachmittags … waren wir einkaufen. Ich weiß nicht, ob Ihnen das weiterhilft." Tony sah die beiden hoffnungsvoll an.

„Vielen Dank, Mr. Burke. Falls Ihnen noch mehr einfällt, was mit dem Tod von Mr. Foreman in Verbindung stehen könnte, rufen Sie uns bitte an. Hier ist unsere Nummer." Steve nahm die Visitenkarte, die Bob ihm reichte, und gab sie an Burke weiter.

Dann standen er und Bob auf und schüttelten Tony Burke die Hand. Burke schien sich in seiner Haut immer noch nicht ganz wohlzufühlen.

Als sie das Zimmer verließen, drehte sich Steve noch einmal zu dem Mann um. „Mr. Burke, Sie haben Enrico Gonzales im Steps to Heaven kennengelernt. Was ist an diesem Club so besonders?"

„Hä? Welcher Club?" Tony blieb stehen und klopfte sich mit dem Zeigefinger an die Unterlippe. „Ah, Sie meinen den Club, in dem man die jungen Schauspieler, Fotografen und Models trifft, die alle eines Tages berühmt werden wollen." Er lachte. „Er ist in Culver City zurzeit der totale Hype und wird bald in ganz Kalifornien bekannt sein." Er führte sie zur Tür. „Ich hoffe, ich konnte Ihnen helfen. Tschüss."

„Ist der Club so berühmt, weil es dort Blue Rocket gibt?", bohrte Bob nach und achtete genau auf Tonys Reaktion.

„Ich habe keine Ahnung, wovon Sie reden." Tony wurde blass.

Steve sah, dass die Hände des Mannes wieder zitterten. „Wir wissen, dass Blue Rocket eine neue Droge ist, die man in diesem Club bekommt. Und wir wissen, dass Sie diese Droge ausprobiert haben", sagte Steve und sah ihm direkt in die Augen. Er wusste, wie man einen Mann weichklopfte.

„Ich bin kein Junkie! Niemals!" Tony wurde laut und wich Steves Blick aus. „Ich meine … ich habe das Zeug einmal genommen. Es hatte nicht die erwünschte Wirkung."

„Was ist denn die erwünschte Wirkung von Blue Rocket?", fragte Bob und lehnte sich lässig an die Tür. „Und wie haben Sie sich gefühlt?"

Tony holte tief Luft. „Normalerweise soll man sich voller Energie und Selbstvertrauen fühlen. Mächtig. Man braucht keinen Schlaf und das Herz schlägt schneller. Aber genau das war mein Problem."

„Was ist passiert?" Steve sah Tony an und erkannte, dass der Mann unter seiner eleganten Fassade zerbrechlich und gar nicht gesund wirkte.

„Ich habe einen Herzfehler. Das ist nicht die beste Voraussetzung, um Blue Rocket zu nehmen." Tony seufzte.

„Was können Sie uns über andere Nebenwirkungen sagen?" Steve zog wieder seinen Notizblock hervor.

Tony nickte. „Ein Freund eines Freundes hat sich das Zeug gespritzt und ist kollabiert. Ich habe von anderen gehört, die Blue Rocket über längere Zeit nahmen und Panikanfälle bekamen."

„Haben Sie sich die Droge auch gespritzt?", fragte Bob angespannt.

„Nein. Man hat mir eine Pille angeboten. Es war schlimm genug." Tony sah wirklich sehr reumütig aus.

„Kann jeder im Club diese Droge erhalten?" Steve schaute von seinem Block auf.

„Oh nein. Man benötigt dazu die Empfehlung eines anderen Mitglieds. Die erste Pille ist kostenlos, danach muss man bezahlen." Tony machte eine Pause. „Ich habe mich immer gefragt, warum sie die Drogen nur an Mitglieder ausgeben. Und sie sind nicht sehr teuer."

„Vielleicht testen sie das Zeug noch und benutzen die Mitglieder als unfreiwillige Versuchskarnickel", meinte Steve.

„Wer hat Sie mit der Droge bekanntgemacht? Jeder Name hilft uns weiter", sagte Bob.

Tony schüttelte den Kopf. „Ich kann mich nicht an Namen erinnern. Nur, dass der Barkeeper Juan und der DJ Ronnie mit von der Partie waren. Aber ich musste einen Mitgliederbogen ausfüllen. Sie wollen, dass die Partys im Hinterzimmer etwas Besonderes sind und nur eingeladenen Mitgliedern vorbehalten bleiben."

„Haben Sie in den letzten Monaten von Todesfällen gehört, die mit der Droge in Zusammenhang stehen? Blue Rocket ist mindestens für sechs Tote verantwortlich", sagte Steve.

„Ja, ich habe von solchen Fällen gehört. Es ist an der Zeit, die Verantwortlichen dingfest zu machen", sagte Tony voller Überzeugung. „Aber ich wiederhole … Ich habe mit Blue Rocket nichts mehr zu tun." Er griff an Bob vorbei zum Türgriff. „Sie können mich jederzeit telefonisch erreichen, falls Sie noch Fragen haben. Ich werde allerdings in der nächsten Woche in New York sein."

„Wir müssen Sie leider bitten, die Reise zu verschieben, bis wir Ihr Alibi und das von Mr. Gonzales überprüft haben", sagte Bob, als er das Haus verließ.

„Was? Wie können Sie das tun? Ich habe mit dem Fall nichts zu tun! Diese Reise ist ein wichtiger Schritt in meiner Karriere. Und in Enricos auch", sagte Tony Burke empört.

„Es sieht nicht so aus, als müssten Sie sich um Geld Sorgen machen ", sagte Steve und zeigte auf das Haus.

„Das gehört meinem Vater", erwiderte Tony. „Bitte sagen Sie mir umgehend Bescheid, wenn ich den Staat wieder verlassen kann. Ich muss dann meine Reisepläne ändern."

„Wir werden uns melden, falls wir Sie noch einmal brauchen." Bob lächelte ihm zu und Steve schüttelte ihm die Hand.

ZURÜCK IM Auto klopfte Steve nachdenklich mit den Fingern ans Lenkrad. „Wenn du mich fragst, hat Enrico Randolph nicht umgebracht. Er hat keinerlei Motiv, seinen ehemaligen Geliebten zu ermorden. Er ist mit Tony Burke glücklich und ihre Alibis hören sich glaubwürdig an."

„Vielleicht nähern wir uns diesem Fall aus der falschen Richtung. Wir haben uns bisher nur mit den Verdächtigen befasst, die uns am wahrscheinlichsten vorkamen", sagte Bob und suchte im Handschuhfach nach Bonbons. Er wickelte eines für sich aus und eines für Steve. „Ha!" rief er dann. „Jetzt weiß ich, was mir an Tony so komisch vorkam! Hast du seine Augen gesehen? Seine Pupillen waren geweitet. Entweder war er high oder er nimmt starke Schmerzmittel …"

„Wirklich?" Steve überlegte und stellte sich Tony vor, wie er ihn in Erinnerung hatte. „Mir sind nur seine zitternden Hände aufgefallen. Ich dachte, er wäre nervös. Aber du könntest recht haben. Er ist ein sehr großer Fan von Steps to Heaven. Glaubst du, er hat mit dem Drogenhandel dort zu tun? Kommt das Geld wirklich von seinem Vater? Das große Haus, der Garten …"

„Mag sein. Aber sicher bin ich mir nicht." Bob zerkaute knirschend sein Pfefferminzbonbon.

Steve öffnete den Mund, während er sich auf die Straße konzentrierte. „Könntest du bitte …"

Bob schob ihm das andere Bonbon zwischen die Lippen. „Du bist ein verwöhntes Balg." Er lächelte. „Vielleicht hat es mit dem Club zu tun", sagte er dann ernst. „Vielleicht ist das alles nur ein einziger Fall. Es gibt so viele lose Enden, die in diesen Club führen …"

Steve seufzte. „Bob, wir müssen zurück nach Culver City und die Berichte schreiben. Vielleicht hat die Spurensicherung mittlerweile mehr Informationen für uns."

„Ich habe dir doch gesagt, wir hätten warten sollen, bis Enrico wieder in unserer schönen Stadt ist." Bob zerknüllte das Bonbonpapier.

„Mag sein", gab Steve zu und beschleunigte den Wagen. Sie hatten hier nicht viel erreicht. Andererseits hatten sie in weniger als zwei Tagen mit drei Verdächtigen gesprochen und etwas Zeit miteinander verbracht.

Steve seufzte wieder und legte den Ellbogen aufs offene Seitenfenster seines Thunderbird.

Bob fasste ihn am Bein und drückte sanft. „Wir sind uns ziemlich sicher, dass Enrico nichts damit zu tun hat. Jetzt können wir uns auf die anderen Verdächtigen konzentrieren. Wir müssen noch Randys andere Freunde und Verwandten befragen", sagte Bob. „Und ich sollte Linda anrufen. Sie hat mehrfach mit ihm zusammengearbeitet. Vielleicht kann sie uns mehr sagen über seine Angewohnheiten oder seine Beziehung zu Enrico und Chris Barber. Oder sie kennt sogar jemanden, von dem wir noch nichts wissen."

Steve tätschelte Bobs Hand. „Wir sollten uns auch die anderen Alibis ansehen. Zum Beispiel das von Sanders Freundin, dieser Gloria So-wie-so." Steve bog mit quietschenden Reifen links ab.

Bob hielt erschrocken die Luft an. „Sanders sagt, er wäre die ganze Nacht bei ihr gewesen. Mittwoch sind sie dann nach Santa Barbara zu diesem Dr. Glassman gefahren. Ich rufe sie an, wenn wir wieder auf dem Revier sind."

Als Steve und Bob schließlich in Dinah's Diner ankamen, war die Mittagszeit schon vorbei. Sie aßen eine Suppe und Salat. Bella oder Jessica bekamen sie nicht zu Gesicht.

„Arbeitet Jessica heute nicht?", fragte Steve die andere Kellnerin, Jane, als sie ihnen die Rechnung brachte.

„Nein, heute ist ihr freier Tag", erwiderte Jane. „Kann ich noch etwas für Sie tun?"

„Nein, danke", sagte Bob lächelnd und gab ihr ein großzügiges Trinkgeld.

„Vielen Dank und einen wunderschönen Tag noch!" Jane strahlte ihn an.

„Na toll", grummelte Steve und stolzierte zur Tür hinaus.

„HEY! LANGE nicht gesehen", begrüßte sie Officer Simon mit einem falschen Lächeln, als sie durch den Flur zum Büro gingen.

„Ich hoffe, du hast uns nicht zu sehr vermisst", schnaubte Steve.

„Vermutlich doch", meinte Bob humorlos.

Sie gingen ins Büro zu ihren Schreibtischen.

Steve hatte sich gerade hingesetzt, da ging die Tür auf und Rollins kam ins Büro. Er hatte mehrere Akten unterm Arm.

„Lieutenant", sagte Steve mit seinem gewinnendsten Lächeln. „Wie schön, dass Sie wieder zurück sind. Wie …"

„Hör auf, mir Honig ums Maul zu schmieren, Randall!", bellte Rollins und riss die Tür zu seinem Büro auf. „Rein mit euch!"

Rollins sah ungewöhnlich grimmig und genervt aus. Er legte die Ordner auf seinen Schreibtisch und schlug einen davon auf. „Ich lese gerade die Berichte und stelle fest, dass ihr in Bakersfield wart, um Enrico Gonzales zu verhören." Er sah sie an und seine Miene verkündete nichts Gutes.

„Wir waren uns sicher, dass wir Randolph Foremans Mörder hätten und mussten ihm einige wichtige Fragen stellen." Mehr sagte Bob nicht. Steve legte ihm beruhigend die Hand auf den Rücken.

„Und wer hat euch diesen Ausflug genehmigt?", wollte Rollins wissen.

„Ich wollte wissen, ob sie in Bakersfield wirklich Randolphs Mörder geschnappt hatten", erklärte Steve.

„Das ist keine Antwort auf meine Frage." Rollins Ärger war mit Händen greifbar. „War nicht während meiner Abwesenheit Lieutenant Copperfield für diese Abteilung zuständig?", schnappte er sie an.

„Ja, und wir haben ihn auch angerufen", sagte Bob seelenruhig.

„Tut mir leid. Wir hätten Sie auch verständigen sollen", meinte Steve bedauernd. „Aber wenigstens war die Reise nicht umsonst. Wir haben einen Verdächtigen ausgeschlossen und mehrere Alibis überprüft."

Rollins lehnte sich seufzend zurück. „Das war das letzte Mal, dass ihr mit so was durchgekommen seid." Er scheuchte sie mit einer Handbewegung aus dem Büro.

An der Tür drehte Bob sich noch einmal um. „Sir, da ist noch etwas, worüber Sie Bescheid wissen sollten."

„Und das wäre?" Rollins schaute von seinem Ordner auf.

Bob räusperte sich. „Wir haben eine Spur in diesen neuen Club, Steps to Heaven. Wir wollen am Samstag dort eine Party besuchen. Undercover. Um Informationen über Blue Rocket zu sammeln."

„Und was ist der Haken bei der Sache?", erkundigte sich Rollins misstrauisch.

„Kein Haken. Ich gehe als aufstrebender Fotograf." Steve tat so, als würde er eine Kamera vors Auge halten.

„Und ich bin ein arbeitssuchendes Model", sagte Bob.

„Wenn ihr einen konkreten Verdacht habt, dass Blue Rocket mit Steps to Heaven in Verbindung steht, könnt ihr gehen und euch den Club ansehen." Rollins nahm einen Stift und ein Blatt Papier. „Aber ich brauche die Adresse und die genaue Uhrzeit, wann ihr dort seid."

„Selbstverständlich, Sir." Steve hielt die Tür auf und ließ Bob den Vortritt.

„Wir lassen Ihnen alle Informationen über unseren Einsatz dort zukommen", fügte Bob noch hinzu und ging. Steve folgte ihm und schloss leise hinter sich die Tür.

„Ich bin froh, dass Rollins unserem Plan zugestimmt hat." Bob setzte sich hinter seinen Schreibtisch und fuhr den Computer hoch.

„Der Boss ist auf unserer Seite." Steve nickte.

Den Rest des Tages verbrachten sie mit Papierkram, um die Zeit wieder aufzuholen, die sie in Bakersfield verbracht hatten.

8

BOB LEGTE den Hörer auf. Er lehnte sich in seinem Stuhl zurück, streckte die Beine aus und verschränkte die Arme hinterm Kopf.

„Ich bin ganz Ohr. Was hat dir Linda erzählt? Ich konnte in deinen Antworten keinen Sinn erkennen. Außer *Ja, Hmm* und *Hä?* hast du nichts von dir gegeben", beschwerte sich Steve und biss auf seinen Stift.

Bob atmete aus und setzte sich wieder auf. „Zuallererst lässt sie dir herzliche Grüße ausrichten. Es tut ihr leid, dass du wegen Randy diesen Ärger hast."

„Ich weiß ihr Mitgefühl zu schätzen", sagte Steve und beugte sich vor. „Jetzt mach schon! Was hat sie noch gesagt?"

Bob öffnete Randolphs Akte. „Linda bestätigt, was uns die anderen über Randolph gesagt haben. Er war in einer Minute bester Laune und in der nächsten zu Tode betrübt. Er hat ständig nach der Liebe seines Lebens gesucht. Viele haben ihn wegen seines guten Rufs als Fotograf ausgenutzt. Nichts Neues also. Aber Linda hat mir auch von einem Freund Randolphs erzählt, der dem Club beigetreten ist, kurz nachdem die beiden sich im Studio kennenlernten."

Steve pfiff durch die Zähne. „Lass mich raten. Randolph hat sich in das neue Model verliebt. Der geheimnisvolle Geliebte hatte genug von ihm und hat ihn umgebracht."

„Warte doch ab, bis ich mit der Geschichte fertig bin!", sagte Bob tadelnd. „Linda sagt, sein Name wäre Evan gewesen oder so ähnlich. Randolph und Evan planten offensichtlich ein gemeinsames Projekt, aber dann wurde Evan tot aufgefunden."

„Wann?" Steve spielte unruhig mit seinem Stift.

Bob dachte kurz nach. „Das muss vor einigen Monaten passiert sein. Linda erinnert sich noch, dass Randolph außer sich war, als der Gerichtsmediziner Amphetamine in Evans Leiche nachgewiesen hat. Seit Evans Tod war Randolph traurig und depressiv. Er konnte sich offensichtlich nicht mit dem Tod seines Geliebten abfinden."

Steve nickte. „Hört sich logisch an. Aber als ich im Studio war, kam er mir nicht sehr angespannt vor. Sicher, er hat sich nach jemandem gesehnt, aber ..."

„Linda meinte, er habe sogar über Vergeltung gesprochen gegen diejenigen, die er für den Tod seines Freundes verantwortlich hielt", sagte Bob und runzelte die Stirn. „Offensichtlich hatte er den Verdacht, dass jemand im

Club die Drogen verkaufte." Bob schlug den Ordner zu und trank einen Schluck aus der halb leeren Kaffeetasse. Er verzog das Gesicht. „Igitt. Kalt."

„Ein weiterer sinnloser Todesfall auf unserer Liste. Wir wissen jetzt, warum Randolph mit uns reden und uns Informationen geben wollte. Er hatte ein persönliches Interesse daran, dass die illegalen Geschäfte untersucht werden, die im Steps to Heaven ablaufen. Aber wir waren zu spät." Steve warf frustriert den Stift auf den Tisch. Er fiel in Bobs Schoß und Bob krümmte sich theatralisch zusammen.

„Habe ich wichtige Körperteile beschädigt?" Ein Grinsen stahl sich auf Steves Lippen.

Bob zeigte ihm den zeigte ihm den Vogel und warf den Stift zurück.

„Bin ich hier richtig?" Eine junge, blonde Frau im Minirock stand in der Tür und sah sich unsicher um.

Bob hätte sich in den Hintern treten können. Es war wirklich nicht sehr professionell von ihm, Steve den Vogel zu zeigen, während die junge Frau ins Büro kam.

„Können wir Ihnen helfen? Wie heißen Sie?", fragte Steve höflich.

„Ich sollte um neun Uhr hier sein", sagte sie und spielte mit dem Riemen ihrer Handtasche. „Mein Name ist Gloria Thumbnail. John Sanders ist mein Freund. Sie wollten mir noch Fragen stellen?"

Steve bot ihr einen Stuhl an. „Nehmen Sie doch bitte Platz."

Gloria setzte sich und sah die beiden an. „Ich weiß nicht, warum ich noch kommen sollte. John hat mir alles über den furchtbaren Tod seines besten Fotografen erzählt." Sie schniefte. „Ich kannte Randolph. Er war ein so lieber Mensch." Gloria holte ein Taschentuch aus ihrer Tasche und schnäuzte sich die Nase.

„Es ist eine reine Routineangelegenheit", beruhigte sie Bob. „Wo waren Sie am letzten Dienstag und Mittwoch?"

„Bei John. Ich habe auf ihn gewartet, bis er von einer Besprechung mit einigen seiner Mitarbeitern zurückkam. Wir haben dann die Nacht zusammen verbracht und sind am nächsten Tag nach Santa Barbara gefahren, wo wir einen Termin mit Dr. Glassman hatten."

„Sie haben ein bemerkenswertes Gedächtnis", sagte Steve. „Wenn Sie mich fragen würden, was ich gestern Abend gegessen habe ... Ich könnte es Ihnen nicht mehr sagen."

Gloria wurde rot. „Wir sehen uns jeden Mittwoch. Ich war sehr aufgeregt, weil wir am nächsten Tag zu Dr. Glassman wollten. Es ist also normal, dass ich mich gut daran erinnern kann."

„Hat sich John Sanders anders verhalten als sonst, als Sie sich an diesem Tag gesehen haben? Ich meine, als er am Dienstagabend nach Hause kam", erkundigte sich Bob.

„John ist der liebenswerteste Mann, den ich jemals kennengelernt habe", sagte Gloria überzeugt.

„Das beantwortet unsere Frage nicht", sagte Steve barsch.

Gloria schluckte. „Wenn ich es recht bedenke, muss ich zugeben, dass er sehr müde wirkte. Aber das ist nicht ungewöhnlich." Sie spielte mit ihrem Taschentuch. „Er arbeitet oft mehr als zehn Stunden am Tag."

„Gloria, Sie müssen uns schriftlich bestätigen, dass Ihre Aussagen richtig sind", mischte Bob sich ein. „Wir brauchen Ihr Alibi vom Abend des 3. September bis zum Ende des 4. September. Wo Sie wann waren und mit wem."

„Und Sie sollten wahrheitsgemäß aussagen. Wissentliche Falschaussage wird mit Gefängnis bestraft", ergänzte Steve mit ernster Miene und beugte sich in seinem Stuhl vor. „Wir werden jedes Alibi für die Nacht, in der Randolph Foreman ermordet wurde, genau überprüfen. Also – waren Sie wirklich die ganze Zeit mit Sanders zusammen?"

Gloria nickte. Sie war sehr blass.

Bob hatte das Gefühl, sie würde ihnen etwas verheimlichen. Er warf Steve einen kurzen Blick zu. „Gloria, sagen Sie uns die Wahrheit. Sie waren nicht mit Sanders zusammen. Habe ich recht?", sagte Bob leise.

Gloria zerknüllte das Taschentuch in ihrer Hand. „Doch, ich war mit John zusammen. Aber ich musste ungewöhnlich lange auf ihn warten. Ich erwartete ihn gegen dreiundzwanzig Uhr, weil ich wusste, dass er noch diese Besprechung hatte. Sie gehen danach manchmal noch in die Bar. Ich habe mir also keine Sorgen gemacht." Gloria sah sie verständnissuchend an.

„Aber John ist nicht gekommen", stellte Steve fest. „Wann ist er denn nach Hause gekommen?"

„Ich muss eingeschlafen sein. Ich wachte auf, als er schon im Schlafzimmer war. Ich fragte ihn, wo er gewesen wäre, und er war sehr aufmerksam. Er hat sich bei mir entschuldigt." Sie zuckte mit den Schultern. „Er sagte, er und Chris, sein Assistent, hätten sich mit einem anderen Geschäftsmann getroffen und die Zeit vergessen. Das war alles. Am Mittwoch sind wir dann zu Dr. Glassman gefahren."

Steve sah sie streng an. „Wer war dieser andere Geschäftsmann? Hat John Ihnen dafür eine Erklärung gegeben?"

„Eigentlich nicht. Aber er schien mit dem Ausgang des Treffens am Dienstagabend zufrieden zu sein und freute sich darauf, weitere Pläne mit Dr. Glassman zu besprechen." Gloria hörte sich erschöpft an.

„Um welche Pläne ging es dabei?" Bob beobachtete sie aufmerksam.

Gloria räusperte sich. „Eine große Geschichte mit einem potenziellen Geschäftspartner an der Ostküste. Aber er hat nie mit mir über solche Dinge geredet."

„Warum haben Sie ihn dann zu Dr. Glassman begleitet?", fragte Bob.

Gloria errötete wieder. „John hat mir versprochen, mit ihm über eine kosmetische Operation für mich zu sprechen." Sie wurde noch röter.

„Wirklich? Warum denn das?" Bob sah die junge Frau ungläubig an.

Steve beugte sich gespannt vor. „Welche Art von Operation wollten Sie denn durchführen lassen?"

Bob hätte ihm für diese intime Frage am liebsten in den Arsch getreten, aber andererseits war er auch neugierig, was eine so schöne, junge Frau unbedingt verbessern lassen wollte.

„Ich habe eine Chance, für ihn als Model zu arbeiten. Als Model der neuen Generation. Aber wissen Sie …" Sie sah an sich herab und schien mit dem Anblick ganz und gar nicht zufrieden zu sein.

„Nein, ich weiß nicht", sagte Steve.

Gloria hüstelte. „Es ist der Mittelbereich." Sie drückte ihren flachen Bauch etwas vor. „Ich hoffe, mehr muss ich Ihnen nicht sagen." Sie steckte das Taschentuch in ihre Handtasche zurück und rutschte auf dem Stuhl hin und her.

„Gloria, wir danken Ihnen für Ihre Aussage. Wir werden sie abtippen lassen. Dann müssen Sie noch einmal zurückkommen, um sie zu unterschreiben." Steve stand auf und schüttelte ihr die Hand.

Bob ging zur Tür und hielt sie auf, um die junge Frau zu entlassen.

„Sie will sich operieren lassen? In meinen Augen sieht sie perfekt aus." Steve schüttelte den Kopf.

„Ich kann es auch nicht glauben. Aber zurück zum Geschäft. Sanders' Alibi ist offensichtlich nicht ganz so unangreifbar, wie wir dachten. Wir werden ihn noch einmal befragen müssen." Bob öffnete ein neues Dokument auf seinem Computer.

„Können wir nicht eine Pause einlegen?", stöhnte Steve und schaute betrübt in seine leere Kaffeetasse. „Es ist Zeit zum Essen. Ich habe Hunger."

Bob öffnete den Ordner mit den ungelösten Todesfällen der letzten sechs Monate. Was hatten sie gemeinsam? Alle Opfer hatten in der Modeindustrie gearbeitet, die meisten von ihnen als Models. Alle waren ehrgeizige, junge Menschen gewesen. Und in allen Fällen hatten die Gerichtsmediziner eine unbekannte Mischung aus Amphetaminen im Blut gefunden.

Bob blätterte auf die Seite eines der Opfer und sah sich Fotos der Leiche an, darunter auch eine Detailaufnahme des Armes. Dann suchte er die anderen Akten durch und fand ähnliche Fotos von zwei anderen Opfern, Mike Jones und Deedee Marie. Er pfiff durch die Zähne und legte die Fotos nebeneinander auf den Tisch.

„Schau dir das an, Steve! Sie hatten alle Einstichspuren am Arm. Es sieht aus, als hätten sie sich das Zeug gespritzt."

Steve hörte auf, an seinem Bericht zu schreiben. „Ich kann mir gut vorstellen, dass Randolph wütend wurde, als er erfuhr, dass sein Freund – und wahrscheinlich Geliebter – von einer unbekannten Droge getötet wurde." Steve fuhr sich mit den Fingern durch die Haare. „Könnte Evan Blue Rocket genommen haben? Oder war es nur, wie bei den meisten Junkies, eine Überdosis Heroin oder Kokain? Soll ich mir Evans Akte ansehen?", fragte Steve. „Dann müsstest du nur meinen Bericht zu Ende schreiben. Sei so lieb und hilf einem überarbeiteten Freund."

Bob konnte Steves Charme nicht widerstehen. Wortlos kam er um den Tisch, um Steve am Computer abzulösen.

Steve stand auf und drückte ihm die Hand.

Bob winkte ab. „Ich bin zur Hälfte durch den Ordner durch und habe noch keinen Evan gefunden. Die Fälle sind alphabetisch nach Familiennamen sortiert. Vielleicht findest du ihn unter X." Bob schob den dicken Ordner über den Tisch.

Steve zog ihn grummelnd zu sich heran und machte sich daran, die verbleibenden acht Fälle durchzulesen.

Nach einer Weile schnaubte er. „Hier ist er! Evan Porter, tot aufgefunden am 16. Mai, also vor vier Monaten. Die Vermieterin fand ihn leblos in seiner Wohnung. Es sah aus, als hätte er einen Herzanfall gehabt."

„Einen Herzanfall? Und keine Drogen involviert?" Bob schüttelte den Kopf und tippte weiter.

„Hör gut zu, Partner", sagte Steve und las weiter vor: „Die Autopsie stellte in seiner Blutbahn Spuren einer Substanz fest, die Ähnlichkeiten mit Kokain aufwies. Sie führte vermutlich zum Tod. Das hört sich an, als wäre Evan einer der ersten Todesfälle gewesen, die mit Blue Rocket in Verbindung gebracht werden können. Damals war Blue Rocket noch nicht bekannt und konnte deshalb nicht nachgewiesen werden." Steve versetzte Bob unterm Tisch einen Tritt ans Schienbein. „Hey! Hörst du mir überhaupt zu?"

„Ja. Ich habe gehört, dass sie immer noch nach der genauen Mischung von Blue Rocket suchen, aber es scheint sich um eine Gruppe von Amphetaminen zu handeln." Bob tippte den Bericht fertig und druckte ihn aus. „Ich kann es kaum abwarten, mir am Samstag diesen Club genauer anzusehen."

„Hat Millie etwas über den Besitzer herausgefunden?", fragte Steve.

„Einen Moment." Bob öffnete wieder den Ordner und blätterte ihn durch. „Hier steht, dass Steps to Heaven der Entertainment Corporation gehört, wer immer das auch sein mag." Er zuckte mit den Schultern.

„Vielleicht erfahren wir mehr, wenn uns Jessica zu dieser Party mitnimmt", meinte Steve.

Bob schaute ihn an. „Ich weiß, dass du nicht gerne als schwules Paar auf die Party gehen willst. Aber es ist doch nur für einen Abend."

Steve lächelte. „Okay. Ich nehme meine Kamera mit und spiele den aufstrebenden Fotografen. Du bist das Model und suchst einen lukrativen Job." Er spielte mit einer imaginären Kamera.

„Whoa! Und warum nicht umgekehrt?" Bob wedelte mit der Hand vor seinem Gesicht, als müsste er eine lästige Fantasie verjagen. „*Du* hast doch schon als Model gearbeitet und kennst dich viel besser aus mit dem Job", fuhr er in seinem überzeugendsten Tonfall fort. „Vielleicht kann ich mir einige von Randolphs Fotos besorgen und mitnehmen, um sie als Referenz zu benutzen."

„Ich möchte an diesen Fototermin nicht mehr erinnert werden", grummelte Steve angesäuert. Dann wurde seine Stimmung wieder besser. „Larry könnte dir seine Satinhose ausleihen. Die grüne", schlug er begeistert vor. „Mit deinem schwarzen Hemd siehst du dann wirklich heiß aus. Die Modelagenturen werden sich um dich reißen."

Bob wusste, dass Larry, der Eigentümer von Larry's Pub, bunte Klamotten liebte. Sie hatten ihn schon mehr als einmal damit aufgezogen, dass er ein Discotänzer sein könnte. „Das bezweifle ich doch sehr." Bob versuchte kopfschüttelnd, sich vorzustellen, wie er in diesem Disco-Outfit aussehen würde. „Vergiss es, Partner. *Ich* bin der Fotograf und *du* das Model. Wir können dir von dem Gel in die Haare schmieren, das Randolph benutzt hat."

Als Bob Steves beschämten Gesichtsausdruck sah, wusste er, dass er einen Fehler gemacht hatte. Steve fühlte sich vermutlich immer noch verwundbar wegen der Situation, in die er am Dienstag reingeschlittert war. Bob änderte seine Taktik. „Ich mache unter einer Bedingung mit", flüsterte er Steve ins Ohr. „Ich darf selbst aussuchen, was ich anziehe. In Ordnung?"

Steve sah ihn erleichtert an und nickte. „Kein Problem. Du würdest in Larrys Hose sowieso overdressed aussehen. Lass uns heute Abend darüber reden, ja? Ich gebe dir ein Bier aus."

„Abgemacht." Bob schaute auf die Wanduhr, die über der Tür zu Rollins Büro hing. „Wir müssen uns mit den Berichten beeilen. Es ist bald Feierabend."

Steve machte sich widerstrebend wieder an die Arbeit. Die nächsten beiden Stunden wurden nur durch einen gelegentlichen Gang zur Toilette oder – in Steves Fall – zum Automat mit den Süßigkeiten unterbrochen.

„Endlich!" Steve packte die Papiere vor sich zusammen und legte sie auf einen Stapel. „Wie weit bist du?"

Bob druckte gerade seinen letzten Bericht aus. „Wenn man bedenkt, dass ich deinen Bericht mit übernommen habe, bin ich gut in der Zeit. Noch eine Minute", sagte er grinsend.

Bob war müde. Er wäre am liebsten direkt nach Hause gegangen, wollte aber Steve nicht enttäuschen. Steve brauchte jemanden, mit dem er über den Fall und diese Party reden konnte.

Auf dem Weg in Steves Wohnung kam Bob auf eine Idee. „Was hältst du davon, wenn wir bei Larry im Pub essen? Er hat vielleicht Neuigkeiten von der Straße oder kann uns Namen von Leuten nennen, die wir auf dieser Party ansprechen sollten."

„Das hört sich gut an. Außerdem habe ich Lust auf Billard."

Bob lächelte. „Aber kein Wort über die grüne Satinhose."

Steve sah ihn mit diesen leuchtend blauen Augen an, und Bob gab sich der Zuneigung geschlagen, die in ihrem Blick lag. Trotz ihrer Meinungsunterschiede – sei es über Autos oder Essen – waren sie als Team unschlagbar.

„Dein Wunsch war mein Befehl." Steve stellte den Motor ab und wollte aus dem Thunderbird aussteigen.

Bob stellte überrascht fest, dass er während der gesamten Fahrt vor sich hingeträumt hatte.

„Wir sind bei Larry's Pub. Komm schon, Partner."

„Okay, schon gut … Verdammte Tür!" Bob kämpfte mit der Beifahrertür, die sich mal wieder nicht öffnen lassen wollte.

„Hey, immer mit der Ruhe. Mein geschätztes Auto braucht dringend eine Generalüberholung." Steve rieb Bob beruhigend über den Rücken.

Bob fühlte Steves Hand und unterdrückte einen Seufzer. *Wie gut*. Nicht zum ersten Mal fragte er sich, wie ein einfaches Wort oder eine Berührung ihm so guttun konnten. Er lehnte sich kurz an die warme Hand und genoss die vertraute Nähe.

Dann stiegen sie aus und betraten die Bar ihres Freundes. Zigarettenrauch und murmelnde Stimmen hüllten sie ein wie eine Wolke. Bob ging direkt zu ihrem Lieblingsplatz am Ende der Bar, wo es nicht ganz so laut war.

Ein schwarz gekleideter Mann kam aus der Küche. Er balancierte ein Tablett, das schwer mit Hamburgern und Pommes frites beladen war.

„Larry! Woher hast du das gewusst? Genau darauf haben wir gewartet. Stimmt's Bob?" Steve stieß ihm mit dem Ellbogen in die Seite.

„Genau. Und für mich noch Salat. Ohne Zwiebeln." Bob machte es sich auf einem Stuhl bequem.

„Hey, Jungs. Wo habt ihr denn die ganze Zeit gesteckt?" Larry stellte das Tablett ab und schüttelte ihnen die Hand.

„Frag das nicht, Larry", sagte Steve seufzend und steckte sich einige Pommes frites in den Mund. „Linda Thorntons Fotograf – Randolph Foreman – wurde am Dienstag ermordet. Wir sind in dem Fall noch nicht sehr weit gekommen."

Larry nickte. „Das Geschäft ist riskant. Was ist mit den Drogentoten? Habt ihr nicht erwähnt, dass es sich dabei auch um angehende Models und Schauspieler handelt? Gibt es da vielleicht Verbindungen?"

Bob beugte sich vor. „Hast du schon von der neuen Droge gehört, die im Umlauf ist?", fragte er leise. „Die letzten Opfer hatten alle Blue Rocket im Blut. Diese Droge ist sehr gefährlich. Sie hat eine tödliche Mischung aus Amphetaminen. Das Labor konnte sie noch nicht alle identifizieren. Wir müssen herausfinden, wer für den Stoff verantwortlich ist."

Larry schüttelte den Kopf. „Ich verstehe. Lasst mich erst kurz servieren, dann komme ich zurück."

Bob sah ihrem Freund mit einem unterdrückten Lächeln nach. In der engen Hose und dem Seidenhemd hätte Larry perfekt in die Welt der Models und Schauspieler gepasst.

Larry kam zurück an ihrem Tisch. „Also gut. Was kann ich euch bringen? Ich habe einen neuen Hamburger kreiert – mit extra wenig Kohlehydraten. Er wird dir schmecken, Bob. Und für dich ..." Larry strahlte Steve an. „... empfehle ich Tacos, gefüllt mit Rindfleisch und Zwiebeln. Gerade scharf genug, um dir den Atem zu rauben."

„Das nehme ich!" Steve rieb sich die Hände.

„Was habt ihr als nächstes vor?" Larry zapfte ein Bier.

„Wir haben eine Einladung in diesen neuen Club, Steps to Heaven", erwiderte Bob. „Wir vermuten, dass das Blue Rocket dort unter die Leute gebracht wird."

„Steps to Heaven?" Larry sah sie unbeeindruckt an. „Wie kommen zwei Bullen da rein? Die Warteliste für neue Mitglieder ist kilometerlang. Ich bin grün vor Neid." Larry drehte sich zur Küche um und gab ihre Bestellung weiter. Der Koch nickte und warf einige Hamburger auf den Grill.

„Larry, weißt du zufällig, wem der Club gehört? Wir wollen dort verdeckt ermitteln und könnten mehr Informationen brauchen", sagte Bob.

„Ich habe nur gehört, dass der DJ ziemlich speziell sein soll. Und der Barkeeper entscheidet, wer in die Hinterzimmer darf", erklärte Larry nachdenklich.

„Hast du etwas über Drogenhandel gehört?", fragte Steve.

Larry nickte. „Auf der Straße heißt es, dass dort mit einer neuen Form von Speed experimentiert wird, das aber nur Mitglieder des Clubs bekommen. Es unterdrückt Müdigkeit und man fühlt sich mächtig stark, wenn man es nimmt." Larry hob bedauernd die Hände. „Ich wünschte, ich könnte euch mehr sagen. Aber bisher hatte ich nicht das Glück, Mitglied werden zu können. Der Club ist nur für Models und Schauspieler offen."

„Das wissen wir. Hast du noch mehr Tipps?", fragte Bob.

Larry kräuselte die Nase. „Gerüchte besagen, dass in den Hinterzimmern Sachen passieren, von denen die Polizei nichts erfahren darf. Glücksspiel oder Drogenhandel. Vielleicht auch beides." Larry grinste. „Und ich habe gehört, dass Menschen mit einem bestimmten Lebensstil willkommen sind." Er zog vielsagend eine Augenbraue hoch.

„Bob will als angehendes Model auftreten und ich nehme meine Kamera mit", erklärte Steve ernst. „Wir werden bestens zum Publikum passen."

Bob klopfte seinem Partner bestätigend auf den Rücken.

ZWEI STUNDEN später lag Bob im Bett und ließ die vergangene Woche Revue passieren. Er war ruhelos, schob den Arm unters Kopfkissen und suchte nach einer bequemeren Position.

Warum hatte Steve so ablehnend auf Bobs Vorschlag reagiert, als schwules Paar in den Club zu gehen? Was war Steves Problem? Bob hatte ihn noch nie so launisch erlebt. Besonders dann nicht, wenn es um ein so harmloses Manöver ging.

Bob musste an Jessica denken.

War Steve wirklich an der Frau interessiert? Bob konnte es sich nicht vorstellen. Sie war nur eine Informationsquelle, ihre Eintrittskarte in den Club. Und nachdem Steve seine verletzten Gefühle überwunden hatte, war wieder alles in Ordnung gewesen.

Nein, es musste eine andere Erklärung für Steves Verhalten geben. Hatte es vielleicht damit zu tun, dass ihn die Rolle an Randolphs Annäherungsversuche erinnerte? War Steve von der Vorstellung abgestoßen, dass zwei Männer sich berührten? Aber Steve hatte kein Problem, im Hotel mit Bob in einem Bett zu schlafen. Bob glaubte sogar, eine gewisse Erregung bei Steve gespürt zu haben, als sie zusammen in dem kleinen Bett lagen.

War das möglich? Hoffnung machte sich in ihm breit. Er wollte nur zu gerne glauben, dass sich Steve zu ihm hingezogen fühlen könnte. Fühlte Steve vielleicht genauso wie er selbst? Hatte Steve nur Angst, es sich einzugestehen?

Es KLOPFTE an der Tür. Bob zog hastig den Reißverschluss seiner Hose hoch. „Ich komme", rief er, knöpfte das jadegrüne Hemd zu und schnappte sich auf dem Weg zur Tür die schwarzen Stiefel aus dem Schuhregal.

„Wow!" Steve stand in der Tür und starrte ihn mit offenem Mund an.

Steve musterte Bob ausgiebig von oben bis unten. Bob wurde verlegen unter dem Blick der blauen Augen. Er hatte über eine halbe Stunde vor seinem Schrank verbracht und überlegt, was er für die Party in dem Club anziehen sollte. Nach längerer Suche fand er eine Hose, die er vor Jahren bei seinem ersten Disco-Besuch getragen hatte. Das war Ewigkeiten her. Die Hose passte zwar noch, war aber beträchtlich enger geworden, als er sie ursprünglich gekauft hatte. Sollte er vielleicht doch eine andere anziehen?

„Umwerfend! Bühne frei für den großen Auftritt!" Steve rückte Bobs Hemdkragen gerade.

„Hey, was machst du da?" Bob schlug Steves Hände beiseite.

„Du musst die obersten Knöpfe öffnen, Kumpel. Du siehst prima aus", sagte Steve leise, beinahe zärtlich. Dann lächelte er, als könnte er seinen eigenen Augen nicht trauen.

Bob starrte seinen Freund an. Er hatte das Gefühl, als würde Steve ihn plötzlich mit anderen Augen sehen. Er meinte sogar, Liebe und Begehren in Steves Blick zu erkennen, doch dann schaute Steve zur Seite und hielt seine Kamera hoch.

„Die habe ich mit dem ersten Geld gekauft, das ich als Taxifahrer verdiente, als ich an die Westküste kam." Er hielt sie vors Gesicht und schaute durch die Linse. „Ich habe gerade meine wunderschöne schwarze Lady fotografiert."

Steve zeigte strahlend durchs Fenster auf den Thunderbird, den er am Straßenrand geparkt hatte. Das Auto wirkte im Dämmerlicht pechschwarz.

Bob musste zugeben, dass sie beide, wenn sie in diesem Wagen vorfuhren, ihren Rollen als Model und Fotograf absolut gerecht wurden. Sein eigener Mercedes war viel zu altmodisch. Schulterzuckend verließ er die Wohnung.

„Vergiss nicht, die Stiefel anzuziehen", sagte Steve. „Oder willst du die unterm Arm tragen?"

Bob schüttelte den Kopf, als er feststellte, dass er die Stiefel immer noch unter den Arm geklemmt hatte. „Du bist ein Arschloch, weißt du das?", meinte er und bückte sich, um sie anzuziehen. Heute war definitiv nicht sein Tag. Und diese verdammte Hose war wirklich zu eng. *Zu spät. Keine Zeit mehr, eine andere anzuziehen.*

„Du solltest deine Lederjacke anziehen. Es wird kalt sein, wenn wir wieder gehen." Steve ging an Bob vorbei in die Wohnung und fuhr ihm dabei mit der Hand über den Rücken.

Bob fühlte sich warm, behütet und sicher unter der Berührung. „Die Jacke liegt auf dem Stuhl im Schlafzimmer", rief er seinem Freund nach.

„Hier ist sie." Steve kam zurück und hielt die schwarze Lederjacke hoch. „Ich habe übrigens keine Waffe dabei. Ich wollte es nicht riskieren", sagte er noch.

„Gute Idee."

„Und jetzt wird es Zeit, Partner. Ich will Jessica nicht zu lange warten lassen." Er gab Bob die Jacke und machte sich auf den Weg.

Bob starrte wie gebannt auf Steves Arsch, als sie die Treppe hinabgingen. Steve trug nicht seine üblichen, ausgewaschenen Jeans. Er musste neue gekauft haben, die genauso eng – wenn nicht noch enger – waren wie Bobs alte Disco-Jeans.

„Kommst du?" Steve ging um den Wagen und schloss die Türen auf.

Bob zog eine Grimasse und ging steif auf die Beifahrerseite. Die enge Hose drückte ihm mit dem Saum in die Arschritze. Er sehnte sich jetzt schon nach seiner bequemen Cordhose, und dabei hatte das Spiel noch gar nicht begonnen.

9

DAS GEBÄUDE am Stadtrand von Culver City unterschied sich durch nichts von den anderen Lagerhäusern hier. Nur die beleuchtete Beschriftung über der geschlossenen Tür war auffällig. ‚Steps to Heaven' stand da in roten Buchstaben. Und die Schlange der Menschen, die geduldig auf Einlass warteten, war beeindruckend lang.

„Verdammt! Weißt du, wo wir hier einen Parkplatz finden, der nicht kilometerweit entfernt ist?" Steve verlor langsam die Geduld, nachdem er schon dreimal um den Block gefahren war. „Hey, wenn es sich um einen Tatort handelt, darf die Polizei vor dem Eingang parken", erwiderte Bob halb im Scherz. In diesem Augenblick machte vor ihnen eine Limousine einen Parkplatz frei.

„Da! Schnell!", rief Bob erleichtert und zeigte auf den freien Parkplatz. Die enge Hose war so verdammt unbequem. Warum hatte er die nur angezogen? Wen wollte er damit beeindrucken? Steve etwa? Er stieg aus dem Wagen und nahm sich vor, ab sofort nur noch an ihre Ermittlung zu denken und endlich damit aufzuhören, über seinen Partner nachzugrübeln.

Als er sich die anderen Wartenden ansah, stellte er fest, dass er mit seiner engen, schwarzen Hose und dem grünen Seidenhemd genau richtig gekleidet war.

„Bob, dort ist Jessica! Sie winkt uns zu." Steve schlängelte sich durch die Menschen, die vor dem Eingang zum Club standen.

„Hallo, ihr!", begrüßte sie Jessica und küsste Steve auf die Wange. „Steve, ja? Und deine bessere Hälfte ist …?"

„Ich bin Bob. Danke, dass du auf uns gewartet hast." Er stellte sich hinter Jessica in die Schlange und sah sich um. Die meisten Leute hier waren noch jung. Die Frauen waren auffallend gekleidet und stark geschminkt. Bob vermutete, dass einige der Männer ebenfalls Make-up trugen.

„Normalerweise dauert es nicht sehr lang. Außerdem kennt mich Bruno. Bruno ist der Türsteher", sagte Jessica und richtete sich die Frisur.

Die Schlange der hoffnungsvollen Gäste bewegte sich langsam vorwärts. Vor der Tür stand ein Mann, der nur einige Auserwählte durch die Absperrung ließ. Bob sah, wie der Mann das rote Seil aushakte, damit ein junger Schauspieler, der ihm aus einem Werbespot bekannt vorkam, mit seiner blonden Begleiterin das Innerste Heiligtum betreten konnte.

„Bob, die Tür ist auf. Wir sind die nächsten!" Steve packte ihn ungeduldig am Arm und sie folgten Jessica durch die Absperrung ins Gebäude. Hinter ihnen schloss sich die Tür.

Der Flur war dunkel, aber hunderte kleiner, blitzender Lämpchen hingen an der Decke und um die Türen, um ihnen den Weg zu weisen. Bob kam sich vor, als würde er unter einem Sternenhimmel laufen.

„Wow! Toll, nicht wahr?", flüsterte ihm Steve ins Ohr, der ihn immer noch am Arm hielt.

„Ja, toll." Bob musste zugeben, dass die Lämpchen ihre Wirkung nicht verfehlten. Es war, als käme man in eine andere Welt voller aufregender Dinge, die nur darauf warteten, entdeckt zu werden. Bob musste sich daran erinnern, dass er an einem Fall arbeitete und professionell bleiben musste.

Jessica zeigte ihnen den großen Saal mit Tanzfläche und Bar. Es herrschte schon ein ziemliches Gedrängel. An jeder freien Fläche blitzten die gleichen kleinen Lämpchen wie im Flur. Musik war noch nicht zu hören. Offensichtlich hatte die Party noch nicht begonnen.

„Viel Spaß, Jungs. Amüsiert euch gut. Ich bin mit einigen Freunden verabredet, aber ich komme später wieder vorbei. Bis dann." Sie lächelte Steve strahlend an und verschwand in der Menge.

„Jessica …", murmelte Steve verloren.

„Vergiss sie. Du bist offiziell mit mir gekommen, erinnerst du dich?" Bob lehnte sich an ihn, bis sich ihre Köpfe berührten. Er fühlte Steves Haare an der Wange. Sie kitzelten.

Steve trat abrupt einen Schritt zur Seite. „Lass das, Bob, ja? Undercover hier zu sein, reicht mir vollkommen. Hör auf, so zu tun, als wärst du mein Geliebter." Er zeigte zur Bar, wo sich die Gäste drängten, die mit den Reichen und Mächtigen gesehen werden wollten.

„Fühl dich wie zuhause und finde heraus, wer hier der Chef ist. Ich versuche mein Glück dort an der Bar." Er drängelte sich durch die Gäste zur Bar, nur weg von Bob.

Bob kam sich vor, als hätte ihm jemand einen Schlag in die Magengrube versetzt. Er konnte es nicht fassen. Steve hatte ihm gewissermaßen vorgeworfen, ihn zu begrapschen. Wo war der Mann geblieben, der ihn vorhin an der Wohnungstür so vertraut gemustert hatte?

Bob zuckte mit den Schultern. Steve hatte schon seit einer Woche diese unerklärlichen Stimmungsschwankungen – mal heiß, mal kalt. Er konnte sich damit jetzt nicht aufhalten. Bob ging zur Bar und wartete, bis eine Kellnerin im Minirock ihr Tablett mit Getränken nahm und einen Platz freimachte. Der Barkeeper war damit beschäftig, knallbunte Drinks zu mixen, die mit kleinen

Schirmchen und Früchten verziert wurden. Bob nannte sie bei sich immer Frou-Frou-Drinks.

„Daiquiri Banane", bestellte er. Er musste laut schreien, weil mittlerweile die Musik eingesetzt hatte. Ein Teil der Barsteher machte sich auf den Weg zur Tanzfläche, sodass jetzt mehr Platz war.

Donna Summer brachte mit ‚Last Dance' schnell Stimmung auf die Tanzfläche. Als die letzten Töne des Lieds verklangen, begrüßte DJ Ronnie die Gäste. „Hey, meine Babys!", schnurrte er ins Mikrofon. „Willkommen im Steps to Heaven."

Das Publikum tobte und einige Besucher riefen seinen Namen.

Bob sah sich um. Ronnies Box war auf der Nordseite des Saals. Die breiten Glasfenster waren ebenfalls mit kleinen Lämpchen geschmückt. Dahinter konnte man Ronnie deutlich erkennen, der einen schwarzen Schlapphut trug und gerade eine neue Scheibe auflegte. „Was haltet ihr von Led Zeppelin? Ist das ein Groove? Und es ist unsere Erkennungsmusik – ‚Stairway to Heaven'!"

Bob zuckte zusammen, als lautes Rauschen durch die Boxen kam, bevor das Lied begann. Er summte mit und wartete darauf, dass der Barkeeper ihm seinen Drink brachte.

Nach Led Zeppelin kamen die Bee Gees mit ‚Night Fever'. Offensichtlich war heute Oldie-Abend.

„Hast du Lust zu tanzen?", fragte eine Stimme von der Seite.

Bob drehte sich um und sah eine kleine rothaarige Frau vor sich stehen. Ihr Lächeln war ansteckend und bevor er sich versah, waren sie auf der Tanzfläche.

Wenn Steve mich jetzt sehen könnte. Normalerweise tanzte Bob nicht, weil er es irgendwie nicht schaffte, seine Bewegungen in Einklang mit der Musik zu bringen. Heute war das anders. Die ausgelassene Stimmung und die glänzenden Lichter an der Decke übten eine seltsame Wirkung auf ihn aus. Er vergaß den Alltag mit seinen Sorgen und ließ sich von der Musik davontragen.

Seine Tanzpartnerin schüttelte die roten Locken, bis sie in alle Richtungen flogen. Sie drehte sich und wirbelte herum, verlor sich in der Musik, ohne den Takt zu verlieren. Bob fing ihren Blick auf, als sie den Kopf in den Nacken warf. Dann wurde die Musik langsamer und die Tänzer nahmen sich in die Arme.

Die junge Frau sah Bob von unten an, als er sie an sich zog. Ihre weichen Haare kitzelten ihn an der Wange und er musste niesen. *„Hatschi!"*

„Gesundheit. Ich heiße übrigens Cindy. Ich habe dich hier noch nie gesehen. Bist du auch ihm Showbiz?" Cindy kicherte, während sie sich zu Linda Ronstadts ‚Blue Bayou' drehten.

Bob überlegte kurz. Dann lächelte er. „Ich habe früher als Model gearbeitet und will wieder zurück ins Geschäft. Aber das ist gar nicht so einfach … Man muss die richtigen Leute kennen. Und du? Du erinnerst mich an eine Schauspielerin, die ich in ‚General Hospital' im Fernsehen gesehen habe. Warst du die süße Krankenschwester, die alle Patienten aufgemuntert hat?"

Das Kompliment schien ihr zu gefallen. Sie schmiegte sich an ihn. „Schön wär's!" Sie kicherte wieder. „Ich würde gerne in Filmen auftreten, aber ich habe noch nicht den richtigen Mann gefunden, der mich dem Big Boss vorstellt", flüsterte sie ihm ins Ohr und legte den Kopf an seine Schulter.

Bob genoss es, den Körper einer Frau an sich gedrückt zu fühlen. Sie bewegten sich über die Tanzfläche und als die Musik endete, blieben sie stehen, ohne sich loszulassen. Nach einigen Sekunden fiel Bob wieder ein, was er Cindy fragen wollte. „Du hast von dem großen Boss gesprochen. Ich würde auch gerne einige Kontakte knüpfen. Gibt es heute Abend Produzenten oder andere wichtige Leute unter den Gästen?"

Cindy runzelte die Stirn. „Das ist das Problem. Niemand weiß, wem der Club gehört. Es heißt aber, wenn man in die Hinterzimmer eingeladen wird, wäre man auf dem besten Weg, berühmt zu werden. Wie heißt du eigentlich?"

„Ich heiße Bob." Er streckte die Hand aus. Sie grinste frech und schüttelte sie. „Und ich könnte einen Drink vertragen. Kommst du mit?" Bob führte sie zurück zur Bar, wo sein Daiquiri auf ihn wartete.

Sie hatten Pech. Ein hübsches, dunkelhaariges Mädchen nippte an Bobs Drink, während sie sich mit einem Mann unterhielt, der eine knallenge Lederhose trug.

„Dort." Cindy zeigte auf die Ecke neben einer Tür. Zwei Männer in lila Overalls machten gerade ihren Platz an der Bar frei. Sie setzten sich auf die Barhocker und Cindy zwinkerte dem Barkeeper zu. „Juan, einen Tequila Sunrise. Für meinen Freund …"

„Sex on the Beach", sagte Bob und fragte sich, wie er auf diese Idee gekommen war.

Cindy kicherte. „Mit einem Mann wie dir hätte ich auf jeden Fall gerne Sex am Strand." Sie zeigte auf die beiden Männer in lila, die zu ‚You're the One that I Want' tanzten. „Die meisten Männer hier stehen mehr auf andere Männer. Falls du verstehst, was ich meine …"

Bob sah Steve am anderen Ende der Bar stehen. Steve steckte den Kopf mit einem dunkelhäutigen Mann zusammen, der rechts neben ihm stand. Der muskulöse Mann gestikulierte beim Reden mit beiden Händen, dann legte er Steve einen Arm um die Schultern und zog ihn an sich.

Bob vergaß Cindy und beobachtete seinen Partner. Er war sich nicht sicher, aber es kam ihm vor, als wäre Steve nicht allzu glücklich darüber, seinem neuen Bekannten so nahe zu sein. Steve musste ihn bemerkt haben und ihre Blicke trafen sich für einen kurzen Moment. *Gut, dass du hier bist. Alles in Ordnung*, war die Botschaft, die Bob ins Steves Augen las.

Bob schenkte Cindy ein strahlendes Lächeln, obwohl er kein Wort von dem gehörte hatte, worüber sie sprach. Er trank einen Schluck von seinem Drink. Sehr süß und fast kein Alkoholgeschmack. „Du hast von Hinterzimmern gesprochen?" Er sah sich um, aber es war so dunkel, dass er nicht erkennen konnte, ob und wo Türen in andere Räume führten. „Sollten wir uns nicht auf die Suche machen und sehen, ob hier jemand unserer Karriere förderlich sein kann?"

„Ich frage Juan", sagte sie und winkte dem Barkeeper zu. „Juan, Schatz, gibt es heute die Möglichkeit, hier mit einer großen Nummer zu sprechen? Ich habe einige wichtige Leute gesehen, die nach hinten gegangen sind." Cindy lächelte ihn an und klimperte mit den Wimpern. „Ich möchte schon so lange einen der Bosse persönlich kennenlernen und mein neuer Freund verdient es auch, beachtet zu werden. Ist er nicht süß?"

Bob spürte, wie ihm bei dem Kompliment die Röte in die Wangen stieg.

Juan warf ihm einen misstrauischen Blick zu und lächelte dann. „Ich muss erst mit dem Boss reden. Aber dich muss ich schon wieder enttäuschen, Cindy. Behalte lieber deinen Job in dem Café. Ich habe dir schon beim letzten Mal gesagt, dass niemand an deinem Typ interessiert ist. Vielleicht nächstes Jahr."

Cindy schmollte und Bob hatte Mitleid mit ihr. Die etwas hellere Beleuchtung an der Bar ließ ihn erkennen, dass sie schon älter war, als er zunächst vermutet hatte. Offensichtlich hatten die Bosse hier bestimmte Vorstellungen und nahmen nicht jeden, der sich berufen fühlte.

Er beugte sich zu ihr. „Hey", flüsterte er ihr ins Ohr. „Heute ist nicht dein Glückstag, aber ich habe gehört, dass es hier Stoff gibt, damit man sich wieder besser fühlt. Hast du Blue Rocket schon ausprobiert? Vielleicht hilft uns das, besser in Stimmung zu kommen."

Cindy sah ihn verwirrt an. „Ich dachte immer Blue Rocket wäre der Film, den sie drehen wollen. Und sie suchen nach Schauspielern und Models." Sie seufzte. „Ich möchte so gerne dazugehören, bin aber immer nur bis in die Disco gekommen. Du hast Juan gehört. Ich bin nicht ihr Typ." Sie schüttelte ungläubig den Kopf. „Du meinst Blue Rocket wäre eine Droge? Nimmst du Drogen?" Sie brachte etwas Abstand zwischen sich und Bob.

Bob tätschelte sie beruhigend am Arm. „Nein. Aber ich kenne einige Models, die öfter hier sind und Blue Rocket genommen haben. Einige von ihnen sind gestorben. Ich wollte nur wissen, ob sie das Zeug hier gekauft haben."

„Tut mir leid, aber davon habe ich keine Ahnung." Cindy nahm ihren Tequila Sunrise von der Bar und trank einen Schluck, während sie Juan beobachtete, der gerade einen neuen Drink mixte.

Bob sprach jetzt noch leiser. „Am Dienstag ist ein bekannter Fotograf, Randolph Foreman, tot aufgefunden worden. Er wurde ermordet. Hast du schon von ihm gehört?"

Cindy stellte erschrocken ihr Glas zurück auf die Bar. „Ich habe einmal einen Fotografen getroffen. Ich glaube, er hieß Ray."

„Wo hast du ihn getroffen? Kannst du mir mehr über ihn sagen?" Bob lächelte sie freundlich an. Vielleicht wusste sie noch mehr.

„Es könnte hier gewesen sein, aber es war nicht auf einer Party. Als der Club eröffnet wurde, gab es einen großen Empfang mit freiem Eintritt. Man konnte sich von berühmten Fotografen umsonst fotografieren lassen. Einer von ihnen hieß Ray."

„War er allein hier?", fragte Bob.

„Das weiß ich wirklich nicht mehr. Es waren so viele Leute hier. Ich kann mich nur erinnern, dass ich ihn danach fragte, was ein Fototermin mit ihm kostet. Er sagte, ich sollte einen Termin bei Fashion Photos machen, dort würde er arbeiten. Das ist alles."

„Noch was zu trinken?", unterbrach Juan ihr Gespräch.

„Einen Augenblick", sagte Bob. Er musste mit Steve besprechen, wie sie weiter vorgehen sollten. Cindy war keine große Hilfe, aber vielleicht hatte Juan Beziehungen zum Boss und konnte ihnen Zutritt nach hinten verschaffen. Bob warf einen Blick ans andere Ende der Bar. Steve und sein neuer Bekannter waren gegangen. Bob schaute sich um und entdeckte die beiden nach einigem Suchen auf der Tanzfläche.

Der Mann hatte die Arme um Steve gelegt und sie tanzten einen Blues. Bobs Herz schlug schneller. Er hasste es, wie der andere Mann Steve anfasste. Bob konnte sich nicht vorstellen, dass Steve sich bei diesem Tanz wohlfühlte, nachdem er sich vorhin noch mit aller Vehemenz dagegen gewehrt hatte, mit Bob als schwules Paar aufzutreten.

Der Mann ließ die Hände über Steves Rücken nach unten gleiten, wo er sie auf Steves Hintern legte. Bob fühlte einen Zorn in sich aufsteigen, wie er ihn noch nie empfunden hatte. Er musste unbedingt herausfinden, ob mit Steve alles in Ordnung war.

106

Steve und der dunkelhäutige Mann bewegten sich näher zur Bar und Bob gelang es, einen Blick von Steve aufzufangen. Nein, Steve machte definitiv nicht den Eindruck, als würde er sich wohlfühlen.

Bobs Magen zog sich zusammen. Er lief auf die Tanzfläche und klopfte dem Mann auf die Schulter, um den Tanz zu unterbrechen.

Er kam nicht mehr dazu, auch nur ein Wort zu sagen. „Hey, Bob!", rief Steve, ließ den Mann los und klopfte Bob auf den Bauch. „Mike, das ist mein Freund. Tut mir leid, dass ich dich hier einfach so stehenlasse." Er legte den Arm um Bob und drückte sich mit dem Kopf an dessen Schulter.

Bob konnte Steves Erleichterung spüren, schüttelte aber den Finger, um den Anschein zu wahren. „Wo warst du denn, du böser Junge? Ich habe dich überall gesucht." Er warf Steve einen bedauernden Blick zu und küsste ihn dann auf die Wange. Bob rechnete damit, dass Steve sich sofort zurückziehen würde, aber stattdessen erwiderte Steve überraschenderweise Bobs Kuss. Und zwar auf den Mund.

Der harmlose Kuss durchfuhr Bob wie ein Stromschlag. Er hörte kaum noch, wie Mike sich entschuldigte und sie allein ließ.

Bob holte tief Luft. Steve war so nah, dass Bob die Körperwärme fühlen konnte, die ihm in die Haut drang. Er brauchte dringend Abstand, um sich von dem Kuss zu erholen. Es kam ihm vor, als könnte er immer noch Steves Lippen an seinem Mund spüren. Bob richtete sich auf und schob Steve von sich. „Alles in Ordnung?"

Steve nickte und verdrehte die Augen. „Wo warst du denn?"

„Ich habe eine junge Frau kennengelernt. Cindy", erwiderte Bob. Die Musik spielte jetzt so laut, dass er die Vibration in den Fußsohlen spüren konnte. „Sie weiß nichts über Blue Rocket, aber es kann sein, dass sie Randolph kennengelernt hat."

Steve zog eine Augenbraue hoch. „Das ist …" Ein lauter Gitarrenriff der ‚Bohemian Rhapsody' machte den Rest von Steves Satz unverständlich.

„Was?", schrie Bob.

„Das ist ein Anfang!", schrie Steve zurück.

„Und was hast du erfahren?", fragte Bob und drängte sich durch die Tanzenden zurück an die Bar. Er trat dabei einem Mann auf den Fuß, doch der schien davon nichts zu merken und grinste weiter verträumt das Model – *Vogue?* – an, mit dem er tanzte.

„Nicht viel, von Mikes Tanzstil abgesehen", brüllte Steve ihm ins Ohr.

Bob drehte sich zu ihm um, damit er ihn besser verstehen konnte. Einige Tänzer kamen zu nahe und hätten sich beinahe zwischen sie geschoben.

Steve zog Bob von der Tanzfläche. „Ich habe Mike nach Blue Rocket gefragt. Er hat es schon probiert und meinte, es wäre eine außerordentliche

107

Erfahrung gewesen. Er hat sich erst stumpf und orientierungslos gefühlt, aber dann übermächtig. Als könnte er alles erreichen, was er wollte." Steve legte Bob den Arm um die Schultern und sprach ihm direkt ins Ohr. „Mike hat gesagt, er hätte die Pillen im Hinterzimmer bekommen, hier im Club. Aber er kennt keine Namen." Steve sah ihn enttäuscht an.

„Wenigstens wissen wir jetzt, dass man Blue Rocket hier bekommen kann", stellte Bob fest. Er genoss das Gefühl von Steves Arm um sich, selbst wenn es nur praktische Gründe hatte.

„Mike hat es in Pillenform genommen. Trotzdem hatte es diese starke Wirkung auf ihn. Er hat von Leuten gehört, die sich das Zeug spritzen. Einige scheinen dadurch auf einen Horrortrip gekommen zu sein. Deshalb hat Mike sich immer an die Pillen gehalten," erzählte Steve seufzend. Sie kamen an die Bar. Zwei Frauen zwinkerte ihnen zu, nahmen ihre Drinks und machten ihnen einen Platz frei.

„Wie interessant." Bob nickte und sah Cindy in der Nähe, die ihm lächelnd zuwinkte. „Dort drüben ist Cindy und winkt uns zu. Sie hat mir gesagt, dass der Boss selbst aussucht, wen er ins Hinterzimmer lässt. Nur wenige Auserwählte bekommen die Chance auf eine große Karriere."

„Und die Chance auf eine neue Droge", fügte Steve hinzu. „Wir müssen dringend herausfinden, wer dieser geheimnisvolle Boss ist."

„Juan, der Barkeeper, hat versprochen, mich bei seinem Boss zu erwähnen", meinte Bob.

„Wow, dann ist dein gutes Aussehen wenigstens für etwas gut." Steve grinste, lehnte sich an ihn und fasste ihn am Arm. Es war unübersehbar, dass sie zusammengehörten. Sie machten sich auf den Weg zu Cindy.

Bob lächelte innerlich. Es war ein gutes Gefühl, von seinem Partner gebraucht zu werden.

Cindy lächelte ihnen bedauernd zu. „Hallo, Bob. Ich sehe schon, bei dir hatte ich auch nie eine Chance. So ist das immer hier." Sie zuckte gleichmütig mit den Schultern. „Heute ist hier nichts mehr für mich drin."

„Cindy, das ist mein Freund Steve", stellte Bob sie vor. „Meinst du, Juan würde für ihn auch ein gutes Wort beim Boss einlegen? Steve braucht dringend einen Job." Bob lächelte seinen Partner stolz an, als wäre er bis über beide Ohren in ihn verliebt. Er musste sich kaum verstellen. „Steve ist der beste Fotograf, den ich kenne."

Cindy musterte Steve zweifelnd, zuckte dann aber mit den Schultern. „Ich kann es ja versuchen." Sie hob die Hand und winkte Juan zu. „Juan? Noch einen Tequila Sunrise für mich."

Juan winkte ihr bestätigend zu und stellte dann vier Gläser Wein auf das Tablett einer Kellnerin. Danach verteilte er noch einige Gläser Whisky und Bier unter den Gästen an der Bar, bevor er der Tequila für Cindy brachte.

„Ein Tequila Sunrise für die Dame", sagte er freundlich und schob ihr das Glas zu. Bob bezahlte den Tequila.

„Vielen Dank!", sagte Cindy und wandte sich dann an Juan. „Ich weiß, was du vorhin gesagt hast." Sie lächelte gewinnend. „Ich habe mein Schicksal akzeptiert. Aber Steve hier ist ein Freund von Bob. Er wartet nur auf seine große Chance. Kannst du etwas für ihn tun?"

„Cindy, ich bin sehr beschäftigt. Wie gesagt …" Er wischte die Bar ab und musterte Steve und Bob dabei von oben bis unten. „Ich werde es versuchen", sagte er dann mit einem kleinen Lächeln. „Wartet hier." Er ging zu einem Telefon an der Wand neben der Küchentür.

Bob warf Steve einen fragenden Blick zu. *Werden wir jetzt den Besitzer zu sehen bekommen?*

„Vielleicht, Baby", murmelte Steve.

„Wäre nicht schlecht." Bob seufzte und lächelte Cindy zu, die an ihrem Tequila nippte.

„Ja, fände ich auch." Sie machte ein enttäuschtes Gesicht.

Nach einer Weile kam Juan zurück und lächelte bedauernd. „Tut mir leid, Jungs. Heute ist hinten nichts los. Vielleicht das nächste Mal." Er sammelte einige leere Gläser ein und brachte sie zum Spülbecken. „Ihr müsst einfach öfter kommen. Nur wenig haben die Chance zum großen Durchbruch." Er winkte einigen Gästen am anderen Ende der Bar zu und füllte drei Biergläser. „Die Rollen für *Ice Fever* – das ist der neueste Film – sind alle schon besetzt. Habt ihr schon von dem Film gelesen? Er wird bestimmt ein großer Erfolg." Er drehte sich um und brachte die drei Gläser Bier zu den jungen Kerlen, während er gleichzeitig mit einem jungen Mädchen flirtete.

„Juan, eine Frage noch!" Bob lehnte sich über die Bar und winkte Juan zu.

„Ich frage mich, mit wem er eben telefoniert hat", murmelte Steve, während Juan wieder zurückkam.

„Was'n los?" Juan wischte ein Glas aus und füllte es mit einer rosa Flüssigkeit aus einem seiner Mixer.

„Ich habe gehört, hier gibt es guten Stoff", sagte Bob und tat so, als würde er sich eine Pille in den Mund werfen.

Juan beugte sich zu ihm. „Ich habe keine Ahnung, wovon du sprichst", zischte er Bob ins Ohr. „Und jetzt entschuldige mich bitte, ich muss arbeiten." Er drehte sich genervt um und ließ sie stehen.

„Das war ein Schuss in den Ofen", meinte Steve und schlug mit der Hand auf die Bar.

Bob sah ihn vielsagend an. Sie mussten wirklich mehr über den Besitzer und seine Leute herausfinden. Sowohl über diejenigen, die im Steps to Heaven arbeiteten als auch über die im Hintergrund.

Cindy zog Steve am Ärmel. „Steve, ich kann dir vielleicht helfen", flüsterte sie.

Es war so laut, dass sie Cindy kaum verstehen konnten. Sie winkte ihnen zu, ihr zu folgen. In einer dunklen Ecke in der Nähe der Türen, die zu den Toiletten führten, blieb sie stehen. „Ich habe schon oft beobachtet, dass Leute in diesen Flur gehen." Sie zeigte in einen dunklen Flur mit mehreren Türen, an dessen Ende sich eine Treppe befand. „Für mich ist hier nichts mehr zu holen. Ich verschwinde für heute. Auf Wiedersehen?" Sie sah Bob sehnsüchtig an.

Bob beugte sich zu ihr hinab und küsste sie auf die Wange. „Wer weiß, Cindy. Es war schön, dich kennengelernt zu haben", sagte er und sah ihr nach, als sie in der feiernden Menge auf der Tanzfläche verschwand.

DJ Ronnie meldete sich zurück und verkündete: „Und noch ein Lied einer der besten Gruppen von 1978 – ‚How Deep is your Love' von den Bee Gees!"

Barry Gibbs Falsettstimme tönte aus den Lautsprechern.

„Was machen wir jetzt?", fragte Steve und schaute auf die Uhr. Es war eine Stunde vor Mitternacht.

„Juan meinte, hier hinten wäre heute nichts los. Was immer das auch bedeuten mag." Bob schaute auf die Treppe. „Was meinst du … wollen wir kurz nachsehen?"

„Es könnte sich lohnen", sagte Steve. „Vielleicht finden wir Hinweise auf geheime Treffen, Dealer, Kunden …" Steve hörte sich allerdings nicht sehr hoffnungsvoll an.

„Oder wir treffen den Boss." Bob grinste. „Komm, lass uns erst im Keller nachsehen." Er drehte sich um und ging den Flur entlang.

„Einen Moment", meinte Steve und zeigte auf die Tür zur Toilette. „Bin gleich zurück."

„Ja, schon gut."

In der Nähe der Treppe hing ein Telefon an der Wand. Bob überlegte, ob er Rollins anrufen und ihm über den Club berichten sollte, als sich eine der Türen öffnete und ein Mann auf den Flur kam. Bob sah nur die dunkle Silhouette eines kräftigen Mannes mit breiter Brust. Sie kam ihm merkwürdig bekannt vor, aber er konnte sie nicht einordnen.

Der große Mann verschwand in einem der Nachbarzimmer und ließ die Tür einen Spalt weit offen. Bob schlich sich näher, um zu hören, was in dem

Zimmer vor sich ging. Er drückte sich mit dem Rücken an die Wand und hielt sich im Dunkeln. Dann legte er das Ohr an die Tür.

Mit einer plötzlichen Bewegung wurde die Tür aufgestoßen und schlug Bob an den Kopf. Schmerz schoss ihm durchs Ohr, er schrie auf und zuckte zurück.

„Wen haben wir denn hier?" Grobe Hände zogen ihn in das Zimmer.

Bob stöhnte hilflos. Ihm war höllisch schwindelig.

10

STEVE KAM erfrischt von den Toiletten zurück. Zum Teufel, wohin war denn Bob verschwunden? Er sah sich in der Disco um und versuchte, ihn in der Menschenmenge ausfindig zu machen.

Er ging durch den Club, beschwingt im Takt der Musik, aber zunehmend besorgt. Bob war nirgends zu sehen. Nicht auf der Tanzfläche, nicht an der Bar und nicht an einem der Tische, die auf der gegenüberliegenden Seite des Clubs an der Wand standen.

„Hey, wo steckst du denn?", murmelte er vor sich hin. „Du solltest doch nicht allein verschwinden."

Steve ging in den dunklen Flur zurück, aber auch hier war von Bob nichts zu sehen.

„Mist!" Steve hatte mittlerweile ein ungutes Gefühl im Magen. Eine düstere Ahnung sagte ihm, dass Bob etwas passiert war. Er entschloss sich, auf dem Revier anzurufen.

Als der Anruf gerade angenommen wurde, wurde Steve der Hörer aus der Hand gerissen. „Du Schwein!", zischte jemand.

Etwas hartes, rundes wurde ihm in die Seite gedrückt. Steve wusste sofort, dass er in der Klemme steckte.

„Hey, Mann! Was soll denn das?", machte er auf cool. „Ich suche meinen Freund." Er versuchte, sich der Pistole an seinen Rippen zu entwinden, aber der Angreifer stieß ihn von dem Telefon weg an die Wand. „Was soll …" Steve verstummte, als er in die kalten Augen des Barkeepers blickte.

„Halt's Maul!", sagte Juan und holte aus.

Ein plötzlicher Schmerz schoss Steve durch den Schädel, als ihn ein harter Gegenstand aus Metall auf den Hinterkopf traf.

Er trat mit einem Fuß um sich, traf auch, war aber zu verwirrt, um sich effektiv zu wehren. Juan packte ihn und stieß ihn brutal in eines der Zimmer. Steve stolperte und wäre fast gefallen, doch Juan hielt ihn fluchend aufrecht.

Die helle Deckenbeleuchtung blendete Steve und schmerzte in den Augen. Er schloss die Augen und drückte sie fest zusammen, um sich nicht zu übergeben. Die Arme wurden ihm auf den Rücken gebogen und gefesselt. Seine Knie waren so weich, dass er sich kaum auf den Beinen halten konnte. Aus der gegenüberliegenden Ecke des Zimmers erklang das gezwungene Lachen eines Mannes.

„Ein Unglück kommt selten allein", sagte eine tiefe Stimme. „Warum schnüffeln zwei Bullen in meinem Club rum? Ich warte auf eine Antwort, Detective."

Steve hatte diese Stimme schon gehört, aber sein Schädel pochte so stark, dass er nicht klar denken und sie einordnen konnte.

„Ich kenne dich", murmelte er, öffnete die Augen und erblickte vor sich das Gesicht von John Sanders. „Sanders? *Ihnen* gehört dieser Club?"

„Ich warte!", fauchte Sanders. Dann grunzte er ungeduldig und gab Juan ein Zeichen mit der Hand.

Juan boxte Steve mit aller Kraft in den Magen. Steve ging würgend in die Knie. Er konnte kaum atmen und kippte auf die Seite.

„Was habt ihr hier gesucht?" Sanders kam zu ihm und drückte ihn mit dem Fuß auf den Boden.

„Mein Freund", wimmerte Steve und schluckte die Galle runter, die ihm hochkam.

„Meinst du den hier?" Sanders trat ihm noch einmal in die Seite, dann ging er zu einem großen Sessel und drehte ihn schwungvoll herum.

„Bob!", keuchte Steve und krümmte sich zusammen.

Bob hing schlaff in dem Sessel und starrte ins Leere. Er zeigte keinerlei Reaktion, als Steve seinen Namen rief.

Sanders zog eines von Bobs Augenlidern hoch und musterte ihn kritisch. „Ich hoffe, Chris hat ihm keine zu hohe Dosis gegeben", knurrte er. „Sonst müssen wir ihn den ganzen Weg tragen. Stimmt's?"

„Klar, Boss", erwiderte Juan hastig. Er stand über Steve und richtete die Pistole auf ihn.

„Was zum Teufel habt ihr ihm gegeben?" Steve konnte endlich wieder halbwegs atmen und sein Kopf wurde auch langsam klarer. Er rappelte sich mit letzter Kraft auf die Knie.

Sanders lachte humorlos. „Das weißt du sehr gut. Randolph wollte euch schließlich alles über unsere kleinen Geschäfte erzählen." Sanders tauschte einen Blick mit Juan und senkte den Kopf.

Juan zog Steve auf die Füße. Steve lehnte sich schweißgebadet an die Wand und kämpfte gegen die aufsteigende Übelkeit an.

„Was hatte denn Randolph mit euren Geschäften hier zu tun?", zischte er. „Warum klären Sie mich nicht auf? Und zuallererst will ich wissen, was Sie meinem Freund gegeben haben."

Bob sah sich stöhnend um. Steve versuchte, Bobs Aufmerksamkeit zu erregen. Bob starrte ihn nur verwirrt an. Von dem vertrauten Funkeln seiner Augen war nichts zu erkennen.

Die Tür öffnete sich und Chris Barber kam ins Zimmer. Steve schnappte überrascht nach Luft.

„Ist der Wagen soweit?", fragte Sanders.

Chris nickte.

„Chris? Was machst du denn hier?" Steve bewegte die Hände, um seine Fesseln zu lockern und sich zu befreien. Es war ein Albtraum, Sanders und Chris hier zu sehen.

„Das geht dich nichts an!", blaffte Chris ihn an. Dann packte er Bob am Arm und zog ihn mit Sanders Hilfe aus dem Sessel.

Steve konnte Bobs hilflosen Anblick nicht ertragen. „Was habt ihr ihm gegeben? Lasst ihn in Ruhe!", schrie er und trat nach Juan, der ihm geschickt auswich. Steve sackte zusammen und gab auf.

Was, wenn sie Bob Blue Rocket gespritzt hatten? Mike hatte seine erste Reaktion auf die Droge als ‚stumpf und orientierungslos' beschrieben. Genau diesen Eindruck machte Bob jetzt auch. „Ich muss wissen …" Steve versuchte, sich aufzurichten.

„Keine Sorge, wir kümmern uns schon um euch zwei Turteltäubchen", fauchte ihn Sanders an. „Juan, übernimm Steve."

Steve wurde in den dunklen Flur gezerrt. Er wollte um Hilfe rufen, sah dann aber die Pistole, die Chris auf Bobs Kopf gerichtet hatte. Von der Tanzfläche drang der pulsierende Beat der Disco-Musik und die humorvollen Kommentare des DJ hörten sich an, als kämen sie aus einer anderen Welt.

Sanders und Chris zerrten Bob zum Hinterausgang. Juan stieß Steve vor sich her. Kalte Nachtluft schlug Steve ins Gesicht. Er holte tief Luft. Was immer die Kerle auch vorhatten, er war bereit, um sein und Bobs Leben zu kämpfen.

In der Gasse hinter dem Club stand ein schwarzer Transporter. Chris zog Bob mit sich zu dem Wagen und öffnete eine der hinteren Türen. Bob konnte sich kaum aufrechthalten und sein Kopf schwankte hin und her. Er leistete keinerlei Widerstand, als Chris und Sanders ihn auf den Rücksitz schoben.

„Bewegung!"

Juan stieß Steve ebenfalls auf den Rücksitz des Transporters. Steve kam halb auf Bobs Schoß zu liegen. Bob stöhnte und rutschte träge zur Seite. Steve bewegte sich vorsichtig, um ihm ebenfalls mehr Platz zu machen. Hatte Bob Blue Rocket bekommen?

„Kumpel, ich bin bei dir. Mach dir keine Sorgen." Steves Hände waren immer noch gefesselt. Er hätte seinen Partner zu gerne berührt, um ihm zu zeigen, dass er nicht allein war. Stattdessen legte er den Kopf an Bobs Brust. Unter dem schweißnassen T-Shirt klopfte Bobs Herz. Steve suchte verzweifelt nach einer Fluchtmöglichkeit, aber er konnte Bob nicht hier zurücklassen. Bob war so schwach und hilflos wie ein kleines Kätzchen.

Sanders und Chris stiegen vorne ein. Steve reckte den Kopf und erkannte einen dritten Mann, der bereits hinterm Steuer saß. Seine breiten Schultern nahmen fast die Hälfte der vorderen Sitzbank ein. Sanders und Chris mussten eng zusammenrücken.

„Worauf wartest du, Freddie? Fahr los!", befahl Sanders und warf einen Blick nach hinten. „Was für ein Anblick! Zu schade, dass ich meine Kamera nicht bei mir habe. Die Turteltäubchen vereint in alle Ewigkeit. Freddie – du weißt, was du zu tun hast, wenn wir ankommen?"

„Klar, Boss. Randall und Curry haben mich vor zwei Jahren hochgehen lassen. Es wird mir ein Vergnügen sein, ihnen ein Loch in den Schädel zu blasen", erwiderte Freddie großspurig und lachte. Steve gefror fast das Blut in den Adern und ihm stockte der Atem.

Er kannte dieses Lachen. Das war Freddie, Bellas Mann. Freddie, der Mann, der an den Schulen Drogen verkaufte, bevor er festgenommen und hinter Gitter gebracht worden war. Steve erinnerte sich daran, mit Schulkindern gesprochen zu haben, die ihm alle dieses herzhafte Lachen beschrieben. Der Dealer hatte einen so netten Eindruck gemacht und bald ihr Vertrauen gewonnen, indem er ihnen kostenlose Proben seines Stoffs anbot. Und damit hatte er sie süchtig gemacht.

Steve hasste diesen Mann.

„Bob? Wach auf, komm schon. Ich brauche dich", flüsterte er.

Sanders drehte sich um, als er Steve flüstern hörte. „Das reicht, ihr Schweine", sagte er kalt. „Ich habe eine wunderbare Idee, wie ich zwei Probleme mit einem Schlag loswerde."

Freddies breite Schultern bebten, als er wieder zu lachen anfing. „Boss, du bist unglaublich. Es wird mir eine Ehre sein, ihnen den gehörigen Respekt vor dir beizubringen."

„Freddie Garner!", rief Steve. „Warum bist du nicht mehr im Knast? Und was ist mit deiner Frau?"

Der große Mann drehte sich zu ihnen um und lächelte triumphierend. „Manchmal muss man nur zugreifen, wenn man die Chance dazu hat, Detective. Das alte Leben mit einem neuen kombinieren. Und das habe ich getan!"

„Denk doch an Belle!", sagte Steve.

Freddie schnaubte. „Das geht dich gar nichts an, du Schwein!" Er drehte sich zu Sanders um. „An den Ort, über den wir vorhin gesprochen haben, Boss?"

„Genau. Fahr an der nächsten Kreuzung links. Es ist ein wunderschöner Platz, um sich zu lieben. Oder zu sterben."

Chris kicherte. Er hob die Pistole und gab einen imaginären Schuss ab. „Ich bin bereit!"

„Steck die weg!", bellte ihn Sanders an.

Chris verstummte. Widerwillig legte er die Pistole auf die Konsole zwischen den Sitzen.

Bob musste Steves Aufregung gespürt haben, denn er versuchte mühsam, sich gerade aufzurichten. „Hmm, wo bin ich? Steve?" Er tätschelte Steves Kopf und seufzte zufrieden. „Gut, wieder bei dir zu sein, Kumpel."

„Gar nicht gut. Schau doch nach vorne. Da sitzen welche, die wollen uns loswerden", sagte Steve und verdrehte seine Arme, um die Fesseln zu lockern. Aber sie saßen zu fest und er erreichte nicht viel, rieb sich nur die Haut an den Handgelenken auf, die zu bluten begannen. Steve stöhnte frustriert.

„Bald seid ihr alle eure Sorgen los." Steve konnte Sanders boshaftes Grinsen im Rückspiegel sehen. Er wurde immer besorgter. *In was sind wir da nur reingeraten?*

„Ich kenne ihn", murmelte Bob, der jetzt schon einen wacheren Eindruck machte.

„Ja", flüsterte ihm Steve ins Ohr. „Es ist Randolphs Boss, Sanders. Kannst du versuchen, meine Fesseln zu lockern? Lass dir nichts anmerken." Er drehte sich leicht und hielt Bob seine gebundenen Hände hin.

Steve konnte Bobs Finger spüren, die mit den Knoten kämpften. Aber Bob stand noch so stark unter Drogen, dass er nicht damit zurechtkam.

Steve merkte, dass die Straße anstieg und sie auf dem Weg in die Hügel waren.

„Das ist der Eingang zum North Park", sagte Freddie.

Bob nahm einen neuen Anlauf mit den Fesseln. Steve grinste. „Guter Junge", sagte er leise.

Bob schnaubte und löste einen der Knoten.

„Ruhe da hinten!", bellte Sanders. Er hörte sich plötzlich nervös an.

„Halt den Mund!", blaffte Steve zurück. „Ich wette, du hast Randolph umgebracht. Habe ich recht?"

Sanders ignorierte ihn. „Freddie, biege an der nächsten Abzweigung ab", befahl er entschieden. „Du weißt, was zu tun ist. Der blonde Bulle hat Randolph aus Eifersucht erschossen. Danach hat er sich seinen Geliebten vorgenommen. Verstanden?" Sanders nahm die Pistole und wickelte sie in ein Tuch …

„Was ist mit mir? Welche Rolle spiele ich?", fragte Chris.

„Später, verdammt." Sanders wurde immer nervöser.

„Einen Augenblick noch, Boss. Ich parke jetzt." Freddie hielt den Wagen an und wartete weitere Befehle ab.

Steve fluchte leise vor sich hin. *Wenigstens kennen wir jetzt seinen Plan. Und wenn Bob wieder klarer im Kopf ist, haben wir vielleicht noch eine Chance zur Flucht.* „Mach schon", zischte er Bob zu.

Bobs Fingernägel gruben sich schmerzhaft in Steves Handgelenke, aber Steve war es egal. Er wollte nur diese verdammten Fesseln loswerden.

„Ja, der blonde Bulle erschießt den Geliebten seines Partners. Dann erschießt er seinen Partner, weil der ihn betrogen hat." Freddie hörte sich an, als müsste er sich erst einreden, dass es funktionieren würde.

„Bring sie besser erst bis an den Rand der kleinen Schlucht", schlug Chris vor. „Dort ist viel Gestrüpp und Unterholz und ihre Leichen werden erst in Wochen gefunden."

„Ich erschieße erst Randall, dann Curry. Dabei lasse ich es so aussehen, als hätte Curry Selbstmord begangen", fuhr Freddie nervös fort. „Guter Plan, Boss!"

„Vermassele ihn nicht, Garner!", warnte Sanders. „Ich beobachte dich genau. Wenn du bei uns Karriere machen willst, musst du mir erst beweisen, dass ich dir vertrauen kann."

Sanders reichte Freddie die Pistole. „Lass das Tuch um den Griff gewickelt, bis du sie dem toten Bullen in die Hand drückst."

Freddie hielt die Waffe stolz vors Gesicht und betrachtete sie.

Steve wurde übel. *Was für ein Arschloch! Den bringe ich in den Knast zurück und wenn es das letzte ist, was ich tue. Bella hat wirklich einen beschissenen Geschmack bei der Auswahl ihrer Ehemänner.*

Freddie stieg aus und lief um den Wagen herum. Dabei führte er leise Selbstgespräche. Steve konnte jedoch nicht verstehen, was er vor sich hinmurmelte. Dann stieg auch Chris aus und folgte Freddie.

Bob richtete sich auf. „Wir müssen hier raus." Er packte Steve fest am Arm.

„Klar, Kumpel. Es wird alles gut." Steve beugte sich über ihn und sie berührten sich mit der Stirn. Steve behielt die drei Männer aus den Augenwinkeln im Blick, während er unauffällig die Hände aneinanderrieb und versuchte, die Fesseln abzustreifen.

„Schhh", flüsterte Bob, der immer noch an einem Knoten arbeitete.

„Was macht dieser Idiot da?", fragte Chris und klopfte von außen an die Fensterscheibe. „Raus da, ihr dämlichen Bullen! Pronto!"

Freddie steckte den Kopf in die offene Fahrertür. „Hör zu, Boss. Meine Frau kennt diese Kerle. Ich weiß nicht, was ich tun soll."

„Wir waren uns einig, Freddie", sagte Sanders ungerührt. „Das ist dein Ticket, wenn du bei uns mitspielen willst. Wer aufsteigen will, muss auch lernen, den Müll zu beseitigen."

„Niemand wird dir abnehmen, dass Bob Randolph erschossen hat!", schrie Steve wütend. „Wir waren an diesem Abend zusammen."

„Ja, also …", druckste Freddie.

Sanders lächelte. „Wen interessiert das noch, wenn sie tot sind?"

Er stieg aus dem Wagen und Steve hörte, wie er nach hinten ging.

Steves Fesseln hingen ihm nur noch um die Handgelenke. Er hielt eines der losen Enden fest, damit es so aussah, als wäre er noch gefesselt.

Die Hintertüren wurden geöffnet. Chris und Freddie schnappten sich Steve und Bob und zogen sie ins Freie. Steve wehrte sich und schaffte es, Chris einen Tritt ans Schienbein zu verpassen. Bob war noch nicht sehr sicher auf den Beinen, aber Steve konnte trotz der Dunkelheit die Entschlossenheit in Bobs Miene sehen. Sie würden es schaffen. Gemeinsam. Bob lehnte sich schwach an Steve, um Halt zu finden.

„Freddie, du kennst den Weg", sagte Sanders. „Dem Pfad folgen, bis auf der rechten Seite eine abgeschiedene Stelle auftaucht. Sie ist perfekt für zwei Schwuchteln, die sich lieben, hassen und umbringen wollen."

„Was ist mit Fingerabdrücken?", fragte Freddie nervös.

„Idiot. Ich habe die Waffe natürlich abgewischt. Gib sie einfach Curry in die Hand, nachdem du ihn erschossen hast. Dann sind nur die Fingerabdrücke des Bullen am Griff", schnappte ihn Sanders an. „Und sei nicht so blöd, die Waffe selbst anzufassen." Sanders zeigte auf den kleinen Trampelpfad. „Beeil dich. Und überprüfe, ob sie wirklich tot sind, bevor du zurückkommst. Ich behalte dich im Auge."

„Soll ich es sicherheitshalber auch überprüfen?", fragte Chris. Er ging zu dem Pfad und leuchtete mit seiner Taschenlampe ins Dunkel zwischen den Bäumen.

„Wenn alles vorbei ist. So lange bleibst du bei mir. Ich mag diese Dunkelheit nicht", sagte Sanders.

Steve war nicht sicher, ob Sanders scherzte oder es ernst meinte. Er war damit beschäftigt, einen Fluchtplan zu entwickeln.

„Sei bereit", flüsterte er Bob ins Ohr. Bob nickte und seine Haare kitzelten Steve an der Wange.

Steve stand halb hinter Bob verborgen, während er sich die Fesseln von den Händen streifte. Er schaute auf die Uhr. Gott sei gedankt für beleuchtete Zifferblätter. Steve drückte einen Knopf und wählte sorgfältig die richtige Funktion aus. Dann schnallte er die Uhr ab und warf sie auf der anderen Straßenseite ins Gebüsch.

„Achtung! Achtung!" Die Stimme aus der Uhr war erstaunlich laut.

Sanders wirbelte herum. „Was war denn das?", brüllte er. „Chris, ist uns jemand gefolgt?"

„Nein!" Chris richtete seine Taschenlampe auf das Gebüsch.

Freddie machte einige Schritte nach vorne. „Meinst du, es könnte die Polizei sein?", fragte er ängstlich.

Als die drei Männer ihnen den Rücken zuwandten, packte Steve Bob am Arm. „Los jetzt, Kumpel", flüsterte er. Dann rannten sie ins Unterholz. Bob war noch unsicher auf den Beinen und Steve musste ihn hinter sich herziehen.

Sie warfen sich hinter einem dichten Busch auf den Boden. Steve wagte kaum zu atmen. Er legte eine Hand auf Bobs Rücken, um sich zu versichern, dass er ihn nicht verloren hatte.

„Freddie! Ihnen nach!", schrie Sanders. „Das war nur ein Trick!"

„Sie sind dort drüben!" Freddie kam in die Nähe des Busches gerannt, hinter dem Steve und Bob lagen.

Steve sehnte sich nach seiner Waffe. In diesem Moment wurde der Strahl der Taschenlampe auf sie gerichtet.

„Wie süß! Sie wollen sich ein letztes Mal lieben!" Chris trat Bob in die Seite. „Aufstehen! Schneller!"

Bob stöhnte und wollte wegrollen, aber Chris gab ihm einen zweiten Tritt.

„Hör auf!", brüllte Steve.

Bob trat mit beiden Beinen um sich, verpasste Barber aber und traf nur leere Luft. Chris zog ihn lachend vom Boden hoch.

„Lass es, Kumpel", sagte Steve beruhigend und rappelte sich ebenfalls auf. „Es muss noch einen anderen Weg geben, hier wieder rauszukommen."

Bob ließ sich in Chris' Griff hängen, doch die Wut stand ihm ins Gesicht geschrieben.

„Ich kann es kaum abwarten, diesen Mist endlich zu Ende zu bringen", knurrte Freddie.

„Worauf wartest du dann?" Sanders nickte. „Wir sollten schon längst wieder weg sein."

Freddie stieß Steve den Lauf der Pistole in die Rippen. Dann zwang er ihn und Bob zu dem Trampelpfad und sie stolperten durch den dunklen Wald. Steve konnte Freddies schweren Atem hinter sich hören und suchte verzweifelt nach einer neuen Idee, sich und Bob noch zu retten.

„Hey …", flüsterte Bob.

„Was ist?", fragte Steve. Ein leichtes Zittern in seiner Stimme zeugte von seiner Angst.

„Da war ein Geräusch. Hast du es nicht gehört?", sagte Bob und stolperte nach vorne.

„Dein Partner ist sehr clever", sagte Freddie so leise, dass er kaum zu hören war. Dann kam er näher zu dem Eukalyptusbaum, unter dem Steve und Bob standen und sich umklammert hielten. „Jungs, ich bin auf eurer Seite. Ihr müsst nur mitspielen. Geht dort rüber." Er stieß Bob mit der Pistole in den Rücken.

„Freddie, was …?" Steve keuchte. Er wusste nicht, was er sagen sollte.

„Ich arbeite für die Drogenbekämpfung. Undercover. Vertraut mir."

Steve drehte sich um und starrte Freddie ungläubig an. Der Mann grinste breit. Seine weißen Zähne glänzten in der Nacht. „Zurück zum Geschäft", sagte er dann ernst. „Curry erschießt erst dich, dann bringt er sich selbst um." Freddie winkte Steve zu, sich gegenüber von Bob auf den kalten Boden zu setzen.

„Aber …", protestierte Steve, der immer noch nicht verstand, was eigentlich los war.

„Vertraue ihm", sagte Bob.

Freddie hockte sich neben ihn. „Ich gebe dir jetzt die Waffe in die Hand. Dann zwinge ich dich, einen Schuss abzugeben."

„Und ich muss tun, als hätte ich meinen Partner erschossen." Bob hörte sich wieder richtig wach an. Vorsichtig nahm er Freddie die Pistole ab und zielte damit auf den Boden.

„Du warst noch nie ein guter Schütze", scherzte Steve mit belegter Stimme. Noch waren sie hier nicht lebend raus.

„Wir müssen uns beeilen, bevor diese Ratte Chris kommt und eure Kadaver checken will." Freddie gab Bob ein Zeichen.

„Bob, was tust du da?", rief Steve so laut, dass Sanders und Barber ihn hören konnten. „Schatz! Nach allem, was wir uns bedeuten?"

„Das ist für Randolph!", rief Bob und packte seinen geballten Hass in die Worte. Dann schoss er. Die Kugel flog an Steve vorbei in den nächsten Baumstamm.

„Gut", sagte Freddie leise. „Steve, du bist getroffen!"

Steve sank auf den Boden und blieb unter dem Baum liegen.

„Beeindruckend, Camille", sagte Bob und spielte auf einen Roman an, den er in der Schule gelesen hatte. Normalerweise war das ein Witz, aber jetzt hörte er sich sehr angespannt an.

Sie hörten Schritte, die von der Straße näherkamen. Steve kniff die Augen zusammen und beobachtete das Drama, das sich vor ihm abspielte.

Aus Freddie wurde plötzlich wieder der kalte, aggressive Drogendealer, den er zu sein vorgab. Er hielt Bob die Pistole an den Kopf und drückte ab.

„Das war's, du Schwein!", rief er und fuhr dann flüsternd fort: „Du bist tot. Verhalte dich entsprechend." Und mit diesen Worten verschwand er in der Nacht.

Steve und Bob hörten aus einiger Entfernung Chris' Stimme. „Mann, das hat ja ewig gedauert! Lass mich noch kurz nachsehen, Boss!"

Steve hielt die Luft an. Dann hörten sie Freddie, der Chris antwortete. „Die Bullenschweine sind so tot, toter geht es nicht. Verstanden?"

„Mach schon, Garner", drängelte Sanders. „Wir haben noch Arbeit zu erledigen."

„Wir kommen schon", rief Freddie und zog Chris mit sich den Pfad entlang, bis sie wieder auf die Straße kamen. „Es war wirklich ein Vergnügen, meine übelsten Feinde sterben zu sehen. Die zwei sind mausetot." Freddie lachte hysterisch und Chris stimmte in sein Gelächter ein.

11

BOB LAG bewegungslos auf dem Boden. Seine Ohren dröhnten immer noch von dem Schuss, der so nahe an seinem Kopf abgefeuert worden war. Er hoffte inständig, dass Chris Barber oder Sanders nicht zurückkommen würden, um sich von seinem und Steves Tod zu überzeugen. Der steinige Boden war höchst unangenehm, aber das war ihm egal. Die Schmerzen waren das beste, was Bob seit Jahren gefühlt hatte.

Ich lebe!

Wir leben!

Er fragte sich, wie es Steve wohl gehen mochte, traute sich aber nicht, den Kopf zu heben und nach ihm zu sehen. In der Ferne war ein Motorengeräusch zu hören und möglicherweise Schritte. Bob hielt den Atem an und stellte sich tot.

Dann nur noch Stille. Er atmete leise und flach, aus Angst, dass Sanders, Barber oder Freddie doch wieder zurückkommen würden. Nach einer Weile – Bob wusste nicht, wie viel Zeit vergangen war – hob er dann doch den Kopf und schaute sich um. Das Auto war verschwunden und weit und breit kein Mensch zu sehen.

Bob drehte sich zu Steve um und erstarrte. Steve war nicht mehr da! Bob stützte sich auf den Ellbogen. Sein Herz raste. Hatten sie Steve mitgenommen und ihm war nichts davon aufgefallen? Als hinter ihm eine vertraute Stimme ertönte, atmete Bob erleichtert aus.

„Gott sein Dank, du lebst!"

„Steve! Wo warst du?" Bob sah sich besorgt um.

Steve hockte sich neben ihm auf den Boden. „Ich konnte nicht länger warten. Ich musste dringend pinkeln. Die Luft ist jetzt rein." Steve stand wieder auf, streckte die Hand nach Bob aus und zog ihn hoch.

Bob schüttelte sich. Ihm war kalt und schwindelig.

„Was haben sie mit dir gemacht? Du siehst fürchterlich aus!" Steve legte ihm den Arm um die Schultern und zog ihn an sich.

Bob ließ sich für einen Moment gehen und lehnte sich an ihn. Steves Wärme tat so gut. Nach einer Weile richtete Bob sich wieder auf und fuhr sich mit den Fingern durch die verstrubbelten Haare. „Ich war so dämlich. Ich dachte, ich könnte sie belauschen. Ich wollte wissen, was in dem Büro vor sich geht", erklärte er Steve. „Dann ging plötzlich die Tür auf und ist mir an den

Kopf geschlagen." Er betastete seinen Kopf und spürte eine mächtige Beule unter den Fingern.

„Habe ich dir nicht gesagt, dass du auf mich warten sollst?" Steve streichelte ihm über den Rücken und zog einige Kiefernnadeln aus dem Stoff von Bobs Seidenhemd.

„Doch. Ich wollte ja auch nur einen kurzen Blick riskieren, weil mir der Kerl bekannt vorkam. Er ist in das Zimmer am Ende des Flurs gegangen." Bob seufzte.

„Das war Freddie Garner. Komm jetzt. Wir müssen Hilfe finden und dich in ein Krankenhaus bringen." Steve nahm ihn am Arm und führte ihn auf die Straße zurück.

„Halt! Die Pistole! Wir brauchen sie als Beweismittel!" Bob bückte sich und suchte den dunklen Boden nach der Pistole ab. Dann kroch er auf Händen und Knien unter einen Busch. Er berührte sie versehentlich am Lauf, bevor er sie unter den Blättern sehen konnte. „Da ist sie!"

„Sie werden deine Fingerabdrücke finden", sagte Steve. Er wickelte das Tuch, das Freddie ebenfalls unter den Busch geworfen hatte, um die Waffe und hob sie auf.

„Dachten sie wirklich, die Polizei würde ihnen diese Geschichte abnehmen?", grummelte Bob. „Dass ich Randolph und dich aus Eifersucht ermordet habe? Und mich danach selbst umgebracht hätte?" Bob schnaubte. Als er weiterging, schwankte er und musste sich an Steves Arm festhalten.

„Sie haben dich unter Drogen gesetzt, Bob. Wir müssen ins Krankenhaus!", drängte Steve und stützte ihn.

„Ins Krankenhaus? Niemals. Sie haben mir etwas gespritzt, von dem mir schwindelig geworden ist. Es war kein Blue Rocket, Steve."

„Woher willst du das wissen?"

Bob fühlte Steves starken Arm, der sich um ihn legte und ihm half, Halt unter den Füßen zu finden. Dann blieb er plötzlich stehen. „Was ist, wenn sie zurückkommen und uns auf der Straße sehen?"

„Das Risiko müssen wir eingehen. Ich mache mir mehr Sorgen darüber, dass sie ihr Drogenlabor räumen – wo immer es auch sein mag", überlegte Steve und sah die Straße auf und ab. Sie gingen langsam bergab, weil es sehr dunkel war und Steve nicht stolpern wollte.

Er rannte beinahe an ein Straßenschild und schaute auf die Beschriftung. „Aussichtspunkt. Wendemöglichkeit."

„Vielleicht haben wir Glück", meinte Bob leise.

„Da, Bob!" Steve stieß ihm in die Rippen und zeigte auf den Wendehammer. „Siehst du das Auto dort stehen? Es steht unter den Bäumen. Ich wette, das ist ein Liebespaar."

„Und eine Chance, hier wegzukommen", erwiderte Bob. Gemeinsam überquerten sie die Straße.

Steve klopfte an das Seitenfenster auf der Beifahrerseite.

EINE HALBE Stunde später kamen sie auf dem Revier an.

„Sara, Joey, wir können euch gar nicht genug danken!", sagte Bob, als er sich aus dem engen Rücksitz des Mustangs nach draußen zwängte.

„Ja, wir hätten sonst noch für Stunden dort festgesessen", bekräftigte Steve und zog einen Fünfziger aus der Hosentasche. „Für eure Unannehmlichkeiten. Es ist gefährlich, so weit außerhalb der Stadt zu parken."

„Wir nehmen es zur Kenntnis." Joey schnappte sich grinsend den Geldschein.

„Passt auf euch auf!", rief Sara und winkte, als Joey mit dem roten Mustang Steves üblichen Parkplatz direkt vor dem Gebäude verließ.

Steve und Bob stiegen die Treppe zum Eingang hinauf und betraten das Revier.

„Ich rufe Rollins an", sagte Bob müde. „Wir müssen ihm einen kurzen Lagebericht geben."

„Ich schaffe mir das Ding vom Hals", meinte Steve und ging mit der Pistole zur Asservatenkammer, um sie abzugeben und registrieren zu lassen. Sie war ein wichtiges Beweismittel in dem Fall, auch wenn Bobs Fingerabdrücke die einzigen waren, die sich auf der Pistole befanden. Ohne Freddie wären sie jetzt tot. Wo mochte Freddie jetzt sein?

„Wo ist die Nachtschicht?", beschwerte sich Steve, als er ins Büro kam.

„Rollins ist auf dem Weg. Ich lasse Sanders und Barber zur Fahndung ausschreiben", sagte Bob und wählte die Nummer der Zentrale. „Ich hoffe, dass die wenigstens besetzt ist." Bob schaute auf die Uhr. „Es ist schon nach Mitternacht."

Steve wollte ebenfalls auf die Uhr sehen. „Meine Uhr!" Seine Handgelenke waren blutig und aufgeschürft. Und uhrlos.

„Du hast sie für einen guten Zweck geopfert", meinte Bob. „Wir sind ihnen entkommen. Der Wecker hat hervorragend funktioniert. Er hat sogar englisch gesprochen."

„Wir sollten die Kollegen wegen Freddie informieren. Ich hoffe, er ist nicht in Gefahr", sagte Steve und sah in der Kaffeekanne nach, ob sie noch etwas Trinkbares enthielt.

„Er hat uns das Leben gerettet", stellte Bob trocken fest.

„Du sagst es." Bob bot ihm eine Tasse Kaffee an und setzte sich auf die Kante von Bobs Schreibtisch.

„Was für eine Nacht! Jetzt wissen wir mit Sicherheit, dass Sanders und Barber für die Drogengeschäfte verantwortlich sind, die in dem Club abgewickelt werden", meinte Bob und trank einen Schluck Kaffee.

„Und sie wollten uns umbringen!", rief Steve.

Sie hörten schwere Schritte auf dem Flur, dann wurde die Tür aufgerissen und Rollins kam ins Büro gestürmt. Er musterte die beiden von oben bis unten. „Ihr seht mitgenommen aus. Kommt in mein Büro." Rollins öffnete die Tür und setzte sich seufzend hinter seinen Schreibtisch. „Nehmt Platz."

Steve und Bob ließen sich in die beiden Sessel sinken, die vor dem Schreibtisch standen.

„Ich will wissen, was heute Nacht passiert ist." Rollins zog eine Pillenbox aus der Brusttasche seiner Jacke. „Eure Eskapaden sind Gift für meinen Magen. Steve, hol mir bitte etwas Wasser."

Steve stand auf und füllte einen kleinen Becher mit Wasser. „Sir, wussten Sie, dass Freddie Garner für die Kollegen von der Drogenabteilung arbeitet und sich in Sanders Gang einschleusen soll?"

„Davon höre ich zum ersten Mal", sagte Rollins grimmig.

„Freddie hat eine Medaille verdient. Er hat unsere Haut gerettet", erklärte Bob und rieb sich die Schläfen. „Ohne seine Hilfe wären wir da nicht lebend rausgekommen. Wir müssen die Kollegen darüber informieren."

„Bob und ich waren im Steps to Heaven, um mehr über den Club zu erfahren", sagte Steve und lehnte sich mit dem Arm auf Bobs Sessel. „Unser Kontakt, Jessica, wusste nicht viel, aber wir haben erfahren, dass in den Hinterzimmern möglicherweise mit Drogen gedealt und um Geld gespielt wird."

„Habt ihr dafür Beweise?", fragte Rollins und beugte sich vor.

„Als ich es mir ansehen wollte, hat mich Freddie auf Sanders Befehl hin überwältigt", sagte Bob.

„Sanders und Barber haben Bob Drogen gegeben, aber wir glauben nicht, dass es Blue Rocket war", sagte Steve besorgt.

Bob winkte ab. „Sie haben mich nur leicht betäubt. Mir wurde schwindelig und ich war hilflos. Es war nichts Gefährliches."

„Warst du schon beim Arzt? Du musst dich untersuchen lassen." Rollins hatte Sorgenfalten auf der Stirn.

„Später vielleicht. Es geht mir gut", versicherte Bob seinem Vorgesetzten.

„Was ist mit der Pistole, die ihr abgegeben habt?", fragte Rollins und machte sich Notizen.

„Ich bin mir sicher, es ist die Waffe, mit der Randolph erschossen wurde", sagte Bob. „Und sie wollten unseren Tod als Eifersuchtsdrama inszenieren.

Ich sollte erst Randolph und Steve erschossen haben und dann Selbstmord begehen."

„Gott sei Dank ist euch nichts passiert", sagte Rollins sichtlich erleichtert.

„Ich habe mit einem Mann gesprochen, der Blue Rocket genommen hat. Mitglieder können die Droge in einem Hinterzimmer bekommen, das ist sicher." Steve zuckte zusammen, als er die Hand nach der Kaffeetasse ausstreckte und sein Handgelenk belastete.

„Sind euch Gäste aufgefallen, die eindeutig high waren? Wie nehmen sie die Drogen ein?", wollte Rollins wissen.

Steve überlegte. „Mike hat eine Pille genommen. Die Wirkung hat sehr schnell eingesetzt."

„Lieutenant, wir sollten dort so schnell wie möglich eine Razzia durchführen", sagte Bob grimmig.

Rollins schaute auf die Uhr, die auf seinem Schreibtisch stand. „Ich versuche, noch ein Team in den Club zu schicken." Er griff zum Hörer und wählte.

„Nichts besser als das!" Steve stand auf.

„Setz dich, Steve!", befahl Rollins. „Du hattest einen langen Tag, der mit Gewalt und Entführung endete. Ich will nicht, dass du dich wieder in Gefahr begibst." Er verschränkte die Arme vor der Brust. „Bob, bring deinen Partner nach Hause. Ihr beiden braucht jetzt Schlaf." Dass er sie mit ihrem Vornamen ansprach, zeigte überdeutlich, wie besorgt er um sie war.

„Aber wir waren schon in dem Club. Wir wissen, wo man suchen muss und …", protestierte Bob.

„Schaut in den Spiegel. Ihr seht fürchterlich aus. Geht nach Hause. Das ist ein Befehl!", bellte Rollins und zeigte auf die Tür.

Steve merkte plötzlich, wie erschöpft er war. Er hielt Bob die Tür auf. Bob sah nicht weniger müde aus, als Steve sich fühlte. Rollins hatte recht. Sie wären ihren Kollegen heute Nacht keine große Hilfe mehr.

Bob drehte sich noch einmal um, bevor er das Zimmer verließ. „Wir kommen morgen früher, um zu hören, was ihr im Steps to Heaven gefunden habt. Ich frage mich, ob Sanders und Barber wieder in den Club zurückgefahren sind."

„Das ist noch ein weiterer Grund, warum ihr euch im Hintergrund halten solltet", meinte Rollins. „Sie dürfen nicht erfahren, dass ihr beiden immer noch am Leben seid und Freddie Garner seinen Job nicht erledigt hat."

„Du hast recht, Boss." Steve nickte gähnend.

„Wir haben Sanders und Barber zur Fahndung ausschreiben lassen", informierte Bob ihren Vorgesetzten und trank den letzten Rest seines mittlerweile kalten Kaffees.

„Ich wünschte, du wärst zum Arzt gegangen, damit wir erfahren, was sie dir gespritzt haben", grummelte Steve. „Ich bin fix und alle. Lass uns gehen."

„Zu mir?", fragte Bob, als sie in seinem alten Mercedes saßen.

„Was immer dir lieber ist", erwiderte Steve. Er war besorgt um Bob. „Kannst du fahren? Wie fühlst du dich?"

„Ich friere und die enge Hose und die Stiefel sind fürchterlich unbequem", meinte Bob. Steve rieb ihm übers Bein. „Ich muss sie so schnell wie möglich loswerden." Bob rutschte auf seinem Sitz hin und her und versuchte, eine bequemere Position zu finden.

„Wie schade. Du siehst in der Hose richtig heiß aus", sagte Steve grinsend.

„Vergiss es!", erwiderte Bob schnippisch.

Sie fuhren schweigend zu Bobs Wohnung. Steve schickte Bob zum Aufwärmen unter die Dusche. Mit dem Rest des warmen Wassers wusch er sich anschließend selbst die verstörenden Gedanken und Erlebnisse des Tages ab. Seine aufgeschürften Handgelenke brannten, als er sie unters Wasser hielt und das angetrocknete Blut abspülte. Steve trocknete sich ab und schützte die wunde Haut mit Mullbinden.

„Bob, hast du etwas zum Anziehen für mich?", rief er aus dem dampfenden Badezimmer.

„Ich habe dir eine Jogginghose und ein T-Shirt vor die Tür gelegt", rief Bob zurück.

„Danke!" Dankbar schlüpfte Steve in die bequeme Kleidung.

Sie setzten sich aufs Sofa, jeder in seine Lieblingsecke. Bob lehnte sich an die Armlehne und legte die Füße in Steves Schoß.

„Du bist immer noch kalt." Steve rieb ihm die Füße warm und massierte sie. Seine Handgelenke schmerzten etwas, aber der Kontakt zu Bob war ihm wichtiger.

Bob rieb sich die Augen. „Ich werde langsam zu alt für diesen Mist", sagte er und zog die Decke von der Rückenlehne, um sich damit zuzudecken. Dann nahm er die Füße von Steves Schoß.

„Du hörst dich an, als wärst du schon achtzig, nicht siebenundzwanzig."

„Und ich bin hundemüde."

Steve legte gähnend die Beine auf den Couchtisch. „Bob?"

„Hm?" Bob sah aus, als wäre er kurz vorm Einschlafen.

„Hast du noch etwas Essbares in der Küche? Mein Magen beschwert sich." Steve nahm die Füße vom Tisch und setzte sich wieder auf.

„Weißt du, wie spät es ist?", fragte Bob. „Fast vier Uhr nachts."

„Ich habe trotzdem Hunger. Ich brauche etwas Sättigendes, bitte", bettelte Steve.

„Ich könnte dir Rührei machen." Bob unterdrückte ein Gähnen.

„Warum nicht? Aber du bleibst hier. Überlass die Arbeit mir."

Steve stand auf. Er deckte Bob zu und wuschelte ihm durch die Haare. Dann schlurfte er in die Küche.

STEVE KAM mit zwei Tellern Rührei ins Wohnzimmer zurück. Vor dem schlafenden Mann auf dem Sofa blieb er stehen. Bob lag auf der Seite, eine Hand unter den Kopf geschoben. Die Anspannung des Tages war von ihm abgefallen und er machte ein friedliches Gesicht. Steve stellte die Teller auf den Tisch und setzte sich auf einen Sessel.

Was zwischen ihm und Randolph passiert war, schien schon weit zurückzuliegen. Steve erinnerte sich vage daran, sich über Bob geärgert zu haben, wusste aber den Grund für seinen Ärger nicht mehr. Was hatte er also getan? Die liebliche Luna … Steve wollte über dieses Wochenende nicht mehr nachdenken. Er hatte Bob im Stich gelassen und rückblickend kam es ihm sogar so vor, als hätte er seinen besten Freund betrogen.

Steve dachte an den Abend im Club zurück. Einige Männer hatten mit ihm geflirtet, was ihm nicht sonderlich gefiel. Was ihm mehr gefallen hatte, war Bob, der absolut heiß aussah in dem Seidenhemd, der engen Hose und den Stiefeln. Der Anblick hatte etwas in Steve geweckt, das ihn verstörte und verwirrte.

Er aß sein Rührei und holte sich ein kaltes Bier aus dem Kühlschrank. Nachdem er es ausgetrunken hatte, stand er auf und wollte sich schlafen legen. Bob würde Rückenschmerzen bekommen, wenn er die ganze Nacht auf dem alten Sofa verbrachte. Steve schüttelte ihn sanft an der Schulter. „Aufwachen, Kumpel. Du musst ins Bett."

Bob grummelte unverständlich vor sich hin. Steve zog ihn auf die Beine und führte ihn ins Schlafzimmer, wo Bob aufs Bett fiel. Steve versuchte erst gar nicht, ihn auszuziehen. Er schaltete das Licht aus. „Schlaf gut", sagte er und ging zur Tür. In diesem Moment klingelte das Telefon.

Steve blieb wie angewurzelt stehen. *Wer kann das sein?* Bilder wirbelten ihm durch den Kopf – Sanders und Chris, die Bob und ihn töten wollten. *Wenn sie erfahren, dass wir noch leben, werden sie nach uns suchen, werden uns anrufen …*

Bob hob den Kopf und ließ ihn wieder aufs Kissen fallen. „Geh ans Telefon. Bitte."

Steve nahm widerwillig den Hörer ab. „Ja?"

128

„Bist du das, Steve? Entschuldige die Störung. Ich wollte nur wissen, wie die Party im Steps to Heaven ausging."

„Larry! Es war eine höllische Nacht, das kann ich dir sagen." Steve ließ sich erleichtert aufs Bett fallen.

„Ich versuche schon seit Stunden, dich und Bob zu erreichen. Als ihr nicht abgenommen habt, konnte ich nicht einschlafen. Es hat mich beunruhigt." Larry hörte sich atemlos an.

„Es war knapp", sagte Steve, dankbar für Larrys Anteilnahme.

Bob stieß ihn in die Seite. „Frag ihn, ob auf der Straße schon darüber geredet wird."

Larry schien ihn gehört zu haben, denn Steve musste die Frage nicht wiederholen. „Ich habe versucht, meinen Bruder zu erreichen. Er ist oft in den Clubs unterwegs. Leider war er nicht zuhause. Ich kann euch also nichts Neues berichten."

„Wir kommen morgen bei dir vorbei", sagte Steve. „Danke, Larry." Er schaute auf seine bandagierten Handgelenke. „Hast du immer noch Kontakt zu Bella, deiner früheren Kellnerin? Hast du von Freddie gehört?"

„Warum willst du das wissen?", fragte Larry überrascht. „Sie haben Dinah's Diner übernommen. Ich habe gehört, dass sie damit sehr erfolgreich sind."

„Wir sehen uns morgen, ja?" Steve legte auf und atmete tief durch. Er schüttelte sich, als er daran dachte, wie knapp sie im Wald dem Tod entronnen waren.

Bob legte ihm beruhigend die Hand aufs Knie. „Wir leben, und nur das zählt", sagte er. Dann legte er sich wieder hin und kuschelte sich unter die Decke.

Steve lächelte müde. „Wir sollten jetzt schlafen." Er legte seine Hand auf Bobs. „Morgen müssen wir uns näher mit Sanders und Barber befassen. Wir müssen mehr über ihre Hintergründe herausfinden – ihre Finanzen, wie sie ihre Beziehung zu dem Club verschleiern konnten und vor allem, woher das Blue Rocket kommt."

„Könntest du mir einen Gefallen tun?", fragte Bob und hörte sich plötzlich gar nicht mehr müde an.

„Für dich immer!" Steve stand auf und sah auf seinen Partner herab.

„Ich will nicht, dass du auf dem beschissenen Sofa schläfst." Er sah Steve an. „Es macht mir nichts aus, wenn du hierbleibst." Er zeigte auf die leere Seite des Betts.

„Hältst du mich für so leicht zu haben?", scherzte Steve. Er wurde innerlich von einer so unverhofften und tiefen Zuneigung zu Bob überrollt, dass ihm ganz schwindelig wurde. „Ich kann dir eben nichts abschlagen." Steve wackelte mit den Augenbrauen.

Dann schlüpfte er unter die Decke. Die Nähe zu Bob war beunruhigend und er fragte sich, woher dieses Gefühl kam. Es war schließlich nicht das erste Mal, dass sie sich ein Bett teilten.

Wie dem auch sein mochte … Es war ein wunderbares Gefühl, neben Bob zu liegen. Steve hätte ihn sogar berühren können. Die Bilder von seinem wunderbaren Partner, die ihm seit einiger Zeit durch den Kopf geisterten, ergaben plötzlich einen ganz anderen Sinn. Steve konnte nicht einschlafen und traute sich nicht, auch nur einen Finger zu rühren. Schließlich rollte er sich doch auf die Seite und drehte Bob den Rücken zu. Er achtete sorgfältig darauf, Bob nicht die Decke wegzuziehen.

Irgendwann musste er doch eingeschlafen sein, denn es war acht Uhr, als er wieder aufwachte. Er musste pinkeln und stand vorsichtig auf, um den schlafenden Bob nicht zu wecken.

Als er aus dem Badezimmer zurückkam, lag Bob in der Mitte des Betts auf dem Rücken und schnarchte leise. Steve überlegte, ob er in die Küche gehen und das Frühstück vorbereiten sollte. Aber dazu war es zu früh und er konnte noch etwas Schlaf vertragen. Also legte er sich wieder hin. Dieses Mal blieb kaum Platz zwischen ihm und Bob. Steve drehte sich wieder auf die Seite und deckte sich mit einer kleinen Ecke der Bettdecke zu, die Bob nicht in Besitz genommen hatte. Dann schloss Steve die Augen und genoss das Gefühl von Bobs Wärme an seiner Seite.

Bob gab ein ersticktes Geräusch von sich und bewegte sich im Schlaf. Steve spürte einen Arm, der sich um seine Taille legte. Dann rutschte Bob näher und drückte sich mit dem ganzen Körper an Steves Rücken.

Steve hielt die Luft an. Er fühlte sich behütet und beschützt, aber gleichzeitig reagierte sein Körper auf seine eigene Art auf Bobs Nähe. Steves Schwanz richtete sich langsam auf. Und das musste Bob nun wirklich nicht wissen. Steve befreite sich vorsichtig aus Bobs Griff und setzte sich auf die Bettkante.

„Bleib hier", murmelte Bob träge.

Steve wurde wieder aufs Bett zurückgezogen. Er konnte der Versuchung nicht widerstehen und ließ es geschehen.

„Ich brauche dich", sagte Bob.

Steve hatte keinerlei Schwierigkeiten, Bobs Erregung zu spüren, als sich ihre Körper berührten.

„Bob …" Er wusste nicht, was er sagen oder tun sollte. Vielleicht musste Bob nur pinkeln. Es war vollkommen normal, morgens einen Ständer zu haben.

Aber für Steve machte sich eine wichtige Veränderung bemerkbar. Er war durch Bobs Nähe sexuell erregt. *Ich will unsere Freundschaft nicht riskieren.*

Steve rutschte näher an die Bettkante. „Wo ist meine Uhr?", fragte er und tastete auf dem Nachttisch nach seiner Yamamoto.

„Du hast sie verloren. Erinnerst du dich nicht mehr?", sagte Bob leise. Dann drehte er sich ohne Warnung von Steve weg und verließ auf der anderen Seite das Bett.

Steve seufzte erleichtert, als sich die Badezimmertür schloss. *Das war knapp!* Er schob sich eine Hand in die Hose. Seine Erektion war fast wieder verschwunden. Es war beinahe enttäuschend. Wenn Bob nicht gegangen wäre …

Steve verfluchte sich dafür, so früh aufgewacht zu sein. Zuhause hätte er ungestört ausschlafen können. Aber so nahe bei seinem wunderbaren Partner … Die Ablenkung war zu groß. Diese merkwürdigen, neuen Gefühle waren zutiefst verwirrend und er wusste nicht, was er damit anfangen sollte. Warum fiel ihm ständig Bobs männliche Schönheit auf?

Steve stand auf. Er trug immer noch Bobs Jogginghose und T-Shirt. Die Kleidung, die er gestern im Steps to Heaven getragen hatte, musste dringend gewaschen werden. Er war gerade dabei, in Bobs Schrank nach Ersatz zu suchen, als Bob aus dem Badezimmer zurückkam. Steve wich seinen Blicken aus.

„Ich gehe zum Joggen", verkündete Bob und schnappte sich eine graue Hose und ein schwarzes T-Shirt.

„Weißt du, ob noch Jeans und ein Hemd von mir in deinem Schrank sind?", fragte Steve abgelenkt und durchsuchte weiter den Inhalt des Kleiderschranks. Als er nach einiger Zeit eine alte Jeans von sich fand, war Bob schon gegangen.

„Pass auf …", rief Steve ihm nach, brachte den Satz aber nicht mehr zu Ende.

Er zog sich an, verließ die Wohnung und stieg die Treppe hinab. Auf der untersten Stufe lag der *Culver City Chronicle*. Steve schlug die Zeitung sofort auf, fand aber zu seiner Überraschung keinen Artikel über einen Polizeieinsatz im Steps to Heaven. Offensichtlich hatte es keine Festnahmen gegeben. Würden Sanders und Barber misstrauisch werden, wenn es auch keinen Bericht über zwei tote Bullen gab? Und was war mit Freddie? Was war mit ihm passiert? War der Mann, der ihn und Bob gerettet hatte, in Gefahr?

Steve kochte gerade Kaffee, als Bob zurückkam. Er war verschwitzt und außer Atem.

„Hey, hast du etwa mein Lieblingshemd angezogen?" Bob betrachtete ihn misstrauisch.

„Rot steht dir sowieso nicht", konterte Steve und nahm einen Schluck Kaffee.

„Sehr komisch! Wollten wir nicht bei Dinah's frühstücken?", fragte Bob und verschwand im Badezimmer, um eine Dusche zu nehmen.

„Ja. Ein Stapel Pfannkuchen mit Speck weckt mich bestimmt auf", rief Steve ihm nach. Vielleicht ergab sich eine Chance, mit Freddie zu reden. Ob Bella wohl wusste, dass ihr Mann für die Polizei arbeitete? Sie mussten seine vorzeitige Entlassung bewirkt haben, damit er für sie arbeiten konnte. Es wäre wirklich nett gewesen von den Kollegen, wenn sie Steve und Bob darüber informiert hätten. Dann hätten sie Informationen austauschen und den Fall vielleicht schneller lösen können.

Bob kam mit einem Handtuch auf dem Kopf aus dem Badezimmer. Ein Schwall Wasserdampf quoll hinter ihm durch die offene Tür. „Können wir gehen?", fragte Bob und warf das Handtuch durch die Tür ins vernebelte Badezimmer zurück. Seine Haare waren immer noch feucht.

Steve sah ihm zu, wie er sich die blonden Locken kämmte. Weil sie noch nass waren, wirkten sie dunkler, aber wenn die Sonne sie erst getrocknet hatte, würden sie wieder weißblond glänzen.

„Wieso siehst du mich so an?" Bob schnappte sich seine braune Jacke.

„Nur so", sagte Steve und kippte den Rest seines Kaffees weg.

„Deine Waffe", erinnerte ihn Bob.

Steve dankte ihm mit einem Lächeln.

„Und jetzt ist Zeit fürs Frühstück!" Steve rieb sich begeistert die Hände, als sie im Auto saßen.

„Eines nach dem anderen. Erst fahren wir aufs Revier", sagte Bob und ließ den Motor an. Steve protestierte schwach. „Ich kann mit leerem Bauch nicht arbeiten. Hör nur!" Er hoffte, Bob würde das Magenknurren laut genug hören.

Bob zog eine Grimasse. Der Berufsverkehr verstopfte die Straßen, doch Bob brachte sie zuverlässig an ihr Ziel.

Steve war nicht allerbester Laune, als sie das Büro betraten. Auf ihren Schreibtischen lagen stapelweise Ordner und andere Unterlagen.

Sullivan und Myers schauten grinsend von der Arbeit auf. „Morgen. Es gibt Neuigkeiten", sagte Sullivan und zeigte auf die Tür zu Rollins Büro.

„Ich hoffe, sie haben Blue Rocket gefunden. Oder gar Sanders und Barber festgenommen", meinte Bob, als er an Rollins Tür klopfte.

„Herein!", knurrte Rollins.

„Morgen, Sir." Steve ging zu einem Sessel und sah seinen Vorgesetzten erwartungsvoll an, bevor er sich setzte. „Ich kann es kaum erwarten, alles über den Einsatz gestern Nacht zu erfahren."

„Waren Sanders und Barber im Club?" Bob setzte sich nicht. Er blieb stehen, als müsste er jeden Moment zu einem Notfall ausrücken.

„Zunächst zu der Waffe, die ihr gestern gefunden habt." Rollins nahm ein Blatt Papier und studierte es. „Sie ist noch im Labor, um ballistische Tests durchzuführen. Außer Bobs Fingerabdrücken am Lauf konnten keine anderen festgestellt werden." Er machte eine Pause und blätterte einen Ordner durch.

„Das ist keine Überraschung", stellte Bob trocken fest.

„Was ist mit den Drogen?", wollte Steve wissen. „Gibt es Beweise, dass im Club Blue Rocket verkauft wurde? Sind die Gäste durchsucht worden? Sind Drogen gefunden worden?" Steve stand aus dem Sessel auf und lief unruhig im Zimmer auf und ab.

„Was ist mit Sanders und Barber? Sie sind entkommen, nicht wahr?", fragte Bob und hielt Steve am Arm fest, um ihn zu beruhigen.

Rollins sah von seiner Akte auf. „Hier steht, dass der Barkeeper, ein gewisser Juan Baptiste, nicht sehr kooperativ war, als unsere Leute kamen. Er hat einige Kisten versteckt. Sie wurden nach einigem Suchen trotzdem gefunden."

„Was war in den Kisten?" Steve starrte Rollins an.

„Adresslisten von potenziellen Konsumenten. In einer der Kisten wurden fünf Umschläge gefunden, in denen sich weiße Pillen befanden. Sie sind zur Analyse im Labor." Rollins atmete schnaufend aus.

„Sind der DJ, Ronnie, und die anderen Mitarbeiter verhört worden?", fragte Bob. „Wird das Blue Rocket im Club hergestellt? Vielleicht in einem der Hinterzimmer?"

„Mit Sicherheit nicht im Club", antwortete Rollins. „Es sieht aus, als würden die Hinterzimmer nur benutzt, um neue Mitglieder mit der Droge bekanntzumachen und sie ihnen zu verkaufen. Die Gäste wurden ebenfalls durchsucht. Bei einigen wurden Pillen oder Spritzen gefunden."

„Und Juan? Was weiß er?" Steve setzte sich wieder auf den Sessel.

„Er wird heute verhört und nach seiner Verbindung zu Sanders und Barber befragt." Rollins blätterte wieder durch den Ordner, der vor ihm lag. „Zurzeit können wir Sanders und Barber nur den Mordversuch an zwei Polizeioffizieren vorwerfen. Das ist ein Kapitalverbrechen und wir können sie dafür aus dem Verkehr ziehen. Aber ich will mehr."

„Wir müssen in Erfahrung bringen, wo die Drogen hergestellt werden und ob Sanders und Barber auch für die Toten verantwortlich sind, die an einer Überdosis Blue Rocket gestorben sind", sagte Bob finster.

„Wir müssen unbedingt Sanders und Barber finden! Sie sind in den Mord an Randolph verwickelt." Steve stand auf und ging zur Tür.

„Auf jeden Fall wissen sie mehr darüber, als sie zugeben", fügte Bob hinzu und folgte seinem Partner. „Und ich habe den Verdacht, dass ihre Alibis falsch sind."

„Wartet!" Rollins hielt sie zurück. „Als erstes werdet ihr euch den Inhalt der Kisten ansehen, die wir im Steps to Heaven gefunden haben. Sie sind in der Asservatenkammer."

„Ich will zuerst …", fing Steve an.

„Myers und Johnson sind momentan dabei, sie nach Hinweisen auf Sanders und seine Kumpane zu durchforsten. Ihr kennt euch mit dem Fall besser aus. Es ist eure Verantwortung." Rollins entließ sie mit einer Geste. „Wir sprechen uns später wieder."

„Na gut." Steve hielt Bob die Tür auf und nickte Rollins zu. „Bis später, Lieutenant."

ALS STEVE und Bob in die Asservatenkammer kamen, fanden sie dort niemanden vor.

„Ich wette, Myers und Johnson machen gerade Frühstückspause", meinte Steve und versuchte standhaft, seinen knurrenden Magen zu ignorieren.

„Dann lass uns etwas Sinnvolles in diesen Kisten finden, damit du bald was in den Magen bekommst", sagte Bob lächelnd. „Ich fange mit der Kiste dort drüben an." Er zeigte auf den linken Tisch.

Steve nickte und öffnete eine der anderen Kisten. „Bob, schau dir an, was ich hier habe." Er wühlte durch einen Stapel Papiere. „Hier ist eine Namensliste – komplett mit Adresse, Alter und Anzahl der Besuche im Club. Bei jedem Datum steht eine andere Nummer. Keine Ahnung, was die bedeuten soll." Steve zuckte mit den Schultern und suchte weiter.

„Vielleicht bezieht es sich darauf, wie oft sie die Droge genommen haben. Gibt es Adressen, die zu den Drogentoten der letzten Monate passen? Wir sollten das unbedingt überprüfen", murmelte Bob und zog eine Broschüre aus seiner Kiste. „Sehr interessant …"

„Hä?" Steve schaute auf und sah das farbenprächtige Flugblatt in Bobs Hand. „Was hast du da?"

„Eine Anzeige für die Schönheitsklinik von Dr. Glassman in Santa Barbara."

„Wirklich? Es ist nicht ungewöhnlich, dass Schönheitschirurgen in Clubs wie dem Steps to Heaven Werbung machen." Steve runzelte die Stirn. „Meinst du, es besteht ein Zusammenhang zwischen der Anzeige und unserem Fall?"

„Glassman hätte Zugang zu einem Labor", überlegte Bob. „Bei einem Arzt würde sich außerdem niemand wundern, wenn er Chemikalien und Laborausstattung kauft …"

„Da könntest du recht haben. Rollins meinte, die Drogen wären nicht in dem Club produziert worden. Dr. Glassman …" Steve schnippte mit den Fingern. „Wir müssen Glassmans Büro und Praxis durchsuchen."

„Keine ungenehmigten Ausflüge, erinnerst du dich?" Bob suchte in seiner Kiste weiter nach Hinweisen.

„Ich rufe Rollins sofort an." Steve ging zum Telefon und wählte die Nummer von Rollins Büro.

12

„ROLLINS FORDERT für uns Verstärkung aus Santa Barbara an", sagte Steve, als sie zur Garage gingen. „Er besorgt bei Richter Stanley einen Durchsuchungsbefehl für Glassmans Büro. Wir haben also noch etwas Zeit." Er rieb sich den Magen. „Ich will jetzt mein Frühstück. Lass uns zu Dinah's fahren."

„Bis wir gefrühstückt haben, ist hoffentlich der Durchsuchungsbefehl da und die Verstärkung eingetroffen, damit wir sofort mit der Durchsuchung beginnen können." Bob runzelte die Stirn. „Ich frage mich, ob mit Freddie alles in Ordnung ist."

„Das wird uns Bella bestimmt sagen können, Kumpel", sagte Steve und kämpfte – wie immer – mit der Beifahrertür seines Thunderbird.

Als sie Dinah's betraten, mussten sie lange nach einem Tisch suchen. Es war viel los, denn die Atmosphäre war freundlich und hell und lud zum Frühstücken geradezu ein. Das und die Rabatt-Coupons, die in der Morgenzeitung veröffentlich worden waren.

„Dort drüben." Steve zeigte auf einen Tisch, an dem drei junge Männer gerade aufbrachen. Steve setzte sich grinsend auf einen freien Stuhl und klappte die Speisekarte auf.

Bob setzte sich neben ihn. „Ich habe Bella noch nicht gesehen. Glaubst du, sie weiß, worin ihr Mann verwickelt ist?"

„Redet ihr über mich?", fragte Bella von hinten. „Guten Morgen, Steve. Guten Morgen, Bob."

„Hallo, Bella. Wie geht's?" Bob wollte sich nicht anmerken lassen, dass er besorgt war. „Mein Partner ist am Verhungern. Er braucht dein Spezialfrühstück, bitte."

„Guter Junge", sagte Steve dankbar. Er tätschelte Bellas Hand. „Süße, wir würden gern kurz mit Freddie reden. Wir brauchen seine Hilfe für einen unserer Fälle."

Bella spielte mit ihrem Notizblock. „Stellt euch in die Schlange. Ich muss auch mit ihm reden. Er ist gestern Nacht nicht nach Hause gekommen, hat mich aber angerufen und gesagt, er hätte alte Freunde getroffen." Sie seufzte. „Es hat sich alles etwas merkwürdig angehört. Er meinte, ich sollte mir keine Sorgen machen und dass er sich aus der Stadt fernhält. Ich mache mir trotzdem

Sorgen. Ich hoffe, er bekommt keinen Ärger." Sie schaute auf die Uhr. „Ich erwarte ihn jeden Augenblick zurück."

Bob legte die Hand auf ihren Arm. „Keine Sorge, Bella. Er kommt bestimmt bald zurück." Er warf Steve einen hoffnungsvollen Blick zu, den Steve erwiderte. Das letzte, was sie jetzt brauchen konnten, war ein zweiter Mord.

Freddie tauchte nicht auf, während sie frühstückten. Bella wurde zunehmend unruhiger.

STEVE UND Bob machten sich nach dem Frühstück sofort auf den Weg nach Santa Barbara. Rollins hatte mit der Polizei dort gesprochen und alle nötigen Vorkehrungen getroffen. Zwei uniformierte Kollegen würden sie in der Nähe von Glassmans Praxis erwarten.

„Ich habe nachgedacht", meinte Steve, während er ausscherte und beschleunigte, um einen VW-Käfer zu überholen, der im Schleichgang unterwegs war. Glücklicherweise war auf diesem Abschnitt des Freeways nicht viel Verkehr. Wenn das so blieb, würden sie schneller in Santa Barbara ankommen als geplant. „Sanders hat ausgesagt, er wäre am Mittwoch bei Gloria Thumbnail gewesen. Gloria besteht darauf, dass sie jeden Mittwoch zusammen verbringen. Sie hat auch bestätigt, am Mittwoch mit Sanders bei Glassman gewesen zu sein und dass sie sich durch den Stau verspätet hätten." Er warf Bob einen kurzen Blick zu. „Wir müssen noch einmal mit ihr reden."

Bob nickte und setzte die Sonnenbrille auf, um seine Augen gegen das gleißende Licht zu schützen. „Dr. Glassman hat seinerseits bestätigt, dass Sanders und Gloria Thumbnail am Mittwoch bei ihm waren."

„Glaube Ärzten kein Wort", sagte Steve sarkastisch und schaute auf die Straße, obwohl er lieber seinen Partner angesehen hätte.

Bob kniff sich die Nase. „Was immer auch die Wahrheit sein mag, wir müssen Sanders und Barber finden." Er trommelte ungeduldig mit den Fingern an die Fensterscheibe. „Ich hoffe, wir finden Beweise dafür, dass Glassman in die Herstellung von Blue Rocket verwickelt ist. Sonst müssen wir ganz von vorne anfangen." Er seufzte.

Steve hätte ihn am liebsten tröstend in die Arme genommen und ihm versichert, dass alles gut werden würde. Stattdessen konzentrierte er sich auf ihre bevorstehende Aufgabe. Und auf den Verkehr.

Sie kamen an eine Kreuzung. Nach der bisherigen Beweislage konnten sie Sanders und Barber mit den Drogengeschäften in Zusammenhang bringen, wussten aber immer noch nicht genau, welche Rolle die beiden bei Herstellung und Verbreitung der Droge spielten. Sicher wussten sie nur, dass Sanders und Barber versucht hatten, sie umzubringen und wahrscheinlich auch in den Mord an Randolph verwickelt waren. Aber aus welchen Motiven? Steve wäre zu gern dabeigewesen, als die beiden erfuhren, dass er und Bob noch am Leben waren. Und was war mit Freddie passiert? Hatten Sanders und Barber das doppelte Spiel durchschaut, das Freddie mit ihnen trieb?

„Ich hoffe nur, dass mit Freddie alles in Ordnung ist", sagte Bob in diesem Moment.

Steve lächelte liebevoll. Sie hatten oft gleichzeitig dieselben Gedanken. „Ich habe auch gerade an ihn gedacht. Ich hoffe auch, dass es ihm gut geht."

ZWEI STUNDEN später kamen sie in Santa Barbara an. Steve fuhr langsam an Glassmans weißem Praxisgebäude vorbei und suchte einen Parkplatz am Ende des Blocks. „Ich will nicht, dass sie uns zu früh kommen sehen." Er öffnete die Tür und stieg aus.

Bob nahm die Sonnenbrille ab und kniff die Augen zusammen, als er aus dem Auto stieg. „Unsere Verstärkung muss hier irgendwo in der Nähe sein. Ich werfe mal einen Blick um die nächste Ecke." Bob überquerte mit langen Schritten die Straße. Steve folgte ihm.

„Da sind sie!" Bob zeigte auf ein Polizeiauto, das vor einer Gartenhecke parkte.

Ein großer, dunkelhäutiger Mann stieg aus. „Detectives Bob Curry und Steve Randall? Ich bin Sergeant Alan Mercer." Er reichte ihnen die Hand. „Und das ist mein Partner, Officer Roberto Garcia."

Ein Mann mit kurzen, dunklen Haaren kam auf sie zu, richtete seine Uniform und schüttelte ihnen ebenfalls die Hand.

„Gut, euch zu sehen", sagte Steve nickend. „Glassman ist unser Hauptverdächtiger in einem Drogenfall. Wir wollen ihn nicht vorwarnen. Wie wäre es, wenn ich und Mercer durch die Hintertür gehen, während Garcia mit Bob den Haupteingang übernimmt?"

„Hört sich gut an", stimmte Mercer zu und schob sich die blaue Kappe nach hinten.

„Sei vorsichtig", sagte Bob leise zu Steve und legte ihm die Hand etwas länger als unbedingt nötig auf den Rücken.

„Und du spielst den guten Bullen. Viel Glück." Steve klopfte ihm auf den Bauch und verschwand.

Bob holte tief Luft. So viel war passiert in dieser letzten Woche. Er hoffte, dass sie den Fall bald lösen würden, aber es gab noch viele offene Fragen. Hatte Glassman die Drogen hergestellt? Und wenn ja – hatte er seine Kontakte zu Sanders benutzt, um Blue Rocket im Steps to Heaven unter die Leute zu bringen? Und war er schon früher in Drogengeschäfte verwickelt gewesen?

Bob wartete ab, bis Steve und Mercer hinter dem Gebäude verschwunden waren. Dann machte er sich mit Garcia auf den Weg. Das war's. Jetzt wurde es ernst. Die Lobby war menschenleer und er hatte nicht das Gefühl, dass Glassman ihren Besuch erwartete.

„Hallo." Steve ging zum Empfang.

Debbie Schellenberg, die junge Frau, die er hier schon bei ihrem ersten Besuch angetroffen hatte, arbeitete an ihrem Computer. Ihre langen, roten Fingernägel schabten über die Tastatur. Sie sah nicht auf, als Bob mit den Knöcheln auf den Tisch klopfte.

„CCPD", sagte Bob barsch und hielt ihr seine Dienstmarke unter die Nase. „Wir müssen mit Dr. Glassman sprechen. Es ist wichtig."

„Oh!" Debbie hörte zu tippen auf. „Ich habe nicht …" Sie sah sich um und bemerkte den Polizisten, der vor dem Eingang stand. Schnell griff sie unter den Tisch. Es sah aus, als würde sie auf einen Knopf drücken.

Ein Alarmsystem?

Sie lächelte Bob an. „Ich erinnere mich an Sie! Es tut mir leid, aber Dr. Glassman steht heute nicht zur Verfügung. Er hat eine Besprechung im Hospital. Kann ich ihm etwas ausrichten?"

Bob winkte Garcia in die Lobby. „Wir haben einen Durchsuchungsbefehl für die Räume von Dr. Glassman. Warten Sie hier, bis wir fertig sind. Officer Garcia wird solange bei Ihnen bleiben."

Debbie quietschte protestierend.

Bob starrte sie grimmig an. „Und danach möchte ich Ihnen noch einige Fragen stellen."

Er fing mit den Untersuchungszimmern im Erdgeschoss an. Es gab Liegen und medizinische Geräte, aber ansonsten enthielten die Räume nicht viel. Er sah weder Patienten noch Personal, das in diesen Zimmern arbeitete. Er und Debbie schienen die einzigen Menschen zu sein, was Bob mehr als seltsam vorkam. Danach ging er in den ersten Stock, aber der war genauso verlassen. Er fand nichts, was auch nur ansatzweise an ein Labor erinnerte, in dem Glassman die Drogen hätte herstellen können.

„Wo ist nur dieses verdammte Labor?", fragte sich Bob und ging zurück in die Lobby.

Debbie, die von Garcia bewacht wurde, sah ihn mit großen Augen an. „Was ist los?", kreischte sie.

„Debbie, was ist im Untergeschoss?"

„Dr. Glassmans Privaträume", antwortete sie schmollend und saugte an ihrer Unterlippe. „Da bin ich noch nie gewesen. Nur er selbst hat Zutritt."

„Zeige mir den Weg", sagte Bob. „Garcia, du kommst mit uns und behältst Debbie im Auge. Wir wollen nicht, dass sie Reißaus nimmt." Bob schaute sich um. Von Steve oder Mercer war keine Spur zu sehen. *Wo sind sie?*

Bob zog seine Pistole und hielt sie im Anschlag, als er die Treppe hinabstieg. Das Untergeschoss war erstaunlich groß. Es bestand aus einem hell beleuchteten Flur mit mehreren Türen auf beiden Seiten.

Bob drehte sich zu Debbie um, die ihn ausdruckslos ansah. „Klopfe an die erste Tür und rufe nach deinem Chef", sagte er leise zu ihr.

„Du bildest die Nachhut und gibst uns Rückendeckung", wies er Garcia an.

Debbie zögerte einen Moment, dann klopfte sie leise an die Tür. „Doktor?"

Als niemand antwortete, öffnete Bob die Tür. Der Raum war leer. Es handelte sich offensichtlich um einen Operationsraum, denn er enthielt einen großen OP-Tisch und medizinische Gerätschaften an den Wänden.

Die nächsten Räume waren ebenfalls leer. Eine unnatürliche Stille herrschte und Bob war schon halb überzeugt, dass Glassman, Sanders und Barber doch nicht hier waren.

„Was ist mit diesem Raum?" Garcia blieb vor der letzten Tür am Ende des Flurs stehen, die Waffe schussbereit umklammert. An der Tür hing ein großes Schild, auf dem in roten Buchstaben die Aufschrift ‚Privat' zu lesen war.

„Das ist Dr. Glassmans Labor. Der Zutritt ist strengstens untersagt", erklärte Debbi und biss sich auf die Lippen.

Bob nickte kurz. Er wollte endlich seinen Partner finden. Steve hatte sich nicht sofort gemeldet, nachdem er mit Mercer am Hintereingang angekommen war. Daher klingelten bei Bob jetzt sämtliche Alarmglocken.

„Rufe wieder nach deinem Chef", befahl er Debbie mit grimmiger Miene.

Ihre Stimme zitterte. „Dr. Glassman?"

Wieder keine Antwort. Debbie öffnete vorsichtig die Tür und trat ins Zimmer. Bob und Garcia blieben ihr dicht auf den Fersen.

Eine Hand schoss hinter der Tür hervor, packte Debbie am Hals und zog sie nach hinten. Bob blieb sofort stehen und erfasste mit einem Blick die Situation. Dr. Glassman hielt seine Assistentin an sich gepresst und drückte ihr den Lauf einer Pistole in die Rippen. In der Mitte des Raums stand Sanders und hielt Steve ein Skalpell an die Kehle gedrückt. Steves Hände waren mit einem Plastikkabel gefesselt und seine blauen Augen blitzten wütend. Glücklicherweise schien er unverletzt zu sein. Mercer allerdings lag bewusstlos vor dem Waschbecken in einer Ecke des Raums auf dem Boden.

„Was habt ihr mit meinem Partner gemacht, verdammt?" Bob ging einen weiteren Schritt ins Zimmer und richtete seine Pistole auf Glassman.

Sie befanden sich in einem voll funktionstüchtigen Labor. Überall standen Glasröhrchen, Messbecher, Bunsenbrenner und Behälter mit einem blauen Pulver auf den Arbeitsflächen. Ein scharfer Geruch lag in der Luft und die gepackten Kisten an der Wand deuteten darauf hin, dass Dr. Glassman offensichtlich dabei war, seine Zelte hier abzubrechen und mit seiner Ware – vermutlich Blue Rocket – die Flucht zu ergreifen.

„Das würde ich nicht tun", sagte Ruben Glassman von links und benutzte Debbie als Schutzschild.

„Mercer", sagte Garcia leise. Er hielt die Waffe von sich weg. Offensichtlich machte er sich Sorgen um seinen Partner, denn er ging vorsichtig zu dem Waschbecken und kniete sich neben Mercer auf den Boden.

„Keine Bewegung!" Glassman drückte ab. Eine Kugel schlug in die Wand, nur wenige Zentimeter von Garcias Kopf entfernt. Garcia erstarrte und sah Glassman wütend an.

„Wo sind Freddie Garner und Chris Barber?", fragte Bob. Er hatte von seiner Position keine freie Schussbahn, weder auf Sanders noch auf Glassman.

„Freddie ist ein toter Mann", sagte Sanders grimmig. „Chris ist mit ihm in den Park zurückgefahren, um nach den Leichen zu sehen. Pech für den Verräter."

Steve knirschte mit den Zähnen.

„Halt den Mund!", brüllte Glassman Sanders an und schob Debbie vor sich her durch den Raum.

„Doktor, Sie sind doch ein kluger Mann", meinte Bob und beobachtete Steve. Er wartete auf ein Zeichen. „Wenn wir beweisen können, dass Sie das Blue Rocket hergestellt haben, verbringen Sie den Rest Ihres Lebens in San Quentin. Wegen dem Zeug sind schon zu viele junge Menschen gestorben."

„Ihr habt mir noch gar nichts bewiesen und keine Jury der Welt wird mich verurteilen, weil sich ein Drogenabhängiger eine Überdosis gesetzt hat!" Glassman lachte und machte mit dem rechten Arm eine ausholende Bewegung. „Ihr solltet keine Dummheiten machen, sonst stirbt jemand", drohte er und drückte die Pistole wieder in Debbies Seite. Sie schrie erschrocken, schloss aber sofort den Mund, als er sie anfauchte. „Tut mir leid, meine Herren. Ich war gerade im Aufbruch begriffen." Er warf einen bedeutungsvollen Blick auf die Kisten an der Tür.

Bob ließ Steve nicht aus den Augen, hätte aber nur zu gerne gewusst, was sich in den Kisten befand. Steve bewegte die Lippen und sagte lautlos Bobs Namen. Dann verlagerte er sein Gewicht leicht, als wollte er sich auf den

Boden fallen lassen. Sanders senkte die Hand mit dem Skalpell und packte ihn mit der anderen, um ihn aufrecht zu halten.

„Tut mir leid, Ruben. Ich weiß genau, wer für diesen Mist verantwortlich ist", knurrte Sanders. „Wenn Freddie, dieser Scheißkerl, seinen Job ordentlich erledigt hätte, müssten wir uns jetzt nicht mir diesen beiden Möchtegern-Helden abgeben." Er zog das Skalpell leicht über Steves Haut. Einige Blutstropfen quollen aus der Wunde und liefen Steve über den Hals.

Bob wusste genau, was Steve vorhatte. Es gefiel ihm ganz und gar nicht. Er hörte im Kopf die Stimme seines Partners: *Ich lasse mich fallen und du erschießt dieses Arschloch hinter mir.*

Es war ein gefährlicher Plan. Steve konnte dabei leicht von einer verirrten Kugel getroffen werden. Und es gab keine Garantie dafür, dass Garcia es schaffen würde, Glassman außer Gefecht zu setzen, der immer noch Debbie als Schild benutzte.

„Doktor", heulte Debbie. „Warum tun Sie das? Was ist hier los?"

„Halt den Mund." Glassman zog sie zur Tür und stieß sie gegen ein Regal, das mit Laborbedarf gefüllt war. Debbie schluchzte.

Besorgt drehte Garcia sich um und schützte Mercer mit seinem Körper. „Damit kommen Sie nicht durch. Wir bekommen Verstärkung."

Bob senkte die Waffe, als würde er aufgeben. „Garcia, es hat keinen Sinn. Die Gefahr ist zu groß, dass jemand verletzt wird."

In diesem Moment machte Steve sich schwer. Sanders wurde davon überrascht und ließ vor Schreck beinahe sein Skalpell fallen.

Bob hob die Waffe, zielte und gab einen einzigen Schuss ab. So schnell war ihm das auf dem Schießstand noch nie gelungen. Die Kugel traf Sanders an der Schulter. Er umklammerte im Reflex das Skalpell und stieß es Steve in den rechten Oberarm.

Dann schrie Sanders vor Schmerz und griff sich an die Schulter. Steve versuchte keuchend, sich von ihm wegzurollen.

„Du Bastard!" Glassman richtete die Waffe auf Bob und stieß Debbie aus dem Weg. Sie stolperte und fiel gegen die aufgestapelten Kisten.

Garcia schwang seine Dienstwaffe zu Glassman herum und schoss ihm mit einem perfekten Schuss die Pistole aus der Hand.

„Sie haben das Recht zu Schweigen!", brüllte Bob, während er Glassman gegen einen Stuhl stieß, ihm die Arme nach hinten zog und die Handschellen anlegte. Glassman schrie vor Schmerz. Blut tropfte von seiner verwundeten Hand auf den Boden. Bob ratterte die üblichen Miranda-Belehrungen herunter, den Blick fest auf Steve gerichtet.

Garcia zog sein Funkgerät aus der Gürteltasche. „Zentrale? Wir brauchen Verstärkung, und zwar pronto. Und einige Ambulanzen."

„Bob, pass auf Sanders auf!", rief Steve und kroch von Sanders weg. „Der Kerl ist unberechenbar."

„Siehst du nicht, dass ich beschäftigt bin?", schrie Bob und kickte Glassmans Pistole mit dem Fuß außer Reichweite. Er war verdammt froh, dass Steve noch reden konnte, auch wenn sein Arm heftig blutete.

„Was ist los?", fragte Mercer, der in diesem Augenblick aufwachte und sich verwirrt umschaute.

„Ich muss hier raus!", heulte Debbie, die neben der Tür am Boden hockte. „Ich will hier nicht mehr arbeiten!"

„Du hast die Action verpasst." Garcia kniete sich an Mercers Seite auf den Boden und tastete ihn nach Verletzungen ab. „Was haben sie mit dir gemacht?"

„Ich habe einen Schlag auf den Kopf bekommen und bin umgekippt", murmelte Mercer und hielt sich den Kopf.

„Tollpatsch. Ich bin gleich zurück. Ich muss nur kurz den guten Doktor begleiten, damit er seine Fahrgelegenheit in den Knast nicht verpasst." Garcia tätschelte seinen Partner am Arm.

„Dann bis später, Partner", sagte Mercer seufzend.

„Los jetzt, Doktor." Garcia zog Glassman hoch und zerrte ihn mit einem Grinsen im Gesicht aus dem Zimmer.

„Ich habe Rechte! Das ist unerhört!", schrie Glassman.

„Du hast das Recht, den Mund zu halten", zischte Steve und versuchte vergeblich, sich vom Boden aufzurappeln. Mit schmerzverzerrtem Gesicht gab er schließlich auf.

„Jetzt du, du Arschgesicht." Bob zog Sanders auf die Beine, ohne auf die verletzte Schulter des Mannes Rücksicht zu nehmen. Er schob ihn mit dem Gesicht zur Wand und legte ihm Handschellen an. „Steve? Alles in Ordnung mit dir?"

Steve hielt den Daumen hoch und Bob konnte zum ersten Mal wieder frei atmen, seit er dieses Haus betreten hatte. Er schüttelte seinen Gefangenen an der Schulter. „John Sanders! Sie sind festgenommen wegen Entführung, Angriff auf Polizeibeamten und einem Dutzend anderer Vergehen, für die du Bastard die nächsten Jahre hinter Gittern verbringst." Bob grinste bösartig, als er seine Miranda-Belehrung abspulte.

„Immer noch verliebt, ihr beiden?", zischte Sanders ihn über die Schulter an. „Wenn das bekannt wird, könnt ihr eure Karriere vergessen!"

„Und du deine auch", blaffte ihn Bob an und schob ihn zur Tür. „Das CCPD mag es nicht sehr, wenn jemand seine Leute umbringen will."

„Oder Leute wie Randolph erschießt", meldete sich Steve zu Wort.

„Ihr Schwuchteln!", brüllte Sanders. „Randy musste für seine Drohungen bezahlen und jetzt …" Er stöhnte, als Bob ihn den zwei uniformierten Polizisten in die Arme stieß, die durch den Flur auf sie zu gerannt kamen.

Steve setzte sich gerade auf und hielt seinen Arm an die Brust gepresst. „Verdammt, das war mein Lieblingshemd."

„Ich kaufe dir ein neues", versprach Bob. Solange Steve sich noch beschwerte, konnte die Verletzung nicht allzu schlimm sein. Bob nahm ein Tuch, das neben dem Waschbecken lag, und wickelte es fest um die Stichwunde in Steves Arm. „Fest drücken", wies er ihn an.

„Das weiß ich auch." Steve zuckte zusammen.

Garcia kam ins Labor zurück. „Die Ambulanz ist eingetroffen." Er grinste breit und ging zu seinem Partner. „Hey, Mercer! Willst du heute noch aufstehen oder hast du vor, hier zu übernachten?"

„Ich wollte eigentlich warten, bis du die Arbeit erledigt hast, Roberto." Mercer wollte lachen, ließ es aber schnell wieder sein und rieb sich den Kopf.

„Ihre Limousine zum Krankenhaus erwartet Sie!" Garcia winkte die beiden Sanitäter heran, die durch die Tür kamen.

Sie brachten eine Trage mit und schnallten Mercer darauf fest.

„Ich rufe euch später wegen der Details an", sagte Garcia zu Bob und Steve. „Tut mir leid, dass es nicht besser lief." Dann verließ er das Zimmer und ging neben der Trage her, auf der Mercer abtransportiert wurde.

„Danke!", rief Steve ihm nach.

„Debbie", sagte Bob leise. „Du musst auch ins Krankenhaus und dich untersuchen lassen. Du hast ein ziemliches Trauma erlebt und stehst unter Schock."

„Ich kann es nicht glauben! Dr. Glassman wolle mich umbringen!", heulte sie. „Er hat mir versprochen, dass er meine Nase operiert, wenn ich den Mund halte und nicht verrate, was er in dem Labor macht! Ich habe es Schwarz auf Weiß mit Unterschrift in meinem Schreibtisch und …"

„Du bist schön, so wie du bist", versicherte ihr Bob. Er war neugierig auf das Dokument, weil es ein weiterer Beweis für Glassmans Schuld war.

„Kommen Sie, Miss", sagte ein junger Sanitäter und führte sie aus dem Raum, während noch mehr Polizisten und die Spurensicherung eintrafen. Sie wurden von weiteren Sanitätern begleitet.

„Glassman wollte sich mit diesen Kisten aus dem Staub machen", sagte Bob zum Leiter der Spurensicherung. „Seht sie euch zuerst an. Und ich vermute, dass überall im Raum Spuren von Blue Rocket zu finden sind."

„Sieht aus, als hättest du etwas Blut verloren." Ein dunkelhaariger Sanitäter kniete sich bei Steve auf den Boden, um die Wunde zu versorgen. „Was ist mit deinem Hals? Er blutet auch." Er untersuchte die Schnittwunde und lächelte dann beruhigend. „Nur ein Kratzer. Ich klebe dir ein Pflaster drauf."

„Danke." Steves Arm blutete kaum noch. „Und das ist auch nicht schlimm. Ich kann es frisch verbinden, wenn ich wieder zuhause bin."

Bob schüttelte den Kopf und zeigte mit dem Finger auf seinen Partner. „Wir beide sehen uns im Krankenhaus. Ich muss noch Rollins informieren. Sie müssen nach Barber und Freddie suchen, bevor etwas Schreckliches passiert."

„Pass gut auf meine schwarze Lady auf", flüsterte Steve, als der Sanitäter ihn aus dem Zimmer führte. „Sie ist eine sehr verwöhnte Schönheit."

„Mit Türen, die sich nicht öffnen lassen", grummelte Bob und folgte ihnen nach draußen. Das Haus war von Polizeiautos, Rettungswagen und anderen Autos umgeben, in denen die Kollegen aus Santa Barbara angerückt waren.

Steve lächelte ihm über die Schulter angesäuert zu, als er in den Rettungswagen stieg. „Darum werde ich mich demnächst kümmern." Er setzte sich auf eine Liege. „Lass mich nicht zu lange warten, ja?"

Steve hörte sich an wie ein verängstigter kleiner Junge. Bob hätte ihm zu gerne gezeigt, dass er für ihn da war. Aber nicht in der Öffentlichkeit. Er tätschelte Steves Hand und trat zur Seite, damit der Sanitäter die Tür schließen konnte. Dann schaute er dem Wagen nach, bis er um die Ecke verschwunden war, bevor er zurück ins Haus ging, um seinen Kollegen zu helfen und nach dem Vertrag zu suchen, den Debbie erwähnt hatte. Er wollte so schnell wie möglich wieder bei Steve sein und ihn nach Hause bringen, damit er sich selbst um ihn kümmern konnte. Wie hatten Sanders und Glassman es eigentlich geschafft, Steve und Mercer zu überwältigen?

13

„DAS IST eine gute Nachricht", sagte Bob und nickte, obwohl Rollins ihn durchs Telefon nicht sehen konnte. „Ja, ich bin bei Steve im Krankenhaus. Glücklicherweise ist die Halswunde nur ein Kratzer. Aber die Wunde im Arm musste mit acht Stichen genäht werden. Ansonsten geht es ihm gut." Er warf Steve einen Blick zu. Sein Partner saß auf dem Untersuchungstisch und hielt sich den Arm, der in einer Schlinge hing.

„Es tut aber immer noch höllisch weh, Bob! Und ich werde wochenlang keine Berichte schreiben können!", jammerte Steve.

„Ja, ich weiß. So ist er immer." Bob lachte über Rollins Antwort und legte auf.

„Du bist bald wieder ganz der alte." Bob half ihm lachend auf den Boden und führte ihn zu dem Rollstuhl. „Was kann ich für dich tun?"

„Ich kann alleine gehen." Steve schob den Rollstuhl zur Seite. „Ich will nach Hause. Das ist alles."

„Dein Wunsch ist mir Befehl." Bob inspizierte die Schlinge und zog sie gerade. „Lass uns von hier verschwinden."

Langsam gingen sie zur Rezeption, wo Steve noch die Entlassungspapiere unterschreiben musste.

Als Steve seinen schwarzen Thunderbird sah, grinste er übers ganze Gesicht. Zärtlich streichelte er über die glänzende Kühlerhaube. „Meine Schöne! Hat Bob dich auch gut behandelt? Keine Beulen, keine Kratzer?"

„Halt den Mund und steig ein!", befahl Bob und grinste innerlich über seinen Freund. Er musste zugeben, dass ihm die schwarze Kiste ans Herz gewachsen war.

Auf dem Weg zum Krankenhaus hatte er an die vielen lustigen und aufregenden Abenteuer denken müssen, die sie mit dem Thunderbird schon erlebt hatten. Er wollte sich gar nicht vorstellen, wie oft Steve in dem Wagen Sex gehabt hatte. Letztes Wochenende beispielsweise, als sie sich nicht gesehen hatten und Bob allein war. Der Thunderbird hatte danach grauenhaft nach dem Zeug gestunken, das Steve versprüht hatte, um eine Frau zu beeindrucken.

Bob konnte seine Eifersucht nicht mehr verdrängen. Es war lächerlich! Was war denn falsch daran, wenn Steve sich in seinem eigenen Auto mit einer heißen Lady vergnügte?

„Stört dich was?" Steve stieß ihn mit dem gesunden Arm in die Seite.

„Nein, es ist nichts. Ich dachte nur, dass ich mich daran gewöhnen könnte, dein Auto zu fahren." Bob starrte stur geradeaus auf die Straße. Er konzentrierte sich darauf, den Wagen durch den Verkehr auf dem Freeway zu lenken.

„Ich wusste es! Aber nach diesem Tag habe ich keine Lust mehr, ständig unterwegs zu sein. Ich will jetzt einige Stunden Ruhe, will nach Hause und niemanden sehen, der mich umbringen will oder sonst wie nervt." Steve gähnte herzhaft.

Bob merkte, wie erschöpft Steve war. Er wollte ihn fragen, was ihm und Mercer am Hintereingang zu Glassmans Praxis passiert war, aber ein Blick in Steves müdes Gesicht ließ ihn die Frage zurückstellen. Die Hauptsache war doch, dass sie ihren Job in Santa Barbara erfolgreich abgeschlossen hatten. Alles andere hatte Zeit bis morgen.

Als sie in Steves Straße ankamen, bremste Bob ab, um in die Einfahrt zu Steves Haus einzubiegen.

Steve öffnete die Augen. „Home, sweet home", murmelte er, als Bob den Motor abstellte.

„Willst du allein sein? Ich kann mir ein Taxi nehmen", sagte Bob unsicher.

Steve sah ihn mit seinen blauen Augen an. „Ein Taxi? Ich habe Pizza für dich in der Tiefkühltruhe. Ich glaube, ich habe auch noch einige Flaschen Bier. Wie kann ich dich überreden, noch zu bleiben?"

„Hast du keinen Hunger?", fragte Bob überrascht.

„Eigentlich nicht." Steve wollte mit der linken Hand die Beifahrertür öffnen. Vergeblich.

„Warte, ich helfe dir!" Bob lief ums Auto herum und riss die Tür auf. Dann nahm er Steve am linken Arm und half ihm beim Aussteigen.

„Ich bin kein Invalide, weißt du?", protestierte Steve, wehrte sich aber nicht dagegen, dass Bob ihm den Arm um die Taille legte, um ihn abzustützen. Stattdessen sah er Bob nur mit einem unergründlichen Blick an.

„Lass uns die Pizza in den Ofen schieben", meinte Bob, als sie in Steves Wohnung ankamen. Dann ging er in die Küche, während Steve sofort im Badezimmer verschwand.

Bob öffnete gerade eine Dose Pfirsiche für den Nachtisch, als er aus dem Badezimmer lautes Fluchen hörte. Er rannte sofort los, weil er nicht wusste, was passiert war. „Brauchst du Hilfe?", fragte er und öffnete die Badezimmertür. Steve stand vor der Toilette. Die Jeans hingen ihm halb auf den Hüften.

„Das letzte Mal waren es die Haare, und jetzt brauchst du schon Hilfe beim Pinkeln?", scherzte Bob.

„Verdammt! Ich kann die Hose nicht hochziehen und den Reißverschluss schließen!" Steves Gesicht war rot vor Ärger. Er fummelte mit der linken Hand an dem Gürtel, der sich zwischen der Jeans und der Unterhose verheddert hatte.

„Habe ich dir nicht gesagt, du sollst nicht so enge Jeans ..."

„Ich weiß, ich weiß. Willst du mir jetzt helfen oder nicht?", fragte Steve ungeduldig.

Bob wusste, wie peinlich Steve seine Hilflosigkeit war. Wortlos packte er die Jeans am Bund und zog sie hoch.

„Hey, pass auf mein Zubehör auf!" Steve schob es mit der linken Hand an Ort und Stelle, dann zog Bob den Reißverschluss zu.

„Danke." Steve wusch sich die Hände und fuhr sich mit den Fingern durch die Haare.

Eine halbe Stunde später hatten sie gegessen. Vor ihnen auf dem Tisch standen zwei leere Teller und zwei Dosen Bier.

„Ich kann dir nicht sagen, wie froh ich bin, zuhause zu sein. Ich hätte es im Krankenhaus keine Minute länger ausgehalten", sagte Steve.

„Vermisst du nicht die vielen hübschen Frauen, die sich um dich kümmern wollten?" Bob erwartete, dass Steve mit den Augenbrauen wackeln und ihm erzählen würde, wie viele Zettel mit Telefonnummern er im Laufe der Jahre schon von jungen Krankenschwestern bekommen hätte.

Steve sagte kein Wort. Er stand auf, nahm die Teller vom Tisch und brachte sie in die Küche.

„Was ist eigentlich mit dir und Mercer passiert? Wie konnten Sanders und Glassman euch als Geiseln nehmen?", rief Bob ihm nach.

„Ganz einfach." Steve kam zurück und setzte sich in den Schaukelstuhl aus Rattan, der auf der anderen Seite des Couchtisches stand. „Jemand muss sie gewarnt haben. Mercer und ich sind durch die Hintertür gekommen. Wir haben niemanden gesehen." Er schaukelte leicht und hielt sich dabei den verletzten Arm vor die Brust gedrückt. „Wir sind nach unten gegangen und haben einige Türen ausprobiert. Wir dachten, das Labor wäre auch verlassen. Aber Glassman stand hinter der Tür und hat Mercer mit der Pistole auf den Schädel geschlagen. Bevor ich etwas tun konnte, hatte mich Sanders von hinten umklammert. Das war's dann." Steve schloss erschöpft die Augen.

„Ich glaube, Debbie hat auf einen Alarmknopf unter ihrem Schreibtisch gedrückt." Bob runzelte die Stirn. „Sie sagte mir, sie wüsste nicht, was da unten vor sich ging. Aber Glassman hat ihr eine Schönheitsoperation versprochen, wenn sie den Mund hält."

Steve nickte abwesend.

„Jetzt müssen wir herausfinden …" Bob verstummte, als er merkte, dass Steve in seinem Schaukelstuhl eingeschlafen war. Den verwundeten Arm vor die Brust gepresst, lag er da und schlief.

Vielleicht hatte er immer noch Schmerzen im Arm. Bob war sich nicht sicher, ob Steve die Schmerzmittel genommen hatte, nachdem sie das Krankenhaus verließen. Er hatte ihn auch nicht danach fragen wollen, weil Steve ein erwachsener Mann war und selbst entscheiden konnte, was er tat und was nicht.

Bob nahm einen tiefen Schluck aus seiner Bierdose. Hatte er mit seiner Einmischung in Steves Leben eine Grenze überschritten? Sie waren enge Freunde, daran war nichts Verwerfliches. Aber in den letzten Tagen hatte sich etwas geändert in ihrer Beziehung. Bob richtete sich auf und erstarrte, die Bierdose auf halbem Weg zum Mund.

Er sah Steve vor sich, der in der Disco tanzte, die braugebrannte Haut schweißglänzend … Bob sah Steve gerne beim Tanzen zu. Und nicht nur beim Tanzen. Er würde alles dafür geben, mit einer der Ladys tauschen zu können, mit denen Steve ausging.

Wie musste sich das anfühlen – von diesem attraktiven Mann mit seinem ansteckenden Lächeln verführt zu werden? Bobs Herz schlug schneller. Er akzeptierte zum ersten Mal, dass Steve für ihn mehr war als nur ein guter Freund und Partner.

Steve brauchte nicht viel Zeit und Raum für sich. Er hielt keinen Abstand, sondern war immer großzügig mit seinen Umarmungen und klopfte ihm oft auf den Rücken. Bob war das anfangs peinlich gewesen, besonders dann, wenn es in der Öffentlichkeit passierte. Als Junge hatte er gelernt, dass sich Männer nicht so verhielten. Männer zeigte ihre Zuneigung nicht offen. In Bobs Familie war es nie üblich gewesen, Gefühle zu zeigen. Er hatte schon früh gelernt, seine eigenen Gefühle nicht zu äußern, sondern für sich zu behalten. Der laute, ungestüme Steve war das genaue Gegenteil.

Wie hatten sich die Dinge doch verändert! Bob liebte Steves Art, liebte die ständigen Berührungen und Umarmungen. Er hatte sogar gelernt, sie zu erwidern. Ein kleiner Klaps auf den Bauch konnte so viel ausdrücken. Nichts war besser als Steve, der sich vertrauensvoll an ihn lehnte. Warum fühlte Bob sich also so aus der Bahn geworfen? So auf den Kopf gestellt? So anders?

Bob stand auf und brachte die leeren Bierdosen in die Küche. Er schaute aus dem Fenster auf die dunkle Straße. Die Aussicht war ihm genauso vertraut wie die Aussicht aus seinem eigenen Küchenfenster. Sie besuchten sich so oft, übernachteten so oft zusammen in einer der beiden Wohnungen, dass Bob sich in beiden zuhause fühlte. Er wollte erst gar nicht nachrechnen, wie viele seiner Hosen und Hemden den Weg in Steves Schrank gefunden hatten.

Er war von seinem Kumpel zu abhängig geworden. Bob erinnerte sich daran, was Steve vor einer Woche gesagt hatte – nämlich, dass er ein Wochenende allein verbringen wollte, weil sie so oft zusammen waren, dass er keine Frauen mehr kennenlernen konnte. Bob konnte das verstehen, und doch hatte er sich an diesem Wochenende unsagbar einsam gefühlt. Ohne Steve wusste er nicht, was er mit sich anfangen sollte.

Sie unternahmen fast alles zusammen, gingen ins Kino oder gemeinsam essen, bevor sie den Rest des Abends vor dem Fernseher oder beim Schachspielen verbrachten. Bob gewann immer, was vermutlich der Grund war, warum Steve in letzter Zeit nicht mehr spielen wollte.

Bob spürte tief im Herzen, dass seine Freundschaft zu Steve die Grenze zur einer Liebe überschritten hatte, die er sich nicht recht erklären konnte. War er in Steve verliebt? Bob erinnerte sich beschämt an den Ständer, als er im Hotel aufgewacht war und Steve neben ihm im Bett lag. Es musste Steve aufgefallen sein, denn er hatte sich sofort von Bob abgewandt.

Und das war auch der Beweis dafür, dass Steve diese Gefühle nicht teilte. Mehr musste Bob nicht wissen. Aber er musste sein Leben ändern. Es war unvermeidbar. Er musste Steve verlassen, auch wenn ihn der Gedanke allein krank machte.

Bob ging ins Wohnzimmer zurück und überlegte, ob er noch nach Hause fahren sollte, brachte es allerdings nicht über sich. Steve war verletzt. Jemand musste bei ihm bleiben und auf ihn aufpassen. Das war in der Vergangenheit immer Bobs Aufgabe gewesen und er war noch nicht bereit, sie aufzugeben.

Er seufzte. Es würde nicht leicht sein, sich aus der Beziehung mit Steve zu lösen. Bob ließ sich auf die Couch fallen und blätterte in einer Autozeitschrift – nur eines von Steves vielen Interessensgebieten. Bob lächelte, als er einen Artikel fand, der mit einem Eselsohr markiert war. Der Artikel beschrieb, wie man Spoiler an einen Sportwagen montierte.

Du solltest lieber die Türen reparieren! Ihm fiel auf, wie oft er Steve schon wegen seiner Essgewohnheiten, seiner Manieren oder anderen Eigenheiten kritisiert hatte, die ihm seltsam vorkamen. Kein Wunder, dass Steve von dieser Besserwisserei genug hatte.

Sie konnten Freunde bleiben, aber mehr würde es niemals werden. Bob musste seine Gefühle für Steve verborgen halten.

Er schüttelte den Kopf. Morgen wollte er den ersten Schritt machen und etwas Abstand zwischen sich und Steve bringen. Er blätterte weiter in der Zeitschrift und beruhigte sich langsam wieder. Sein Entschluss stand fest. Nur diese Nacht wollte er noch bleiben und auf Steve aufpassen. Es konnte ja sein, dass Steve aufwachte und Hilfe brauchte.

„KOMM INS Bett! Dein Rücken bringt dich sonst um!"

Bob hörte die Worte wie im Traum. Eine warme Hand strich ihm über den Arm. Er wehrte sich gegen die zärtliche Berührung. „Nein, ich muss gehen. Fass mich nicht an." Er stieß die Hand weg. Er wollte sich von seinem Entschluss nicht abbringen lassen. Kein Steve mehr, keine Abhängigkeit. „Lass mich allein. Ich brauche dich nicht. Ich …"

„Unsinn! Du brauchst mich genauso, wie ich dich brauche."

Bob konnte Steve jetzt deutlich verstehen. *Es ist kein Traum.* Er öffnete die Augen und sah direkt vor sich Steves Gesicht mit den blauen Augen, die vergnügt blitzten. Steve grinste und seine verstrubbelten Haare hingen ihm in die Stirn.

Bob atmete tief durch. Es war Zeit, Steve über seinen Entschluss zu informieren. „Steve …", krächzte er. Er wich Steves Blick aus und räusperte sich. „Du musst wissen, dass es so nicht weitergehen kann. Ich halte das nicht aus." Er sah den Verband an Steves Arm und fuhr sanft mit dem Finger darüber. *Verdammt, ich muss damit aufhören!*

„Ich will dich nicht mehr davon abhalten, dein Leben so zu führen, wie du es dir vorstellst." Er senkte den Kopf, um nicht den Schmerz in Steves Augen zu sehen. „Und jetzt gehe ich nach Hause." Verschlafen schob er Steve zur Seite und versuchte sich aufzurichten.

„Ich habe irgendwo gelesen, zuhause wäre dort, wo das Herz ist", sagte Steve traurig.

Bob weigerte sich, darauf einzugehen. Er suchte nach seiner Jacke. „Dir scheint es gut zu gehen. Du brauchst mich nicht mehr." Er hatte kein Auto. Er musste ein Taxi rufen.

„Bleib hier! Ich verstehe dich nicht. Warum musst du jetzt gehen?" Trotz seiner Behinderung durch den bandagierten Arm, krallte Steve sich an Bob fest und wollte ihn nicht loslassen.

Bob konnte es nicht verhindern. Er sah Steve in die Augen.

Steve musste Bobs Verzweiflung erkannt haben. „Was ist aus dem Bob geworden, den ich kenne?", fragte er und legte ihm die linke Hand an die Wange. „Wer bist du, dass du einen verletzten Mann mitten in der Nacht allein lässt?"

Steve sah so traurig aus, dass Bob bitter lachen musste. „Führe mich nicht in Versuchung, Kumpel. Mir ist aufgefallen, dass wir uns in letzter Zeit viel zu nahegekommen sind. Es wird Zeit, das zu ändern." Er drückte die Wange an Steves Hand und zuckte dann zurück.

„Du hast recht", sagte Steve. „Setz dich und hör mir zu."

Verwirrt setzte sich Bob auf die Couch. Steve setzte sich direkt neben ihn. Bob wollte zur Seite rutschen, um der vertrauten Nähe auszuweichen, aber Steve ließ es nicht zu.

„Während der letzten beiden Wochen habe ich erkannt, was in meinem Leben nicht stimmt", sagte Steve und legte ihm die Hand aufs Knie.

Tu das nicht!, wollte Bob rufen, aber kein Ton kam ihm über die Lippen. Stattdessen sagte er: „Ich weiß, dass ich dir auf die Nerven gefallen bin und dir deine Freizeit vermasselt habe." Steves Hand auf seinem Knie war irritierend. Bob wollte sie wegschieben.

Steve nahm Bobs Hand und hielt sie fest. „Du hast das falsch verstanden. Aber ich habe etwas Wichtiges erkannt. Es hätte mir schon längst auffallen sollen, weil es direkt vor meiner Nase war. Ich habe den Wald vor lauter Bäumen nicht gesehen."

„Wenn du unbedingt philosophisch werden willst, hast du dir die falsche Uhrzeit und den falschen Ort ausgesucht." Bob stieß ihn weg.

„Siehst du es denn nicht?" Steve drehte sich zu ihm um und schwenkte seinen gesunden Arm in einem Bogen zwischen ihnen. „Wir gehören zusammen. Ich brauche dich!"

„Was haben sie dir im Krankenhaus gegeben? Du musst high sein. Du weißt nicht, was du redest." Bob wollte nicht glauben, was er da gehört hatte.

„Dann zeige ich es dir auf meine Art." Steve schlang ihm den Arm um den Hals und zog ihn an sich.

„Was zum Teufel …", fing Bob an, aber Steves Lippen auf seinem Mund brachten ihn zum Schweigen. *Steve küsst mich!*

Die Zeit stand still. Bob fühlte, wie sein Herz einen Schlag lang aussetzte. So hatte er sich noch nie gefühlt. Bei keiner der vielen Frauen, die er geküsst hatte. Er dachte, er hätte die Liebe kennengelernt. Er hatte sich getäuscht. Bis zu diesem Augenblick hatte er keine Ahnung gehabt, was Liebe wirklich war.

14

STEVE LIEß ihn lächelnd los.

Bob öffnete den Mund. Er konnte immer noch Steves Lippen auf seinen fühlen. „Mein Gott …"

„Du magst tun, was du willst, aber ich liebe dich. Ich liebe dich mehr als mein Leben", sagte Steve und schaute ihm tief in die Augen.

„Ich … ich verstehe das nicht. Du warst in letzter Zeit so abweisend und hast mir gesagt, dass ich mich aus deinem Leben fernhalten soll." Es hörte sich zwar nach einem Vorwurf an, doch Bob musste ihm einfach erklären, wie zurückgewiesen er sich gefühlt hatte.

„Bob, ich war blind. Ich konnte nicht sehen, was direkt vor meiner Nase lag", gestand Steve reuevoll.

„Und warum hast du vor zwei Tagen im Hotel nicht schnell genug aus dem Bett verschwinden können?" Bob war noch nicht zu Ende.

Steve wurde rot. „Darüber möchte ich lieber nicht reden." Er suchte nach den richtigen Worten.

„Warum?", hakte Bob nach.

„Du hast mich erregt. Das wollte ich nicht zugeben. Kapito?", verteidigte sich Steve und tat so, als müsste er den Verband an seinem Arm kontrollieren.

„Ist das wahr?" Bob war auch erregt gewesen, als sie zusammen im Bett lagen. Er war auch jetzt wieder erregt.

„Darauf gebe ich dir mein Wort. Gib mir die Chance, dir zu zeigen, wie sehr ich dich liebe. Ich liebe dich von ganzem Herzen." Steve grinste frech. „Und mit meinem Körper."

Bob fühlte, wie ihm die Röte ins Gesicht stieg. Konnte es wahr sein, dass Steve ihn genauso liebte, wie er Steve liebte? Es war ein unbeschreibliches Gefühl und er wollte diese Chance nicht ungenutzt verstreichen lassen.

„Du bist ein Arschloch, weißt du das?", sagte er.

Mit etwas Mühe zog Steve ihn auf die Beine und zeigte zur Schlafzimmertür. „Nach dir." Er knöpfte im Gehen sein Hemd auf und kämpfte mit der Schlinge. „Verdammter Mist! Es macht wirklich keinen Spaß, sich mit einem Arm ausziehen zu müssen", jammerte er und streckte den Arm aus, damit Bob ihm helfen konnte.

Bob war immer noch wie benommen. War das Wirklichkeit? Hatte Steve tatsächlich die ganze Zeit schon genauso für ihn empfunden wie er selbst für ihn? Wie hatte er so blind sein können? Wie hatten sie *beide* so blind sein können? Sie hatten zusammen im Bett gelegen und beide versucht, ihre Erregung zu verbergen! Es war schon fast komisch. Bob musste laut lachen, als ihm der Humor der Situation bewusst wurde.

Steve hielt ihm grinsend den Arm hin.

Es wird wirklich geschehen! Voller Freude half Bob seinem Freund erst aus der Schlinge, dann aus dem Hemd.

Und der Hose.

Dann zog er sein eigenes Hemd und die Hose aus.

Als sie beide nur noch in ihrer Unterwäsche bekleidet waren, betrachtete Bob fasziniert Steves stoffbedeckte Erektion. Das war alles seinetwegen, war für ihn. Aufregung und Panik überkamen ihn, aber er wusste, was er zu tun hatte. „Leg dich hin und deck dich zu. Pass auf deinen Arm auf", befahl er.

„Danke, Dr. Curry. Wo sind meine Medikamente?" Steve knuddelte sich unter die Decke, bis nur noch seine dunklen Haare zu sehen waren.

„Ich habe keine Ahnung, wo du die Schmerzmittel aufbewahrst." Bob schaute sich um. „Sind sie in der Tasche, die wir aus dem Krankenhaus mitgebracht haben?"

„Dummkopf. *Du* bist mein Schmerzmittel. Mach das Licht aus und komm ins Bett." Steve streckte den gesunden Arm nach ihm aus und winkte ihn zu sich.

Bob hob vorsichtig die Decke hoch und legte sich zu ihm.

„Du bist kalt", sagte Steve und legte ihm den Arm um die Taille.

„Das ändert sich gleich." Bob entspannte sich in Steves Umarmung. Steves dunkle Haare kontrastierten mit dem weißen Kissen und sein Blick war so liebevoll, dass Bob nicht widerstehen konnte. Er senkte den Kopf und küsste Steve. „Was dagegen?"

„Ganz und gar nicht. Ich bestehe sogar darauf", murmelte Steve.

Sie erkundeten sich mit den Lippen und rieben ihre stoppeligen Wangen aneinander. Bob passte auf, dass Steves verletzter Arm nicht in Mitleidenschaft gezogen wurde.

„Du bist das beste Schmerzmittel, Bob." Steve spielte lächelnd mit Bobs Haaren. „Wenn Sanders mich nicht mit dem Skalpell erwischt hätte, könnte ich dir jetzt zeigen, was du mir bedeutest." Er ließ die Hand nach unten wandern und zeichnete mit den Fingern sanfte Kreise auf Bobs Brust.

Bob hielt die Luft an und unterdrückte ein Stöhnen, als Steves Finger ihm über die Nippel fuhren, die sich unter der Berührung sofort aufrichteten. Es war ein so erregendes Gefühl, dass er versucht war, Steves Hand zur Seite zu stoßen, um sich nicht davon überwältigen zu lassen.

„Es gefällt dir. Und mir gefällt es auch." Steve ließ die Hand noch weiter nach unten gleiten und legte sie ihm auf den Bauch. Dann rieb er ihm beruhigend über den Nabel.

Bob verspannte sich, als Steves Hand noch weiter nach unten wanderte. „Nein", sagte er. Er war zwiegespalten – auf der einen Seite wollte er mehr, auf der anderen mussten sie auf Steves Arm Rücksicht nehmen. „Nicht jetzt. Ich will nur bei dir sein, dich fühlen und an meiner Seite wissen. So." Bob legte sich wieder hin und zog Steve an sich.

„Ich freue mich schon auf den nächsten Tag mit meinem zukünftigen Geliebten." Steve drehte den Kopf zu ihm um und sie küssten sich noch einmal. Stille umgab sie und sie schliefen eng umschlungen ein.

DAS GERÄUSCH von fließendem Wasser aus dem Badezimmer weckte Bob. Er lag auf dem Rücken und streckte die Arme aus. Die leere Seite des Betts war noch warm. Steve konnte erst vor wenigen Minuten aufgestanden sein.

Bob öffnete die Augen und schaute auf den Wecker. Sechs Uhr. Normalerweise war er um diese Uhrzeit schon auf den Beinen, um am Strand zu joggen. Aber heute war alles anders. Bob konnte kaum glauben, dass er Steve gestern Abend noch verlassen wollte. Stattdessen hatten sie die Nacht zusammen verbracht, und zwar nicht so wie im Hotel – jeder mit dem Kopf auf einer anderen Seite des Betts. Heute Nacht hatten sie sich wie Geliebte umarmt. Bob hatte schon lange nicht mehr so gut geschlafen.

Er streckte sich und stieß mit den Füßen ans untere Ende des Bettgestells aus Messing. Er rutschte nach oben und sah sich um. Ihre Kleidung lag überall auf dem Boden verstreut. Steve würde sich wahrscheinlich bald über die Unordnung beschweren. Bob kicherte. Steve war ein Ordnungsfanatiker, der ständig am Aufräumen und Putzen war. Bob hatte kein Problem damit, wenn auf dem Rücksitz seines Autos zerknülltes Papier lag oder auf dem Couchtisch Magazine und Notenblätter.

Aber in Steves Wohnung war das unvorstellbar. Bis heute Morgen.

Steve kam aus dem Badezimmer und zog mit einer Hand seine Unterhose hoch. Er hatte die Schlinge abgelegt.

Bob wollte ihn gerade fragen, wo sie war, da lächelte Steve ihn strahlend an.

„Wie hast du geschlafen, Liebster? Ich habe geschlafen wie ein Murmeltier." Steve kam grinsend aufs Bett zu. „Und ich habe heute früh deine Hilfe nicht gebraucht. Glücklicherweise hat die Unterhose keinen Reißverschluss."

„Ich könnte mich auch daran gewöhnen, dass du keine Hose anhast", sagte Bob lüstern.

Steve sprang lachend aufs Bett. Die Matratze federte auf und ab.

„Pass auf deinen Arm auf!", warnte Bob, als Steve sich über ihn hockte.

Steve grinste. Seine blauen Augen funkelten. „Es geht schon besser. Schau nur!" Er bewegte den Arm vor Bobs Gesicht hin und her. „Es tut nicht mehr weh. Jedenfalls fühle ich es kaum, wenn ich bei dir bin."

Bobs Schwanz reagierte auf die Nähe zu Steve. „Lass mich kurz aufstehen. Ich muss ins Bad. Das Übliche, du weißt schon …" Bob lächelte entschuldigend. Es war ihm immer noch peinlich, wenn Steve seinen Ständer sah.

„Klar. Aber erst will ich die Schönheit bewundern." Steve zog die Bettdecke zurück und betrachtete genießerisch die beeindruckende Beule in Bobs Unterhose. „Ich liebe das. Und dich liebe ich auch", flüsterte er und beugte sich zu Bob hinab, um ihn zu küssen.

Bob gab sich Steves Worten hin. Ihre Lippen trafen sich zu einem Kuss, der so süß war, dass Bob ewig so weitergemacht hätte … wäre da nicht der Druck auf seine Blase gewesen. „Ich bin gleich zurück", sagte er mit einem nervösen Flattern in der Magengrube.

Als Bob wieder ins Schlafzimmer kam, war Steve fast komplett unter der Decke verschwunden. Bob hob sie an und sah Steves Füße, die sich mit dem Laken verheddert hatten. Er fuhr ihm federleicht mit einem Finger über die Fußsohle.

„Huch." Steve trat ihn weg und rollte sich auf die Seite, um den kitzelnden Fingern zu entkommen.

Bob hielt ihn an den Beinen fest. Steve drehte sich lachend auf den Bauch. Bob kroch ins Bett und streichelte ihm über die muskulösen Beine. Er kam sich vor, als würde er die Lust vollkommen neu entdecken, als Steve zu schnurren begann. Das war Steves Körper – so vertraut und doch so neu.

Bob kniete sich zwischen Steves Beine und zog ihm die enge Unterhose aus. „Du bist so wunderschön", flüsterte er bewundernd.

„Was lange währt, wird endlich gut." Steve kicherte und hielt die Luft an, als Bob ihm die Hand auf den Hintern legte.

„Und ich habe verdammt lange gewartet", flüsterte Bob. „Die Aussicht von hier ist wirklich sehr schön." Er massierte Steves Hintern und senkte fasziniert den Kopf, um ihn in die enge Ritze zu küssen. Dann zog er die Arschbacken auseinander und ging auf Entdeckungsreise.

Als Steve stöhnte, hörte Bob sofort auf. Er hätte nie damit gerechnet, mit seinem besten Freund jemals so intim zu werden.

Steve rollte sich auf die Seite und Bob legte sich vor ihn. „Tut mir leid", murmelte er. „Ich habe mich mitreißen lassen."

„Du musst dich nicht entschuldigen. Ich wollte nur dein Gesicht sehen." Ihre Lippen fanden sich zum Kuss.

Bob war immer noch in Entdeckerlaune und fuhr Steve mit der Zunge über die Lippen.

Ihre Zungen trafen und schmeckten sich. Bob konnte nicht genug bekommen von Steve. Nach einer Weile hörte er auf. „Das war unbezahlbar", sagte er stöhnend.

„Du sagst es." Steve leckte sich über die Lippen, als wollte er Bobs Geschmack voll auskosten. „Ich will dich sehen", sagte er. Sein Blick war leidenschaftlich und voller Begehren.

Als Bob zögerte, schob Steve die Decke zur Seite, bis er nackt und entblößt vor Bob lag. Sein Schwanz war hart und einsatzbereit.

„Jetzt du", sagte Steve und streckte seinen gesunden Arm nach Bobs Boxershorts aus.

Bob erhob sich auf die Knie und zog sich die Shorts nach unten. Sein großer Schwanz stand fast aufrecht. Steve kam noch näher.

„Bleib so", sagte er und nahm Bobs Schwanz in den Mund, um ihn zu lecken und zu küssen.

„Mein Gott, was machst du nur mit mir?", stöhnte Bob. Steves Lippen lösten Gefühle in ihm aus, die er so noch nicht gekannt hatte. Die Frauen, die er in der Vergangenheit geliebt hatte, waren wie auf einen Schlag vergessen. So hätte es schon von Anfang an sein sollen! Er streichelte Steve über die dunklen Haare und beobachtete gebannt, wie Steves Kopf sich auf und ab bewegte.

„Eine Sekunde", sagte er unvermittelt.

Steve machte ein saugendes Geräusch, als Bobs Schwanz aus seinem Mund glitt. Seine Lippen waren feucht. „Hat es dir nicht gefallen?"

„Im Gegenteil. Aber was hältst du von einem Positionswechsel?" Bob zog fragend die Augenbrauen hoch und Steve nickte. Sie legten sich Kopf an Fuß, wie damals im Hotel, aber doch ganz anders. Die 69er-Stellung war wirklich am besten geeignet, um sich zum ersten Mal die Liebe zu zeigen, die sie verband.

Bob stützte sich mit einem Arm ab und nahm Steve in die Hand. Er konnte fühlen, wie der harte Schwanz bei der Berührung noch härter wurde. Sanft streichelte und rieb er Steves Schwanz.

Steve stöhnte. „Bob, wenn du so weitermachst, komme ich gleich. Ich brauche dich hier, Kumpel", sagte er und leckte Bob über den Schwanz.

Bob ließ Steves Schwanz los und spielte mit den dunklen Haaren, die Steves Hoden bedeckten. Er konnte dem Geruch nicht widerstehen und drückte sich mit der Nase dagegen. Das war sein Geliebter – dieser Geruch nach Steve und Sex.

Als Steves Zärtlichkeiten ihn immer mehr erregten, küsste Bob sich wieder nach oben zu Steves Nabel. „Hallo, du", flüsterte er.

Bob lächelte. Es war ein gegenseitiges Geben und Nehmen. Er konnte kaum fassen, wie gut es sich anfühlte. Steves Mund machte so wunderbare Dinge mit Bobs pochendem Schwanz.

Bob wünschte, es würde nie enden. Er nahm Steves Schwanz in die Hand und spürte, wie sich die Haut um Steves Eier enger zusammenzog. Steves lustvolles Stöhnen zeigte ihm, dass er alles richtig machte. Und als Steves Schwanz noch mehr anschwoll, nahm Bob ihn in den Mund und fing zu saugen an.

Bob konnte die Anspannung in Steve spüren und kurz darauf wurde sein Mund mit einem Schwall warmer Flüssigkeit gefüllt. Es war so überwältigend, dass er Angst hatte, sich zu verschlucken. Er ließ Steves Schwanz aus dem Mund gleiten und nahm ihn in die Hand, drückte und rieb, bis auch noch der letzte Tropfen kam und es endgültig vorbei war. Er keuchte, als Steve ihm warm über die Eichel blies. Dann ging er ab wie eine Rakete. Erschöpft ließ er den Kopf auf Steves Oberschenkel fallen und schnappte nach Luft. Sie waren beide schweißgebadet.

„Danke", sagte Steve und schaute auf ihn herab. Seine blauen Augen glänzten liebevoll.

„Ich danke *dir*!" Bob kroch nach oben und knuddelte sich an Steves gesunden Arm. Er dachte darüber nach, dass sie sich waschen und das Bett wieder in Ordnung bringen sollten, aber … mein Gott, das konnte noch warten. Bob zog die Decke über ihre verschwitzten Körper und nahm Steve in die Arme. „Alles in Ordnung mit deinem Arm?"

„Ich habe mich noch nie besser gefühlt", murmelte Steve schläfrig.

„Wem sagst du das." Bob versiegelte Steves Mund mit einem tiefen Kuss.

Später am Morgen schloss Rollins den letzten Ordner mit den Akten über die Drogentoten und schob ihn zur Seite. „Das war's!" Er musterte Steve und Bob, die vor seinem Schreibtisch saßen. „Ich bin stolz auf euch. Ihr habt die Männer gestellt, die das Blue Rocket hergestellt und verkauft haben und damit für den Tod von neun Menschen verantwortlich sind."

„Sie sind wahrscheinlich gestorben, weil die Droge so ungewöhnlich stark und rein war", meinte Bob und trank einen Schluck Kaffee.

Rollins nickte. „Diese neun jungen Menschen hatten vermutlich schon vorher gesundheitliche Probleme. Möglicherweise waren sie herzkrank."

„Was wir gerne wüssten …" Steve rutschte auf seinem Stuhl hin und her und fasste sich an den Arm. „Was ist mit Freddie und Chris geschehen? Als wir Sanders gestern festnahmen, sagte er, sie wollten im Park nach unseren Leichen sehen. Hat sie jemand dort gesehen oder festgenommen?" Er sah Bob an. „Chris muss mittlerweile wissen, dass wir Glassman aus dem Verkehr gezogen haben."

„Freddie ist in Gefahr", stellte Bob fest. Er wollte sich nicht vorstellen, was mit Freddie passiert sein konnte. Freddie hatte ihnen das Leben gerettet und brauchte jetzt ihre Hilfe.

„Freddie Garner ist sehr clever." Rollins lächelte freundlich. „Er hat auf dem Weg zum North Park einen Motorschaden simuliert und an der nächstgelegenen Tankstelle angehalten."

Steve starrte ihn mit offenem Mund an. „Spannen Sie uns nicht auf die Folter, Cap. Ist Freddie in Sicherheit?"

Rollins räusperte sich. „Ja. Er tat so, als müsste er pinkeln. Dann ist er Barber entwischt. Er hat die Polizei verständigt und die beiden wurden festgenommen. Sie werden demnächst verhört."

„Aber Freddie hat doch nichts getan!", protestierte Steve.

Rollins winkte ab. „Natürlich nicht. Aber wir wollen seine Undercover-Identität nicht gefährden. Er wird also behandelt wie ein ganz normaler Krimineller."

„Es ist immer noch eine große Menge Blue Rocket auf dem Markt. Einige der Clubmitglieder haben es gehortet und verkaufen es auf der Straße mit Gewinn weiter." Bob holte tief Luft. „Es könnte noch weitere Todesfälle geben. Und wenn wir Pech haben, werden andere die Produktion übernehmen, nachdem Glassman nicht mehr im Geschäft ist."

„Wir brauchen eine Liste der Konsumenten, an die Glassman das Zeug verkauft hat." Steve lief im Zimmer auf und ab.

„Die Bankauszüge, die wir bei der Razzia im Club sicherstellen konnten, belegen, dass Sanders die Drogengeschäfte von Glassman finanziert hat. Barber hat ihm Models und Schauspieler beschafft, in dem er sie mit Blue Rocket in Kontakt brachte", fügte Bob hinzu.

„Und sie haben Randolph ermordet, weil er sie hochgehen lassen wollte." Steve blieb vor Rollins' Schreibtisch stehen und fummelte an seiner Schlinge herum.

„Wie geht es deinem Arm, Steve? Hast du noch Schmerzen?", fragte Rollins stirnrunzelnd.

„Schon viel besser, Sir. Ich spüre es kaum noch. Aber die Schlinge ist ziemlich unbequem."

Rollins nickte und wandte sich Bob zu. „Habt ihr Probleme?"

Bob wurde rot. „Alles in Ordnung. Es war ein sehr anstrengender Fall und wir sind noch etwas erschöpft …"

„Ich gebe euch einige Tage frei", sagte Rollins und rückte seine Krawatte gerade. „Steve ist sowieso noch krankgeschrieben."

Bob warf Steve einen Seitenblick zu und grinste. In der Öffentlichkeit war es ihm immer noch peinlich, an die letzte Nacht zu denken. Konnte Rollins ihnen irgendwie ansehen, was passiert war? Er und Steve saßen normalerweise eng beieinander. Heute hielten sie so viel Abstand, wie es die Größe von Rollins Büro nur zuließ.

Steve lächelte Rollins an. „Vielen Dank. Aber ich möchte vorher noch kurz mit Sanders sprechen. Wir haben die Waffe, mit der Randolph erschossen wurde. Hat Sanders gestanden, ihn ermordet zu haben?"

Rollins schüttelte den Kopf. „Steve, ich will nicht, dass du Sanders verhörst. Er hat dich mit dem Skalpell angegriffen und verletzt. Du bist ein Opfer."

„Ich bin sehr wohl in der Lage, damit umzugehen", widersprach Steve.

„Ich bin mir sicher, dass Sanders an seinem angeblichen Alibi festhält und behaupten wird, dass er die Zeit vom Dienstagabend bis zu dem Besuch in Glassmans Praxis mit dieser Frau verbracht hat." Bob stand auf und ging um den Schreibtisch herum, um einen Blick in die Akte zu werfen.

Rollins blätterte den Ordner durch. „Myers hat ihn gestern befragt. Er hat wiederholt, er wäre mit …" Rollins suchte nach dem Protokoll.

„Gloria Thumbnail, Captain. Hier." Bob zeigte auf den Namen am Ende des Berichts. „Wir haben schon mit ihr gesprochen. Sie hat sein Alibi bestätigt."

„Das wird ihm nicht viel helfen." Rollins zeigte auf einen anderen Bericht. „Die ballistische Untersuchung hat bestätigt, dass Randolph Foreman mit derselben Waffe ermordet wurde, mit der auch auf euch geschossen wurde. Die Kugel in Foremans Kopf stammt aus Sanders Colt."

„Ich bin mir absolut sicher, dass Sanders ihn erschossen hat!", rief Steve überzeugt. „Randolph wusste alles über Blue Rocket – wer es herstellte und wer es verteilte. Als er seinen Geliebten verlor, wusste er, dass Sanders für Evans Tod verantwortlich war. Damals muss er beschlossen haben, mit der Polizei zu reden."

„Das war der Grund, warum Randolph sich als Informant anbot. Ich frage mich immer noch, welche Rolle Chris Barber in der ganzen Geschichte spielte." Bob kniff sich müde die Nase. Die losen Enden zu verbinden war immer so kompliziert.

„Wir werden es schon herausfinden", sagte Rollins grimmig.

160

„Am Anfang sah es tatsächlich so aus, als hätte Enrico ihn aus Eifersucht ermordet", meinte Steve und nahm Bob den Kaffeebecher ab. Als er sah, dass der Becher leer war, verzog er enttäuscht das Gesicht.

Rollins kritzelte auf einem Blatt Papier herum. „Ich lasse Gloria Thumbnail für ein weiteres Verhör vorführen. Wir werden ihr mit einer Anklage wegen Meineids drohen, falls sie uns nicht die Wahrheit sagt. Wir dürfen uns keine Lücken erlauben, wenn wir Sanders wegen Mordes vor Gericht bringen wollen."

„Halten Sie uns bitte auf dem Laufenden, Cap", sagte Bob. Er warf den leeren Pappbecher in den Papierkorb und hielt Steve die Tür auf.

Rollins lächelte ihnen zum Abschied zu. Bob erwiderte das Lächeln, als er hinter sich die Tür schloss. Er fragte sich, wie Rollins wohl über ihn und Steve denken würde, wenn er wüsste, was gestern Nacht zwischen ihnen geschehen war.

„Jetzt haben wir ihn!" Steve kam aufgeregt aus dem Vernehmungszimmer, in dem Gloria Thumbnail gerade verhört worden war.

„Du warst ein sehr überzeugender böser Bulle." Bob folgte ihm und versuchte erst gar nicht, seine Bewunderung für Steves knackigen Arsch zu verbergen.

„Ja, sie hat zugegeben, dass sie Sanders erst in Santa Barbara getroffen hat, nicht eine Minute früher." Steve grinste.

„Ich musste ihr nur sagen, dass Sanders die Waffe in einem Mordfall benutzt hat und fragen, ob sie als Komplizin verhaftet werden will. Schon ist sie mit der Wahrheit herausgerückt." Bob zuckte mit den Schultern und legte eine Hand auf Steves Rücken. „Ich kann es kaum erwarten, Sanders auf der Anklagebank sitzen zu sehen."

„Und Chris auch. Ich wette, er hat Sanders bei der Drecksarbeit geholfen." Steve lief schneller. „Ich habe Hunger. Ich gebe einen Hamburger Spezial bei Larry's aus. Und zum Nachtisch …"

Bob bekam weiche Knie, als Steve ihn ansah.

15

Es WAR an einem verregneten Februarmorgen fünf Monate später, als Bob mit seinem alten Mercedes vor der Werkstatt vorfuhr. „Hey, Sam. Mit den Bremsen stimmt was nicht. Kannst du bitte nachsehen? Ich habe Zeit und kann warten."

Sam, der Mechaniker, ging um den Wagen herum und bückte sich dann, um sich die Bremsen anzusehen. „Vergiss es, Curry. Die alte Kiste braucht mehr als nur neue Bremsen." Er schüttelte den Kopf.

„Verdammt!" Bob schaute auf die Uhr. „Ich verspäte mich zu der Besprechung mit Rollins."

„Tut mir leid, Mann." Sam zuckte mit den Schultern und wischte sich die ölverschmierten Hände am Overall ab.

BOB LIEF die Straße entlang und wartete auf ein Taxi, das er anhalten konnte. Er schlug sich den Kragen hoch gegen den Regen. Trotz allem war er glücklich und erleichtert. Sanders und Barber waren am Vortag wegen Mordes und Mordversuchs verurteilt worden.

Wie sich herausstellte, hatte Randolph sich noch mit ihnen getroffen, nachdem er an diesem Dienstagabend das Studio verließ. Das Treffen hatte zu einem mächtigen Streit geführt und er hatte Sanders und Barber mitgeteilt, dass er die Polizei über Blue Rocket informieren wollte. Also folgten ihm die beiden nach Hause und überfielen ihn in einer dunklen Ecke des Parks, wo Sanders ihn erschoss. Chris Barber half bei der Beseitigung der Leiche.

Ruben Glassman hatte zugegeben, dass er mit verschiedenen Amphetaminmischungen experimentiert und Blue Rocket entwickelt hatte. Er saß ebenfalls hinter Gittern. Glücklicherweise hatte noch kein anderer Chemiker die genaue Mischung von Blue Rocket herausfinden und mit der Produktion der Droge fortfahren können. Blue Rocket war damit vom Markt verschwunden.

Bob holte tief Luft. Der Frieden würde nicht lange währen. Es war nur eine Frage der Zeit, bis die nächste neue Droge auftauchte.

Er sah einige Männer, die gegenüber von Sams Werkstatt eine riesige Plakatwand vor einer Baustelle neu beklebten. Er hatte Mitleid mit ihnen, weil sie bei diesem Scheißwetter im Freien arbeiten mussten. Bis er das Plakat sah … Der Anblick raubte ihm den Atem. Er blieb wie angewurzelt stehen.

Es war ein überlebensgroßes Bild von Steve, der in einer engsitzenden Badehose posierte!

Bob rieb sich die Augen, um sicherzugehen, dass er nicht träumte. „Oh Mann, wenn du das sehen würdest", stöhnte er.

Einer der Arbeiter ging zu ihrem Transporter zurück. Er sah Bob an der Straße stehen und grinste. „Wenn ich eine Frau wäre, würde ich keine Sekunde zögern. Er sieht heiß aus, wie?"

Bob grinste ebenfalls. „Absolut heiß."

Er lachte, halb erregt und halb beschämt.

Dreißig Minuten später war er wieder auf dem Revier. Er ging direkt ins Büro, wo er schon von aufgeregten Stimmen begrüßt wurde.

„Bob! Das musst du sehen!" Millie Swanson, die Sekretärin, kam ihm entgegen und schwenkte ein Modemagazin in der Luft. „Es ist Steve! Und in Badehose! Ich konnte meinen Augen nicht glauben. Er ist ja so sexy!" Außer Atem strahlte sie Bob an.

Bob riss ihr das Magazin aus der Hand. „Wenn Steve das sieht, bekommt er einen Herzanfall!", sagte er und blätterte in dem Magazin. Die Erinnerung an den Tag des Fototermins kam zurück. Die Bilder waren fantastisch geworden. Steves sinnliche, erotische Ausstrahlung verschlug ihm fast die Sprache. Bob hielt ihn für den umwerfendsten und prachtvollsten Mann der Welt, aber das konnte er hier nicht laut sagen. Er wollte das Magazin gerade auf den Schreibtisch legen, als sich die Tür öffnete und Steve ins Büro kam.

Alle drehten sich zu ihm um. Steve blieb stehen und sah sie verwundert an. „Was ist denn hier los? Ihr starrt mich an, als hättet ihr mich gerade auf einem Fahndungsfoto gesehen."

„Wohl eher auf einem Werbefoto", platzte Millie heraus. „Bob, zeig ihm die Bilder!"

Bob hätte ihr am liebsten nachträglich den Mund zugeklebt. Er sah Myers, Robinson und die anderen Kollegen im Raum an. Sie waren verstummt und starrten wortlos zurück – erst auf Steve, dann auf ihn und wieder auf Steve.

„Was ist hier denn los?", fragte Steve wieder.

„Ich muss mit dir unter vier Augen reden", sagte Bob, legte ihm den Arm um die Schultern und wollte ihn aus dem Büro führen.

„Vergiss das Magazin nicht!", rief Millie. Sie holte *Modern Man* von Bobs Schreibtisch und drückte es ihm in die Hand. Dann strahlte sie Steve an und stieß ihn in die Seite. „Steve, du bist der allerschönste Bulle in Badehose, den die Welt je gesehen hat. Ganz ehrlich!"

„Was?" Steve wollte sich wehren, als Bob ihn auf den Flur zog. „Bob, was ist hier los?" Steve blieb abrupt stehen und starrte ihn mit schreckgeweiteten Augen an. „Oh nein", stöhnte er und folgte Bob durch den Flur zu den Toiletten.

Bob schloss hinter ihnen die Tür und hielt das Hochglanzmagazin hoch. Auf der Titelseite war Steve in Bermudashorts zu sehen, wie er mit einem Ball spielte. Insgesamt gab es sieben Seiten mit Fotos, alle in hellen, sommerlichen Farben. Steve, der so tat, als würde er einen Strand entlanglaufen; die engen Short brachten seinen muskulösen Körper perfekt zur Geltung. Steve, der in einer kaum vorhandenen Badehose in die Kamera lächelte. Steve, der in die Luft sprang, als wollte er einen Volleyball auffangen; die rote Badehose betonte seinen flachen Bauch.

„Ich habe noch nie ein attraktiveres Model gesehen", sagte Bob ehrlich.

Steve war offensichtlich nicht in der Laune für Komplimente. „Weißt du, wie ich mich gefühlt habe in diesem Studio, mit nichts am Leib als diesen Höschen, eingeölt und die Haare mit Gel verklebt?" Er schüttelte sich.

Bob zog ihn an sich, obwohl jederzeit einer ihrer Kollegen durch die Tür kommen konnte.

Steve wehrte sich erst, gab dann aber seufzend nach und legte den Kopf an Bobs Brust. Nach einigen Sekunden hob er den Kopf wieder und schaute ihn an. „Es ist mir ein Rätsel, wie Randolph die Bilder so schnell abliefern konnte. Er ist doch am selben Abend umgebracht worden", murmelte er.

„Aber er hat es getan und du musst dich mit den Bildern abfinden", meinte Bob leicht amüsiert. „Ich finde, du kannst stolz darauf sein. Du siehst wunderbar aus. Randolphs letztes Model ist ein Mann, den man nicht mehr hergibt." Er legte die Hand an Steves Wange und zog seinen Kopf zu sich herab. Dann küsste er ihn auf die Stirn.

„Hey, war das schon alles?", beschwerte sich Steve schmollend.

Bob grinste und küsste ihn auf den Mund. Steve bekam weiche Knie. Er wollte hier nie wieder weg.

Ein beharrliches Klopfen an der Tür riss sie aus ihrer Versunkenheit.

„Bis später!", flüsterte Steve und gab Bob den Schlüssel für den Thunderbird. Dann verschwand er in einer der Kabinen.

„Lass mich nicht zu lange warten." Bob öffnete lächelnd die Tür und steckte sich das zusammengerollte Magazin in die Jackentasche.

Er ging in die Garage und wartete im Auto auf Steve. Dabei blätterte er wieder durch das Magazin. Er wollte die Bilder nicht mehr hergeben und grinste, als ihm eine Idee kam. Er brauchte sich keine Gedanken mehr zu machen, was er Steve zum Valentinstag schenken sollte.

„Du bist spät dran. Hast du dein Auto wieder? Was hat Sam für die Reparaturen an der alten Kiste verlangt?", fragte Steve, der auf dem Sofa lag und fernsah.

„Es ist alles wieder wie neu." Bob warf den Schlüssel in eine flache Schale an der Garderobe und ging mit seiner braunen Einkaufstüte in die Küche.

„Hast du unser Abendessen mitgebracht? Ich bin am Verhungern", sagte Steve.

Bob hörte, wie Steve aufstand und in die Küche kam. „Überraschung!", rief er und zog zwei Schachteln aus der Tüte.

„Hmm, das riecht gut. Was ist es?" Steve schnüffelte genießerisch und leckte sich über die Lippen.

Bob drehte sich zu ihm um und küsste ihn.

„Es ist scharf und würzig", flüsterte er in Steves Mund.

Steve lachte. „Natürlich bin ich das."

„Dummkopf. Ich war in dem mexikanischen Restaurant. Burritos und Enchiladas mit extra viel Salsa. Bediene dich. Es ist noch warm." Er gab Steve die Schachteln und holte Besteck aus der Schublade.

„Was hast du sonst noch mitgebracht?" Steve, neugierig wie immer, warf einen Blick in die Tüte.

„Das gibt es erst zum Nachtisch." Bob schob ihn mit sanftem Nachdruck aus der Küche. „Halt! Ich habe den Wein vergessen. Ein roter Callaway, Cabernet Sauvignon." Er füllte zwei elegante Weingläser mit dem Rotwein.

„Das hört sich alles köstlich an." Steve kam zum Esszimmertisch, stellte die Schachteln ab und setzte sich.

„Auf das Leben und die Liebe!" Bob hob sein Glas. Steve lächelte strahlend. Sie stießen an und genossen ihr Abendessen.

„Du verwöhnst mich", meinte Steve zufrieden und lehnte sich auf dem Sofa zurück.

„Herzlichen Glückwunsch zum Valentinstag, Steve", sagte Bob und setzte sich zu ihm. Es fiel ihm schwer, nicht über sämtliche Backen zu grinsen, wenn er an das Dessert dachte, das er für Steve geplant hatte.

„Oh ja. Glaube nicht, ich hätte es vergessen." Steve legte sich auf Bobs Schoß. „Ich habe auch ein Geschenk für dich. Einen Moment, ich hole es." Er griff mit einer Hand unters Sofa.

Bob konnte nicht widerstehen. Er hob Steves Hemd hoch und kitzelte ihn an einer besonders empfindlichen Stelle.

„Ahhh … Du bist gemein." Steve wackelte auf Bobs Schoß hin und her.

Bob konnte von diesem starken Körper, der sich an ihn presste, einfach nicht genug bekommen.

„Da ist es!" Steve befreite sich von seinem Folterknecht und reichte ihm das Päckchen, das unter dem Sofa gelegen hatte. „Für dich", sagte er und legte sich wieder auf Bobs Schoß.

„Ich hoffe, ich habe es verdient." Bob lächelte. Das Geschenk interessierte ihn nicht allzu sehr. Steve sah so wunderschön aus, wie er da in seinem Schoß lag. Die engen Jeans saßen wie angegossen. „Du lenkst mich ab", flüsterte Bob und knöpfte ihm das Hemd auf.

Steve setzte sich auf und schlang ihm die Arme um den Hals. Bob schnurrte, als Steve ihn küsste, erst auf den Mund und dann am Ohr. Dann steckte ihm Bob die Zunge ins Ohr und kitzelte ihn.

Bob kicherte und schob ihn weg. „Einen Augenblick. Wir dürfen den Nachtisch nicht vergessen. Er ist mein Valentinsgeschenk für dich."

Steve sah ihn lüstern an. „Ich habe nur Appetit auf dich", stöhnte er und umarmte ihn.

Bob schob ihn entschlossen zur Seite, ohne sich um seine Beschwerde zu kümmern. „Ich habe auch etwas für dich. Wir können unsere Geschenke gleichzeitig auspacken. Das macht bestimmt Spaß." Bob ging in die Küche und kam mit einem kleinen Päckchen zurück.

„Das sieht aber nicht nach Nachtisch aus", meinte Steve und wiegte das leichte Päckchen in der Hand. „Du zuerst", sagte er dann und schaute Bob an. „Es ist nicht viel, aber ich will dein Gesicht sehen, wenn du es auspackst."

Bob wickelte die kleine Schachtel aus dem weißen Papier, das mit rosa Herzen bedruckt war. Dann öffnete er sie. Sie enthielt ein kleines elektrisches Gerät. „Was ist denn das?", fragte er verwundert.

„Dummkopf. Das ist eine neue Hupe für dein wertvolles Auto. Sie spielt den ‚Colonel Bogey Marsch'." Steve summte die bekannte Melodie vor sich hin.

„Wie komisch. Danke." Bob zeigte auf das andere Päckchen. „Jetzt du."

„Lass mich raten … Eine neue Yamamoto?" Steve schüttelte das Päckchen.

„Nein, sorry." Bob hoffte, dass sein Geschenk Steve nicht beleidigte oder verwirrte. Gestern war es ihm noch wie eine prima Idee vorgekommen.

Steve riss das Geschenkpapier ab und öffnete die kleine Schachtel. Dann starrte er ihren Inhalt wortlos an.

„Gefällt es dir?" Bob konnte seine eigene Stimme hören. Sie hörte sich nicht sehr zuversichtlich an.

„Da ist absolut nichts dran. Das bedeckt rein gar nichts." Steve zog den String-Tanga mit spitzen Fingern aus der Schachtel, als könnte der kleine Fetzen jeden Moment explodieren.

Bob räusperte sich. „Als ich die Bilder im *Modern Man* gesehen habe, wünschte ich mir, du würdest für mich persönlich so posieren. Mein persönliches Model." Er fuhr mit dem Finger über den weichen Stoff. „Deshalb habe ich dir das gekauft."

„Du spinnst, Bob! Ich bin kein Model und ich werde nie wieder so posieren!", sagte Steve entschlossen. Er ließ den Tanga in die Schachtel fallen und rückte von Bob weg.

Bob seufzte niedergeschlagen. „Tut mir leid. Gestern kam mir die Idee noch prima vor." Also keine sexy Unterwäsche für Steve. „Gib mir das Ding. Ich tausche es morgen um." Bob nahm die Schachtel, aber Steve hielt den Tanga fest.

„Was jetzt?", fragte Bob verwirrt.

Steve grinste neckisch und betrachtete den schwarzen Tanga von allen Seiten, als würde er überlegen, wie er da reinpassen sollte. „Na ja, ich denke, ich könnte meinem Geliebten einen besonderen Gefallen tun. Falls er sich revanchiert …" Er hielt Bob den Tanga vors Gesicht und wackelte damit hin und her.

Bob packte ihn am Handgelenk und hielt ihn fest. „Und womit?", fragte er misstrauisch, obwohl er alles für Steve tun würde.

„Versprich mir, nach einem neuen Auto zu suchen. Der alte Mercedes hat dich schon so oft im Stich gelassen. Wir finden etwas Passendes für dich. Dann ist die neue Hupe das Sahnehäubchen auf der Torte." Steve nahm die Hupe aus der Schachtel und drückte auf den Knopf.

Die ersten acht Pfeiftöne von ‚River Kwai' ertönten. Bob zuckte überrascht zurück. Niemals. Niemals würde er ein Auto mit *dieser* Hupe fahren!

„Ist doch toll, oder?" Steve strahlte. „Das vergisst so schnell niemand." Er drückte wieder auf den Knopf. „Man kann es auch lauter stellen. Soll ich es dir zeigen?"

„Nein, danke." Bob holte tief Luft. „Aber ich verspreche dir, mich nach einem neuen Auto umzusehen. Vielleicht einem BMW."

„Was immer dir gefällt." Steve kam näher, stieß Bob auf den Rücken und legte sich auf ihn. „Du willst mich also als persönliches Model?" Er ließ den Tanga am Zeigefinger schaukeln.

Bob umarmte ihn stöhnend. Er konnte jeden einzelnen Muskel von Steves Körper fühlen. „Liebster, ich bin bereit für die Show. Raus aus den Jeans."

Steve setzte sich kichernd auf die Beule in Bobs Hose. „Hey, das macht Spaß."

167

Bob zog seinen Kopf herab und küsste ihn leidenschaftlich. Er wollte nicht loslassen, hielt Steve aber auch nicht zurück, als der aufstand. Er freute sich schon auf die persönliche Modenschau seines Partners und Geliebten.

Steve schwang den Tanga überm Kopf und verschwand im Badezimmer.

Bob grinste bewundernd. Steve bewegte sich wie ein Tänzer. Auf der Tanzfläche stellte er alle in den Schatten. Bob sah ihm gern beim Tanzen zu und hatte sich schon lange seine ganz persönliche, private Vorstellung gewünscht.

Musik! Bob brauchte ein Lied, das Steve gefiel. Er durchsuchte die CDs nach einigen von Steves Lieblingsliedern, aber sie wollten alle nicht recht zu einer Tanga-Vorführung passen.

„Das ist es!", rief er schließlich, als er ‚You Can Leave Your Hat On' von Tom Jones fand. Das Lied klang durchs Wohnzimmer. Bob setzte sich wieder aufs Sofa und lehnte sich zurück. Seine Hose wurde zunehmend enger. Er hob kurz den Bund an, damit sie bequemer saß.

Dann öffnete sich langsam die Badezimmertür und Steve kam zurück.

Bob war enttäuscht. Steve trug immer noch die Jeans und das halb geöffnete Hemd.

„Ich dachte …", sagte er und schloss sofort wieder den Mund, als Steve durchs Zimmer auf ihn zukam. Seine Hüften bewegten sich im Takt der Musik.

Steve spielte mit seiner Gürtelschnalle und sah Bob durch seine dunklen Wimpern verführerisch an. Bob blieb die Luft weg. Steve war so verdammt stark und sexy. Bob konnte die Augen nicht von ihm lassen, als Steve zu tanzen begann.

„Einen Moment." Steve unterbrach seinen Tanz und ging zum Fenster, um die Vorhänge vorzuziehen.

„Das ist doch egal", flüsterte Bob. Steve wollte für ihn ein Striptease machen!

Normalerweise war Steve alles andere als schüchtern, aber heute war kein normaler Tag. Heute feierten sie ihre neue Beziehung. Bob wollte Steve aufmuntern. Er klatschte in die Hände, sang das Lied mit und teilte Steve mit, er könnte seinen Hut auflassen.

„Worauf du wetten kannst!" Steve wackelte mit dem Hintern. Seine blauen Augen funkelten, als er den Gürtel aufschnallte und die Hose öffnete.

Bob erwartete, dass die Hose gleich ausgezogen würde, aber stattdessen zog Steve mit einem Ruck das Hemd über den Kopf. Einer der geschlossenen Knöpfe riss ab und flog durchs Zimmer. Kurz darauf flog das Hemd dem Knopf nach und landete auf Bobs Kopf.

Bob grummelte etwas Unverständliches unter dem Stoff, dann atmete er tief Steves Geruch ein, bevor er das Hemd zur Seite warf, um den Rest der Show nicht zu verpassen.

Steve bewegte sinnlich die Hüften und fuhr sich mit beiden Händen über die nackte Brust. Er kniff sich mit den Fingern in die Nippel und spielte mit ihnen.

Bob sah ihm erregt in die Augen und fand dort nur Liebe und Verlangen. *Wie habe ich dich nur verdient? Du bist so unglaublich. Ich bin der glücklichste Mann auf der Welt.*

Im Lied ging es jetzt darum, sich der Musik hinzugeben – das Leben lohnt sich nur, wenn man jemanden liebt.

Steve bewegte sich mit kleinen Tanzschritten durchs Zimmer. Er zog einen Schuh vom Fuß und bückte sich, um die blaue Socke auszuziehen. Dann warf er sie hoch. Sie blieb auf dem Lampenschirm hängen und es wurde etwas dunkler im Zimmer.

„Gut gezielt." Bob grinste und streckte die Hände aus, um die andere Socke aufzufangen.

Steve tänzelte von ihm weg. Er zog sich den zweiten Schuh vom Fuß und kickte ihn unter den Tisch, zusammen mit der Socke. Dann tanzte er barfüßig zu der Musik und schwang die Arme, wie Tom Jones es in dem Lied beschrieb.

Bob war fasziniert von der feinen Schweißschicht, die Steves Brusthaare zum Glänzen brachte. „Komm schon! Zeig mir, was ich sehen will", feuerte er Steve an.

Steve schob sich langsam die Jeans über die Hüfte nach unten. Er kämpfte mit der engen Hose und hätte beinahe das Gleichgewicht verloren. Bob wollte ihn schon auffangen, da fing sich Steve wieder. Dann waren die Jeans endlich unten und wickelten sich um Steves Knöchel. Er trat einen Schritt auf Bob zu und ließ sie hinter sich auf dem Boden liegen. Mit gespreizten Beinen stand er vor Bob, nur noch in das schwarze Etwas gekleidet, das kaum seinen Schwanz bedeckte.

„Wow." Bob pfiff beeindruckt durch die Zähne. Steves exotische Schönheit war unvergleichlich.

Bob war versucht, die Hand nach ihm auszustrecken und ihn zu berühren – die schweißnasse Haut unter den Fingerspitzen zu fühlen und die feinen Haare, die vom Nabel nach unten führten. Er beugte sich vor, doch Steve drehte sich um und tanzte von ihm weg in den Flur. Sein fast nackter Arsch wackelte verführerisch.

„Hey! Wo willst du denn hin?", rief Bob heiser.

Steve holte etwas aus dem Garderobenschrank. Sein schlanker Körper glänzte im Licht.

„Was ist das?" Bob stand neugierig auf.

Steve kam mit gebeugtem Kopf zurück. Sein Gesicht war nicht mehr zu sehen unter der breiten Krampe eines Cowboyhuts.

„Wie heißt es noch in dem Lied?" Er stieß mit dem Finger an die Krempe, schob sich den Hut etwas in den Nacken und ließ dabei einladend die Hüften kreisen.

„Du kannst den Hut auflassen – aber nur den!" Bob konnte es nicht mehr abwarten. „Komm her", krächzte er und legte Steve die Hand auf die Hüfte. Steves Wärme übertrug sich sofort auf ihn. Bob zog den Tanga an der dünnen Schnur nach unten.

„Bob …" Steve hörte sich beinahe schüchtern an, als er an sich herabblickte.

Bob ließ sich auf die Knie fallen. Er ignorierte den steifen Schwanz und streichelte Steve mit der Hand über den Bauch, während er ihn von unten ansah.

Steve lief ein Schauer über den Rücken.

„Ist dir kalt?", fragte Bob und hielt die Hand auf Steves Bauch gedrückt.

„Eigentlich nicht." Steve fuhr ihm mit den Fingern durch die Haare, um ihn zu ermuntern, seine Entdeckungsreise fortzusetzen.

Bob küsste ihn auf die Schenkel und leckte über die salzig-feuchte Haut, bis er – kurz vor Steves Schwanz – aufhörte. Steve stöhnte und Bob zog ihn an sich. Er legte ihm die Hände auf die Hüften und rieb sich mit der Nase am Objekt seiner Begierde.

„Bob, du bringst mich noch um!" Steve fasste ihn sanft am Kopf und drückte ihn an sich.

„Mit Vergnügen", murmelte Bob. Er senkte den Kopf und leckte Steve über die Eier – so hart, und doch so weich und verletzlich. Dann fuhr er ihm sanft mit den Zähnen über die Haut.

„Nein", wimmerte Steve.

Bob hörte sofort auf. „Habe ich dir wehgetan?", flüsterte er leise. Das war nicht seine Absicht gewesen.

„Untersteh dich!" Steve packte ihn wieder am Kopf – dieses Mal mit mehr Kraft – und drückte ihn an sich. „Das war so … aufregend. Mach weiter." Bob wurde plötzlich schwindelig. Er hatte alles richtig gemacht, nur das zählte für ihn. Ermutigt nahm er Steves Eier in den Mund, erst eins, dann das andere, und liebkoste sie mit Zunge und Lippen. Als er Steves Stöhnen hörte, wurde er von einer unbändigen Freude gepackt.

„Wenn du so weitermachst, halte ich nicht mehr lange durch", keuchte Steve.

„Wir haben alle Zeit der Welt, oder?", sagte Bob und machte etwas langsamer.

„Außer, wenn du mich zu lange warten lässt." Steve stieß die Hüften vor und sein harter Schwanz drückte sich an Bobs Wange.

Bob fing ihn mit dem Mund auf. Steve zischte vor Lust. Das harte, und doch so zarte Fleisch füllte seinen Mund. Bob leckte und saugte zufrieden. Er hätte nie gedacht, dass es so wunderbar war, einem Mann einen Blowjob zu geben. Es war einer der schönsten Momente in Bobs Leben.

Steve legte ihm die Hände um den Kopf und krallte sich in Bobs Haaren fest, als Bob ihm über den Schlitz leckte.

„Bob …" Es war kaum zu hören, aber Bob wusste, was es zu bedeuten hatte.

Er konnte schon schmecken, was gleich kommen würde. Er beschloss, keinen Tropfen zu vergeuden. Es war noch nicht lange her, da hatte sich Bob gefragt, wie er das alles in den Mund bekommen sollte, ohne daran zu ersticken. Aber jetzt hatte es geklappt und Bob war nur zu begierig, noch mehr auszuprobieren.

Er hielt die Lippen fest um Steves Schwanz geschlossen und fuhr ihm mit den Zähnen sanft über die Haut. Als er das Stöhnen und Wimmern über sich hörte, wusste er, dass Steves Orgasmus bevorstand.

Bob entspannte sich und ließ sich Steves Schwanz bis zum Anschlag in die Kehle gleiten. Steve schien kurz zu zögern, doch Bob ließ ihm keine Wahl mehr. Er leckte und saugte und biss. Als Steve über ihm zu erstarren schien, packte Bob ihn am Arsch und drückte fest zu.

Heiße Flüssigkeit füllte seinen Mund. Er schluckte gierig, bis Steves Schwanz nichts mehr hergab und langsam schlaff wurde. Vorsichtig ließ er ihn aus dem Mund gleiten und küsste ihn.

„Lebst du noch?", krächzte Steve und streichelte Bob über das schweißnasse Gesicht.

„Ja. Und du?" Bob sah zu ihm hoch.

„Mir fehlen die Worte. Bob, du bist unvergleichlich." Steve bückte sich und wollte ihm auf die Beine helfen.

Bobs Knie waren steif, weil er es so lange in der ungewohnten Position ausgehalten hatte. Er ließ sich stöhnend auf den Hintern fallen und streckte die Beine aus.

„Das war wohl nicht gerade sehr bequem", meinte Steve und verzog mitfühlend das Gesicht.

„Keine Sorge", sagte Bob. Steves nackter Anblick erinnerte ihn wieder an seinen eigenen Schwanz, der immer noch hart war. Er zog wieder am Hosenbund, um mehr Platz zu schaffen.

„Komm jetzt." Steves starke Arme legten sich um ihn und Bob stand vorsichtig auf.

Er stahl einen Kuss von Steve und grinste. „Lass uns einen bequemeren Platz suchen, ja?" Dann legte er den Arm um Steve und zeigte aufs Schlafzimmer. „Dorthin."

Steve stieß ihn mit der Hüfte an und sein Schwanz schlenkerte in Bobs Richtung. „Ich will dir auch zeigen, wie sehr ich dich liebe." Er packte Bob am Gürtel und zog die Schnalle auf.

„Das hast du heute schon getan." Bob klopfte an den Hut, der immer noch schief auf Steves Kopf saß.

„Du meinst …?" Steve, der gerade den Reißverschluss von Bobs Jeans öffnen wollte, hielt unvermittelt in der Bewegung inne.

„Ja. Es hat mir viel bedeutet, dass du mein Spiel mit dem String-Tanga mitgemacht hast." Bob sah ihn liebevoll an.

„Gern geschehen. Und jetzt …" Steve schob ihn ins Schlafzimmer und an die Bettkante. Dann zog er ihm die Jeans aus und grinste breit, als er die riesige Beule in Bobs Unterhose sah. „Jetzt bist du mir ausgeliefert, Bob. Jetzt bist du *mein* persönliches Model." Er gab ihm einen sanften Schubs und Bob ließ sich aufs Bett fallen.

„Dein Model? Das wagst du nicht!", protestierte Bob.

Steve ignorierte ihn und zog ihm die Unterhose aus. Bobs Schwanz begrüßte ihn in seiner vollen Pracht.

Steves Dominanz erregte Bob noch zusätzlich. Er holte tief Luft und wartete ungeduldig darauf, dass Steve sich bei ihm revanchierte.

„Und du kannst den Hut auflassen", brummte Steve und legte seinen Cowboyhut über Bobs harten Schwanz.

„Was?", rief Bob überrascht und hob den Kopf. Steve brachte ihn mit einem leidenschaftlichen Kuss zum Schweigen.

STAR NOBLE hat schon als Teenager angefangen, Kurzgeschichten zu schreiben. Damit hat sie bis heute nicht aufgehört. Als sie das Internet und die Welt der Gay Romance entdeckte, wurde sie sofort süchtig. Sie hat ihre Geschichten sieben Jahre lang – in einer Gruppe mit anderen Autoren – online veröffentlicht. Jetzt freut sie sich darüber, dass ihr erstes Buch bei einem Verlag erscheint.

Wenn sie nicht gerade Liebesgeschichten über wunderbare Männer schreibt, arbeitet sie in Deutschland als Lehrerin. Ihre sonstigen Hobbies sind Lesen, Singen, Reisen, Malen und Tanzen. Sie ist erreichbar unter moonlight17@t-online.de.

Von STAR NOBLE

Lass den Hut auf!

Veröffentlicht von DREAMSPINNER PRESS
www.dreamspinner-de.com

VERSCHLEIERTE LOYALITÄTEN

DIE SPÜRNASEN

SCOTTY CADE